RACHEL LEIGH

SEGREDOS DISTORCIDOS

Traduzido por Carol Dias

1ª Edição

The GiftBox
EDITORA

2023

Direção Editorial: **Revisão Final:**
Anastacia Cabo Equipe The Gift Box
Preparação de texto: **Arte de capa:**
Carla Dantas Bianca Santana
Tradução e diagramação: Carol Dias

CIP-BRASIL. CATALOGAÇÃO NA PUBLICAÇÃO
SINDICATO NACIONAL DOS EDITORES DE LIVROS, RJ
Gabriela Faray Ferreira Lopes - Bibliotecária - CRB-7/6643

L539s

Leigh, Rachel
Segredos distorcidos / Rachel Leigh ; tradução Carol Dias.
- 1. ed. - Rio de Janeiro : The Gift Box, 2023.
300 p. (Bastardos de boulder cover ; 3)

Tradução de: Twisted secrets
ISBN 978-65-5636-306-6

1. Romance americano. I. Dias, Carol. II. Título. III. Série.

23-86456   CDD: 813
CDU: 82-31(73)

> *"A melhor maneira de guardar um segredo é fingir que ele não existe."*
> *- Margaret Atwood*

SEGREDOS DISTORCIDOS

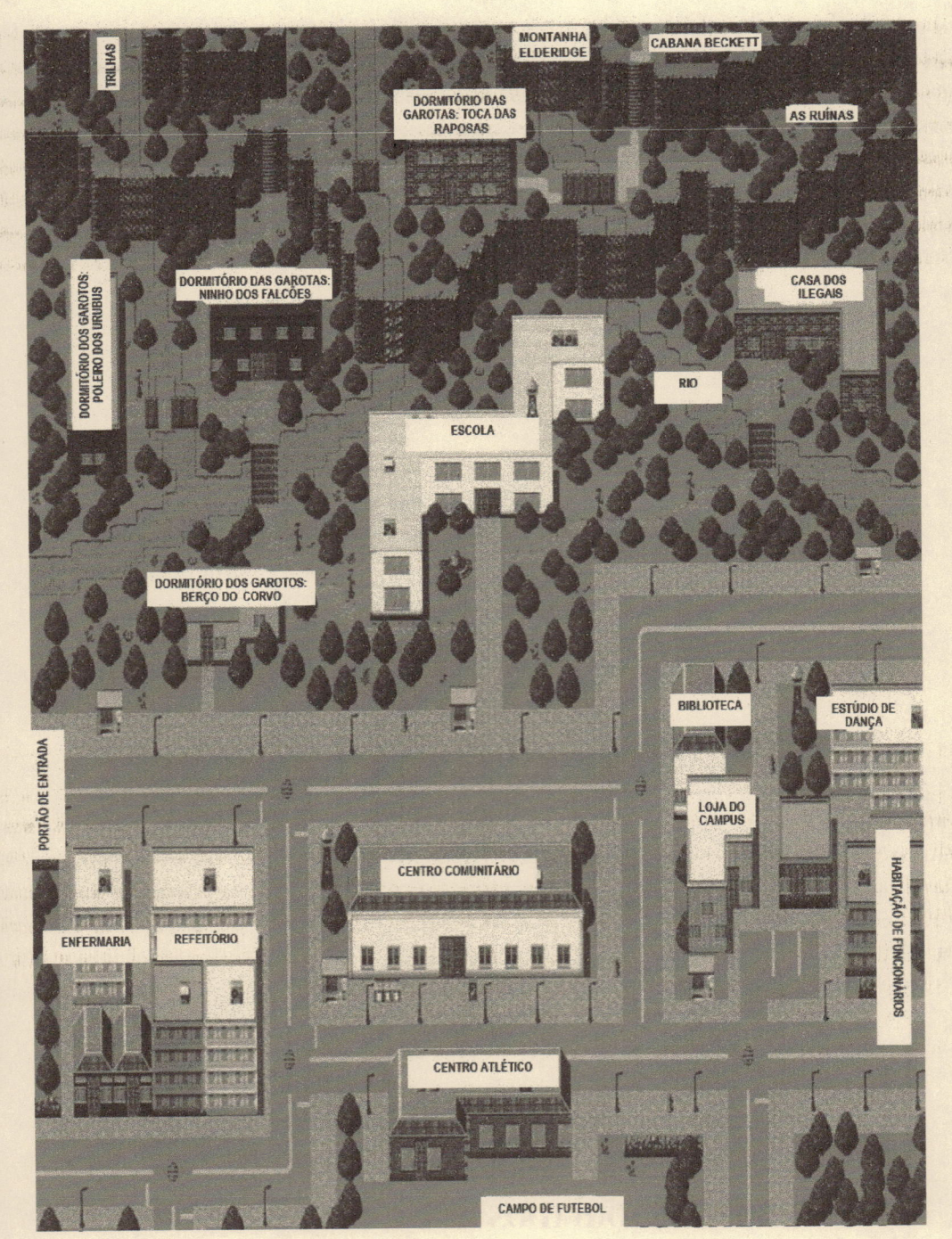

GLOSSÁRIO

BASTARDOS DE BOULDER COVE

BCA: Boulder Cove Academy.

BCU: Boulder Cove University.

Seções: Grupos dentro da Sociedade Secreta dos Sangue Azul.

A Coleta: Reunião de estudantes para informar, promover classificações e celebrar conquistas.

Cerimônia: Uma ocasião onde as classificações são promovidas ou rebaixadas.

As Ruínas: Área da propriedade da BCA onde os eventos são realizados.

Os Túneis: Uma passagem subterrânea abaixo da propriedade da BCA.

Montanha Eldridge: Ponto mais alto em Boulder Cove.

Os Anciãos: Membros de idade que tem conhecimento avançado da Sociedade, costumam ser os que antecederam os atuais alunos da BCA.

O Presidente: Supervisiona A Sociedade como um todo.

O Chefão: Supervisiona uma Seção individual.

Os Ilegais: Supervisionam os alunos da BCA.

Escada da Hierarquia: Um sistema em que cada estudante é ranqueado de acordo com seu nível de autoridade.

Novatos: Nível mais baixo da escada da hierarquia.

Rebeldes: Nível médio da escada da hierarquia.

Ases: Alto nível da escada da hierarquia.

Jogos de Patente: Jogos para alcançar a classificação.

Casa dos Ilegais: Onde os membros dos Ilegais vivem.

A Praça: Pequena área de reunião em frente ao prédio principal da Academia.

Toca das Raposas: Dormitório feminino.

Ninho dos Falcões: Dormitório feminino.

Poleiro dos Urubus: Dormitório masculino.
Berço do Corvo: Dormitório masculino.
O Guardião: Vigilante e protetor dos membros da sociedade.
Iniciação: Um ato de admissão como membro líder que acontece depois da formatura na BCA, em que os segredos da Sociedade são revelados.

RACHEL LEIGH

PRÓLOGO

NEO

Doze anos de idade…

— Pare com isso, seu idiota! — Scar grita, enquanto aperto seu rabo de cavalo com mais força.

Crew e Jagger ignoram a comoção, muito envolvidos em seu jogo de Minecraft.

— Deixe-a em paz — Maddie sibila, agarrando meu braço e tentando me soltar do cabelo de Scar.

— Eu disse a ela para nunca mais entrar no meu quarto. Então por que você a trouxe aqui?

— Porque ela é minha melhor amiga e você também, então, por favor, pare de ser tão mau?

— Escolha, Maddie. — Inclino meu queixo. — Ela ou eu? Escolha agora.

Não solto o cabelo de Scar ao esperar por uma resposta. Ela vira a cabeça para o lado, tentando tirar meus dedos de seu rabo de cavalo.

— Eu não vou escolher!

— Então eu não vou soltar. Ela ou eu? — Estou falando sério. Quero que Scar ouça Maddie dizer que me escolheu. Talvez então ela vá embora e nunca mais volte a esta casa, ou ao meu quarto.

— Ela. Eu a escolhi porque, neste momento, você está sendo um valentão e eu não gosto de valentões.

Suas palavras são como uma faca nas minhas costas. Maddie e eu sempre fomos muito próximos. Fazemos tudo juntos, mas ultimamente ela tem trazido essa garota cada vez mais. Scar nunca vinha tanto. Nós só a víamos e ocasionalmente brincávamos com ela nas reuniões. Agora ela está aqui o tempo todo e eu odeio isso.

— Você está mentindo.

Maddie se aproxima de onde ainda estou segurando o rabo de cavalo de Scar. Ela agarra minha mão, ajudando Scar a desembaraçar meus dedos. Agarra meu dedo médio e o dobra para trás.

— Estou? — Seus olhos têm um brilho sinistro. Algo maligno que nunca vi antes.

Finalmente, eu soltei. Não por Maddie estar me machucando ou porque eu estava preocupado que ela quebrasse meu dedo, mas porque nunca a vi tão séria antes. Talvez ela não estivesse mentindo. Ela escolheria Scar, e eu nunca permitirei que isso aconteça.

— O que diabos está acontecendo aqui? — minha mãe pergunta, entrando no meu quarto.

Olho para Maddie, me perguntando se ela vai me delatar.

— Neo não nos deixa entrar e jogar videogame e puxou o cabelo de Scar.

— *Neopolo Saint!* — minha mãe cruza os braços sobre o peito vestido com um suéter de malha branca. — É melhor você não ter puxado o cabelo dessa doce menina.

Maddie continua a alimentar o fogo, sorrindo para mim.

— Ele puxou. E então me fez escolher entre ele e ela.

O que Scar fez com minha irmã?

Quando percebo, meu pai está entrando, todo severo e sério como sempre é. *Ótimo. Uma reunião de família.*

— O que aconteceu? — pergunta, olhando para minha mãe como se ela tivesse feito algo errado.

— Seu filho puxou o cabelo de Scarlett.

— Uau. Obrigado, mãe.

Todos nesta família idiota estão se voltando contra mim hoje.

— Por quê? — ele fica inexpressivo, agora olhando para mim.

— Porque ela está no meu quarto e eu não a quero aqui.

Meu pai olha para minha mãe e depois para Scar.

— É o quarto dele. Se ele não quer você aqui, então vá embora.

Os olhos de Scar se arregalam e juro que ela vai chorar. Espero que chore. Seria muito engraçado.

— Sebastian! — mamãe grita. — Seja legal.

Os ombros do papai encolhem.

— Neo não precisa de garotas em seu quarto quando está com os amigos. Eles não são mais crianças. Não podemos forçá-los a brincar juntos.

— Obrigado, pai.

RACHEL LEIGH

— Não me agradeça. — Ele olha para Maddie. — Você e sua amiga vão brincar em outro lugar.

É tão estranho para mim que ele não costuma chamar Scar pelo nome verdadeiro. É sempre *aquela garota* ou *sua amiga*.

Não que eu me importe, ela é apenas *aquela garota*.

Maddie e Scar saem, me deixando com minha mãe e meu pai, enquanto Crew e Jagger nos excluem e continuam jogando Minecraft.

— A diversão acabou. Você precisa fazer seus trabalhos escolares. Meu pai atravessa meu quarto, posicionando-se bem em frente à televisão.

Olho para Crew e Jagger, que pausaram o videogame.

— Isso não é justo, pai. Maddie está com a amiga dela aqui.

— Sua irmã não é problema meu. É problema da sua mãe.

Volto-me para minha mãe, esperando que desta vez seja ela quem vai pular em minha defesa. Em vez disso, ela abaixa a cabeça, como se estivesse envergonhada ou não quisesse falar. Provavelmente preocupada que ele grite com ela ou algo assim. Ele está sempre gritando com todo mundo.

— Você é meu filho — continua — e fará o que eu digo. — Aponta o dedo por cima do meu ombro. — Vá para sua mesa e é melhor eu ver os livros escolares abertos quando voltar para ver como você está.

Os caras e eu trocamos um olhar antes de colocarem silenciosamente seus controles no chão na frente deles.

— Vejo você na escola amanhã — Crew corta, antes que ele e Jagger se levantem e se dirijam para a porta.

— Isso não é justo, pai.

— A vida não é justa.

— Só porque Maddie é uma menina, ela pode ficar com toda a diversão.

— Você e Maddie estão seguindo dois caminhos diferentes. Fez a coisa certa ao expulsar aquela garota daqui. Quanto mais luxo dermos a ela, mais confortável ela ficará. Mas não puxe a porra do cabelo dela de novo, entendeu?

Por alguma razão, meu pai não gosta de Scar. Ele sempre deixou isso claro para ela. No entanto, ela continua vindo aqui. Ela é teimosa e durona. Exceto quando consigo segurar bem o cabelo dela. Esse é seu ponto fraco e uso isso a meu favor.

— Sim, senhor — respondo, antes de ir para minha mesa para começar meus trabalhos escolares, como ele exigiu.

Meu pai sai e minha mãe vai até onde estou sentado. Sua mão repousa no meu ombro e ela mantém o tom baixo.

— Não há problema em deixar Scarlett confortável, Neopolo. — Minha mãe é a única que pode me chamar pelo meu nome e sair impune. Curiosamente, eu meio que gosto quando ela faz isso, mas só ela. Ninguém mais pode me chamar assim.

— Mas meu pai disse…

— Seu pai diz muitas coisas. Se você quer ser legal com ela, seja legal com ela. Ela é a melhor amiga da sua irmã gêmea e acho que Maddie ficaria muito feliz se vocês dois se dessem bem.

Giro na cadeira e minha mãe tira a mão do meu ombro.

— O negócio é esse, mãe. Eu não quero ser legal com ela. Papai me contou algumas coisas realmente ruins sobre os Sunder e não acho que ninguém deveria ser legal com ela.

— Ele contou, não foi?

Eu concordo.

— Bem — ela se aproxima —, acho que seu pai só quer o melhor para você, mas o único que sabe o que é isso é você.

— Acho que é melhor que ela simplesmente desapareça.

Minha mãe inclina a cabeça para o lado e suas sobrancelhas se juntam.

— E por quê?

— Porque ela é uma cobra e as cobras mordem.

Sua mão pousa de volta no meu ombro.

— Só as más mordem, e eu prometo a você, Neopolo, Scar não é uma das más. — Ela aperta meu ombro suavemente, antes de se inclinar e beijar minha bochecha.

Não importa, uma cobra ainda é uma cobra.

Antes de se levantar, mamãe sussurra:

— Sabe, às vezes, quando um garoto é mau com uma garota, isso significa que ele tem uma queda por ela.

Eu me encolho, me afastando.

— Eca, mãe. Eu nunca poderia ter uma queda por Scar.

— Talvez não agora. Mas algum dia, você poderá perceber que teve uma queda o tempo todo.

RACHEL LEIGH

CAPÍTULO UM

SCAR

— Morto! — Minha cabeça balança em movimentos rápidos, me fazendo sentir tonta. — Isso não pode ser verdade! — Todos falam ao mesmo tempo, mas não processo as palavras que chegam aos meus ouvidos. Meus joelhos batem enquanto tremo sob o poste escuro.

Riley levanta o papel, com os olhos arregalados de terror.

— Alguém, por favor, me explique isso e rápido. — Ela ri, mas o som é completamente desprovido de humor. — Elias Stanton está esperando que eu volte ao baile a qualquer minuto, então preciso saber como diabos estou segurando sua certidão de óbito, de duas décadas atrás, nas mãos.

Seguro o braço de Crew, tentando impedir que meu corpo trema, mas não consigo mascarar a falha em minha voz.

— Riley e eu confiamos naquele cara. Quem diabos é ele?

— Meu palpite — Neo fala, com as mãos enfiadas nos bolsos da frente da calça jeans preta. — Esse é o filho de Jeremy Beckett e Kenna Mitchell. — Ele olha Riley bem nos olhos. — Você está transando com Jude Beckett.

Arrepios constantes percorrem minha espinha, agulhas picando cada centímetro da minha pele. Quando meus olhos se voltam para Crew, sigo seu olhar por cima do ombro.

Ele curva os lábios em um rosnado, os punhos cerrados ao lado do corpo.

— Pensem rápido, filhos da puta. Prontos ou não, aí vem ele.

— Fique calmo — diz Jagger, dando um tapinha no ombro de Crew e atravessando nosso círculo. Ele passa por mim e vai direto para Elias, ou quem quer que seja.

— Acho que não consigo — Riley sussurra. Puxo-a para perto até que nossos lados estejam conectados e meu braço esteja em volta de seus ombros.

— Pensei que tínhamos deixado claro que você deveria ficar longe da nossa garota — Jagger zomba de Elias.

— Só estou vindo atrás do meu encontro — Elias retruca, com os olhos em Riley. Ela não o encara, apenas se enrola debaixo do meu braço, lutando contra as lágrimas.

— Está tudo bem, querida — digo a ela. — Isso é uma merda, mas é o começo do fim. Agora sabemos.

Todas as lágrimas que ela estava segurando derramaram-se violentamente. Envolvo-a com os dois braços, protegendo seu rosto de Elias. Sua respiração soluçante é quente e úmida enquanto ela chora na manga do meu vestido.

— Ela está triste por sua última temporada como líder de torcida ter acabado. — Levanto a voz para Elias. — Só precisa de algum tempo.

Crew passa por nós, juntando-se a Jagger, que agora está cuspindo palavras venenosas para Elias. Ele dá um tapa no ombro de Elias, guiando-o de volta ao prédio.

— Riley e Scar precisam de um minuto a sós. Ela vai te encontrar quando estiver pronta para te ver.

Elias gagueja e mexe os pés, mas eventualmente vai embora, como dois dos três membros do Ilegais lhe disseram para fazer. Levantando os olhos, vejo Neo, que ainda está aqui por motivos que desconheço. Ele não diz nada, apenas fica parado com os braços rígidos e as mãos nos bolsos. Sua expressão é vazia e seus olhos verde-oliva parecem escuros e focados quando pousam nos meus.

— Você pode ir — digo a ele, esperando que aceite o convite para ir embora.

Ele morde o lábio inferior, as sobrancelhas unidas.

— Não posso deixar vocês sozinhas, então, até que as duas terminem essa dramática sessão de choro, estarei aqui assistindo. Só queria ter um pouco de pipoca para o show.

É típico dele minimizar a situação. Riley e eu acabamos de descobrir que um cara em quem confiamos não é quem diz ser. Não só isso, ele é potencialmente perigoso e provavelmente perturbado. No entanto, Neo está tratando esta informação como se não fosse grande coisa — apenas mais um dia na Academia, aos seus olhos.

— Vá se foder — resmungo, passando os dedos pelo cabelo de Riley. Normalmente não sou do tipo consoladora. Realmente não me dou bem quando se trata das emoções de outras pessoas, ou das minhas, mas Riley é sensível e confiante e seu coração ficou partido. Por ela, estou engolindo isso e vou deixá-la chorar o tempo que for necessário, mesmo com Neo observando e batendo a ponta do sapato impacientemente na calçada de concreto.

— Gostaria de poder, Scar. Gostaria de poder. Mas regras são regras e agora, mais do que nunca, precisamos cumpri-las.

É verdade que uma das regras para eu me mudar para a casa dos Ilegais sob a proteção dos caras é não sair sozinha, mas Crew criou essa regra para me manter por perto. Jagger obedeceu, porque também queria me manter por perto. Mas, Neo? Ele adoraria ficar o mais longe possível de mim, então isso não está fazendo o menor sentido agora.

— Desde quando você se importa com regras? Especialmente aquelas que você não criou?

Ele tira uma das mãos do bolso, com um chiclete preso entre os dedos. Seus olhos se estreitam ao puxar a outra mão e lentamente abrir a embalagem.

— Já que as coisas ficaram interessantes. — Ele coloca o chiclete na boca e enrola a embalagem até que ela quase não exista.

Riley me solta, com o rosto cheio de lágrimas que mancharam sua base pesada. Seus olhos estão pintados com manchas de rímel, e uma olhada mostra que suas lágrimas pretas formaram um círculo úmido em meu vestido.

Olho para Neo, que levanta a mão com a embalagem enrolada. Ele se afasta, sorrindo.

— Terminamos aqui?

Rosnando, reviro os olhos, pego a mão de Riley e volto para o baile.

— O que vamos fazer sobre isso? — pergunto a ela, deixando nosso próximo passo para a Guardiã deste lugar.

— Banheiro feminino. Agora.

Estou grata por essa resposta, porque ela precisa de um espelho e um lenço de papel antes de enfrentar a multidão.

O som irritante das botas de Neo batendo na calçada ressoa em meus ouvidos, e quando chega cada vez mais perto, sei que ele está em nosso encalço.

Não é nenhuma surpresa quando ele nos segue pelo corredor na direção oposta do baile. Riley e eu entramos no banheiro feminino e Neo nos segue. Paro na porta, com Riley lá dentro. Minhas mãos se apoiam em cada lado da moldura aberta, pressionando firmemente contra o tijolo pintado de branco.

— Você não pode entrar aqui.

Neo bate em meu braço e passa por mim.

— Tente me impedir.

— Neo! — grito, sem saber por que estou me incomodando. Neo faz o que quiser.

Viro a esquina e vejo Riley com as mãos pressionadas na pia de porcelana. Sua cabeça está baixa e seus cachos loiros caem em cascata ao redor do rosto.

— Ry — chamo, colocando a mão em seu ombro, e ignoro a presença indesejada de Neo atrás de mim. Levanto os olhos, fitando o espelho, e o vejo com o pé apoiado na parede. Ele está com um sorriso de merda que diz: "sabia que você não poderia me impedir". Em minha defesa, eu nem tentei, então olho para ele com raiva. Isso tudo é um jogo para ele. Ele me pressiona para conseguir uma reação minha, e estou lentamente aprendendo a não dar uma a ele, embora às vezes ele torne impossível não reagir às suas besteiras.

Aperto os olhos, minha testa franzida. *Pare de olhar para mim.*

Neo devolve meu olhar, inclinando levemente a cabeça em direção ao ombro esquerdo.

Ele está me desafiando! Deus! O que somos nós, crianças? Independente disso, não vou perder. Não vou desviar o olhar primeiro.

Curvo o lábio, recusando-me a piscar. Neo é teimoso, mas eu também sou.

Erguendo o queixo, ele morde o canto do lábio inferior e minha respiração treme. A vantagem dessa disputa de encarar Neo: ele é lindo pra caralho. Como uma obra de arte pela qual você passa em um museu e não consegue evitar voltar atrás, apenas para dar outra olhada. E quando você faz isso, fica perdido. É um olhar sujo, com os cantos marcados e respingos de nada — mas tudo ao mesmo tempo. Sedutor e sombrio. Você não consegue entender a história da peça, mas sabe que ela foi ao inferno e voltou. A única diferença é que Neo esteve no inferno, mas não tenho certeza se algum dia ele conseguirá sair. Ele gosta de viver na miséria. Está confortável lá.

Riley levanta a cabeça e meu coração pula na garganta. Minhas bochechas ficam vermelhas e é uma sensação estranha. Como se eu tivesse sido pega fazendo algo que não deveria. Três minutos inteiros olhando diretamente nos olhos do meu adversário e, por algum motivo estranho, quero olhar novamente.

Neo tira o pé da parede e dá três passos largos em nossa direção. Meu peito estremece quando seus olhos voltam para os meus. Ainda me observando, ele passa o braço em volta do ombro de Riley, o que é estranho, considerando que Neo odeia todo mundo, inclusive ela.

RACHEL LEIGH

— Vamos, garota. Vamos levar você para a pista de dança.

Fungando, Riley olha para ele.

— Você quer dançar? — Ela se volta para mim, tão confusa quanto eu.

— Porra, não. — Neo ri. — Mas se eu tiver que assistir ao seu sistema hidráulico, todos os outros deveriam ser forçados a assistir a esse show de merda também.

Riley sai de debaixo de seu braço e, antes que ele possa se mover, coloco as mãos em seu peito, empurrando-o contra a parede em que estava empoleirado.

— Você é um idiota!

Sua cabeça cai para trás e ele olha para o teto com tédio.

— Tire-me já da minha miséria. Se eu vir mais uma maldita lágrima, então me ajude…

Em um movimento rápido, dou um tapa forte no rosto dele. Eu não planejei e a dor na palma da minha mão aberta me fez desejar não ter feito isso.

Neo gira o pescoço, a mandíbula cerrada.

— Vagabunda! — xinga, fervendo. Seus dedos formam uma teia de aranha e ele agarra meu pulso, apertando com tanta força que temo que quebre meu osso. Não é sempre que Neo me assusta, mas seu domínio sobre mim, combinado com o olhar irado em seus olhos, faz minha respiração falhar.

Como passamos de um olhar lascivo para isso em questão de minutos? Hormônios. Esses filhos da puta do caralho estão sempre racionalizando o comportamento de Neo e me forçando a cair no feitiço de sua toxicidade. Enquanto eu pensar com a cabeça, eu o odeio. Eu o desprezo. Eu o odeio, porra.

Meu coração dispara quando as unhas de Neo cravam minha pele. Uma olhada em seu rosto mostra a prova do meu tapa. Dedos abertos e a marca da palma na bochecha esquerda. Depois da forma como ele tem me maltratado, nem me arrependo.

— Deixe-me ir, idiota! — Puxo meu braço, tentando libertá-lo, sem sucesso.

— Você me deu um tapa, puta!

— Eu não sou uma puta! Idiota!

— Você está transando com meus dois melhores amigos ao mesmo tempo. Acho que puta é o título apropriado.

— Meu Deus! — Riley grita. — Vocês dois poderiam simplesmente foder e acabar logo com isso? — Ela sai furiosa do banheiro e eu rapidamente tiro meu braço do aperto de Neo.

SEGREDOS DISTORCIDOS

Tocando o local dolorido com a outra mão, lanço-lhe um olhar de puro ódio.

— Eu morreria primeiro. — Então saio para conversar com Riley.

Assim que saio do banheiro, ouço Neo gritar:

— Isso pode ser arranjado.

A raiva ondula através de mim. É em momentos como esse que eu quero me dar um tapa por sempre ter pensamentos de que Neo é tudo menos meu inimigo.

Coloco as mãos na boca e grito para Riley, que está andando com firmeza pelo corredor na minha frente.

— Ry! Espere.

Sua cabeça balança rapidamente, e é a primeira dica de que Neo a irritou, e ela está irritada comigo. Como deveria estar. Minutos atrás, descobrimos que o namorado dela é potencialmente o Stalker da BCA e tudo que fiz foi brigar com Neo quando deveria estar consolando-a.

Acelero o ritmo até estar correndo pelo corredor com meus tênis pretos de cano alto. A música tocando na academia é tão alta que não ouço quando alguém pula pela porta, me parando. Meu corpo colide com o dele e me firmo, agarrando seus ombros. Demora um segundo para a máscara ser registrada, mas, quando isso acontece, eu reclamo.

— Jesus, Crew!

Ele ri enquanto me recomponho. Respiro fundo e bato em seu ombro ao soltar o ar.

— Você me assustou pra caralho.

— Deu pra ver. — Ele pega minha mão e rapidamente me leva pelo corredor. — Mas controle-se. Temos coisas para fazer.

Sigo-o, mal conseguindo acompanhá-lo, considerando que minhas pernas estão à beira de fraquejar. Não tenho ideia de quando me tornei tão fraca, mas não gosto dessa versão de mim mesma. Nem um pouco.

— Onde estamos indo? — Consigo dizer, engasgando, e recupero o fôlego.

— Temos que pegar Riley antes que ela faça algo que levante suspeitas em Elias. Jagger e eu acabamos de enviar o cara em uma busca inútil até que possamos controlar as emoções de Riley. Não podemos deixá-lo saber que estamos atrás dele.

— Que tipo de perseguição inútil?

Seus lábios se contraem com humor ao continuarmos andando apressados pelo corredor.

RACHEL LEIGH

— Digamos apenas que Melody e seu amigo, o Stalker, estão prestes a se reunir.

— O que você fez, Crew?

— Disse a Melody para ir buscar um barril no Ninho dos Falcões e levá-lo para a sala da Coleta, e fiz Elias ir ajudá-la.

— Caramba, espere um minuto. — Puxo sua mão, parando-o. Nós dois deixamos de andar momentaneamente e pergunto em tom sério: — Você ainda planeja dar a festa hoje à noite?

— Porra, sim, claro que vamos dar uma festa. É véspera do Dia de Todos os Santos e noite do baile.

— Crew! — digo o nome dele com ênfase. — Acabamos de descobrir que um aluno aqui está fingindo ser um ex-aluno que está morto! Você está louco?

— Provavelmente. Mas a festa ainda vai acontecer. Vamos. — Ele puxa minha mão e estamos andando novamente. — Há algo que precisamos fazer primeiro.

Uma respiração pesada me escapa.

— Será que eu quero saber?

— Provavelmente não. — Ele acelera o ritmo, então faço o mesmo. Duas garotas saem pelas outras portas da academia, uma vestida de Power Ranger rosa e a outra de enfermeira safada. Suas risadas dominam o som da música e, quando nos veem, imediatamente ficam quietas. É a presença de Crew que as silencia, não a minha.

— Riley! — Crew grita, mas ela ainda está andando rapidamente na nossa frente. — Pare de andar agora ou eu vou te derrubar!

Finalmente, ela diminui seus passos. Quando a alcançamos, posso ver que ela está à beira de um colapso total. Coloco um braço em volta dela, puxando-a para perto.

— Sinto muito se fui insensível.

— Desculpas não aceitas. — Ela faz beicinho com uma carranca no rosto. — O que diabos devo fazer, Scar? Não tenho ninguém para me ajudar. Você está muito ocupada brigando com Neo, enquanto Crew e Jagger estão babando na sua bunda. Quem eu tenho?

— Você me tem. — Eu a puxo para mais perto, esperando que ela acredite. Riley é a coisa mais próxima de uma melhor amiga que tenho aqui.

— Tenho mesmo? Será?

— Claro que tem. Olha — eu a giro até que ela fique bem na minha frente —, nós vamos dar um jeito nisso. Prometo.

Crew dá um tapinha em meu ombro, interrompendo.

— Odeio interromper esse momento, mas precisamos ir. Agora.

— Ir aonde? — Riley pergunta.

Ele acena em direção à saída no final do corredor.

— Apenas venha conosco.

Fico surpresa quando ela começa a caminhar em direção à porta. Achei que faria mais perguntas, mas todos sabemos que as respostas não são fáceis quando se trata dos Ilegais.

Crew e eu estamos andando de mãos dadas quando ele pergunta:

— Então, que porra Neo fez com você dessa vez?

— Apenas sendo um idiota, como sempre. — Dou de ombros casualmente. — O cara tem a sensibilidade de um lápis. Nunca entenderei como alguém pode ser tão frio com outro ser humano.

— Bem, quando você é criado por um lobo, se comporta como um.

Ele está se referindo ao pai de Neo — um lobo, na verdade. Sebastian é o epítome de alguém frio e insensível. Ao longo dos anos, observei seu comportamento e não consigo me lembrar de um único caso em que tenha visto o homem sorrir. Não foi nem a morte da esposa que desvencilhou suas emoções, ele é assim desde que me lembro. O abuso físico e emocional que sofreu com a família — mesmo que tenha sido apenas um tapa na nuca — foi, sem dúvida, traumatizante. Especialmente para Neo, considerando que ele recebeu a maior parte da ira de seu pai.

Crew usa a mão livre para abrir uma das portas duplas, ainda segurando a minha com força. Saímos e um arrepio percorre minhas costas.

— Argh. Parece que a temperatura caiu dez graus desde que cheguei aqui.

— Provavelmente sim. Temos uma tempestade de neve mortal esta noite.

— Por favor, me diga que isso significa que a festa será realizada dentro de casa?

Crew levanta uma sobrancelha.

— Com certeza. Você acha que eu deixaria minha gata congelar aqui fora?

Enrolo meu corpo mais perto do dele, segurando seu bíceps.

— Não tenho certeza do que faria sem você. Você está sempre cuidando de mim.

Ele realmente está. De verdade, não sei o que faria sem Jagger ou Crew. Duvido que ainda estaria aqui, depois de tudo o que aconteceu. Nunca vou entender como tive tanta sorte de ter esses dois caras incríveis abrindo seus corações e suas casas para mim, mas ainda parece um sonho. Um sonho dentro de um pesadelo, mas ainda assim um sonho.

RACHEL LEIGH

Todos paramos bem na frente do trenó de Crew, que vira todo o meu corpo em sua direção. Com o polegar e o indicador, levanta meu queixo.

— Você nunca precisa descobrir. — Seus lábios pressionam os meus, o calor percorre meu corpo. De repente, esqueço como está frio lá fora. Esqueço que estamos à caça de um psicopata maluco. Esqueço que há um ginásio cheio de estudantes dançando no prédio ao nosso lado. Esqueço todo o resto, porque tudo que preciso neste momento está bem na minha frente.

— Podemos ir? — Riley entra na conversa. — Está muito frio aqui.

Antes que qualquer um de nós possa responder, a voz de Jagger atinge meus ouvidos por trás de mim.

— Preparadas?

Saio do aperto de Crew. Não é que eu não queira que Jagger me veja beijando Crew ou sendo abraçada por ele — Jagger está ciente do que está acontecendo —, mas tento não exibir meu relacionamento com nenhum deles na frente do outro, e acho que eles tentam fazer o mesmo. A menos que estejam irritados e indo para a briga. Nesse caso, eles me usam como arma.

— Sim — Crew diz a ele —, estamos prontos. Onde está Neo?

Vou até o trenó de Crew e Jagger vem em nossa direção.

— Disse que nos encontra lá. — Jagger dá um sorriso. — Acho que ele está esperando que a marca da mão em seu rosto desapareça antes de dar as caras.

Crew me lança um olhar questionador e reprimo um sorriso.

— Ele já estava merecendo isso há um tempo.

Passando por mim, Jagger dá um beijo na minha bochecha e agarra um punhado da minha bunda.

— Essa é minha garota. — Ele balança uma perna sobre o assento e se abaixa, com o capacete na mão, estendendo o sobressalente na direção de Riley. — Pronta?

Ela suspira pesadamente, antes de pegá-lo e seguir em frente. Segundos depois, eles estão decolando.

Olho para Crew, que está me entregando meu capacete.

— Planeja me dizer para onde estamos indo?

Ele sobe no trenó, deixando espaço para mim na frente.

— A escola. Temos algumas pesquisas para fazer.

CAPÍTULO DOIS

NEO

Foda-se ela. Fodam-se eles. Fodam-se todos.

E foda-se eu também por deixar aquela garota chegar perto o suficiente para me dar um tapa — ou até mesmo me tocar. Seu toque é como fogo queimando minha pele, deixando cicatrizes invisíveis. Nesse ritmo, estou fadado a estar coberto por elas.

Esfrego agressivamente a pele manchada da minha bochecha, tentando misturar a marca. Não é que eu me importe com quem vê, exceto ela. Ela não merece a satisfação de saber que me marcou de alguma forma. Eu deveria ter retribuído o tapa, mas a única coisa pertinente que meu pai me ensinou foi não bater em uma mulher. Scar adora ultrapassar limites, então talvez seja hora de eu ultrapassar alguns dos meus próprios.

Estão todos esperando que eu vá para a escola, mas não tenho problema em fazê-los esperar mais um pouco.

O som de passos entra no banheiro e olho para o responsável.

— Vá embora — ordeno, inexpressivo, dando a um garoto... acho que é um júnior, nenhuma porra de ideia de qual é o nome dele... um olhar de advertência.

Seu pomo de adão balança enquanto ele engole e levanta os óculos de armação de metal que deslizaram pelo nariz. Evitando contato visual, ele balança a cabeça e sai.

Isso foi muito fácil. Tudo aqui é muito fácil. Onde diabos está o desafio?

Ela. Ela é o desafio. Minha conquista. Um desafio que estive observando e esperando para destruir. Algumas vezes deixei cair minhas barreiras. Momentos de fraqueza, por assim dizer. Mas basta lembrar por que a desprezo e as paredes voltam a ser erguidas e o desafio recomeça.

Eu vou quebrá-la. Mostrar-lhe por que nunca pertenceu em nosso meio e, no final, ela se encolherá e irá embora. Com alguma sorte, toda a família Sunder será abolida, para nunca mais mostrarem seus rostos na frente de um Sangue Azul.

É agridoce, de verdade. Por um lado, sentirei falta de foder com a vida dela; por outro, não precisarei mais.

Abrindo a torneira, deixei a água fria escorrer pelas palmas das minhas mãos. Inclino-me sobre a pia e jogo água no rosto, piscando para afastar as gotas que se formam nos meus cílios. Sem sequer levantar a cabeça, estendo a mão e pego uma folha de papel toalha pendurada, e ela imediatamente cospe mais. Com os olhos fechados, levanto a cabeça e seco o rosto, depois jogo o papel amassado na lixeira aberta.

Respiro fundo e afasto quaisquer pensamentos remanescentes sobre ela, só permitindo que eles retornem quando eu tiver um plano sólido. Neste momento, precisamos derrubar Jude Beckett pelo que ele fez. Isto é tudo por Maddie. Tudo o que faço é por ela — até mesmo expondo a sua suposta melhor amiga pelo que ela realmente é: uma fraude.

Com meu trenó estacionado na entrada dos fundos da escola, uso minha chave mestra para abrir a porta que leva à cozinha do refeitório. Não tive notícias dos caras e realmente não esperava. Desde que Scar os emaranhou em sua teia, fiquei de fora de tudo. Mas não estou zangado com isso, porque, no devido tempo, terei meus meninos de volta e Scar não será nada mais do que uma lembrança ruim.

A neve cai em montes das minhas botas enquanto ando pelo chão de mármore, tomando cuidado para não escorregar, porque eles têm uma nova camada de cera. Está prestes a acontecer um acidente aqui, se me perguntar.

Um empurrão nas portas brilhantes e entro no refeitório aberto. Está quieto. Tão quieto que os pensamentos na minha cabeça gritam.

Quando o pai de Riley, Samson Cross, passou a informação sobre Elias Stanton para meu pai, peguei a informação da mesa dele e vim direto para cá. Nunca contei ao meu pai que sabia ou que estava indo embora.

Não tenho dúvidas de que meu pai tinha toda a intenção de deixar todas as informações de lado porque está muito ocupado com as próximas eleições para se preocupar com uma tarefa tão mundana. Porque é isso que o desaparecimento de Maddie representa para ele: um pequeno inconveniente que deseja manter longe dos olhos do público. A mesma merda aconteceu com minha mãe quando ela morreu e acontecerá com todos os casos que envolvam a mim ou Maddie no futuro. Ele não se importa conosco e é essa verdade nua e crua que me faz seguir em frente na vida. Maddie precisa de mim, e ela também é tudo que tenho, então, nesse sentido, eu também preciso dela.

O que me traz aqui, à escola, porque precisamos descobrir tudo o que pudermos sobre Elias — começando pelos registros escolares.

Enfiando a mão no bolso, pego meu telefone para verificar as dezenas de chamadas perdidas que recebi do meu pai. Ele montou grupos de busca para Maddie, mantendo tudo em segredo.

Também há algumas ligações perdidas e mensagens dos caras, mas já sei por que eles estavam ligando. *Onde diabos você está? Vem logo!*

Enfio meu telefone de volta no bolso e, enquanto ando pelo longo corredor, meus dedos percorrem a fileira de armários dos anciãos, parando em um em particular. Não estou com pressa, então decido verificar o que nossa garota tem feito. Girando a fechadura, insiro a combinação dela e levanto a alavanca, abrindo a porta. De vez em quando, eu reviso suas coisas — na escola e em casa — só para ter certeza de que não está tentando nos enganar. Por um tempo, suspeitei que sim, mas as evidências apontavam para outro lugar, então deixei de lado essa suspeita, mas nunca podemos ter muita certeza. Pelo que sei, ela está jogando ao lado de Jude Beckett. Afinal, ela fez amizade com ele quando ninguém mais o fez, então tenho que me perguntar: por quê? Ela sabia a verdade esse tempo todo?

Cada vez que faço essa merda, tenho uma sensação de euforia. Tipo, estou prestes a descobrir outro segredo que poderia usar contra ela. Embora, ultimamente, eu tenha ficado de mãos vazias. Não importa, no entanto. Tenho tudo que preciso para explodir o mundo dela e o de sua família também.

Agachando-me, folheio alguns papéis que acabei de jogar dentro, o tédio tomando conta. Não há absolutamente nada aqui. Scar é muito boa em manter seus segredos escondidos, então eu não deveria ficar chocado. Também não estou surpreso com a falta de decoração. A maioria das garotas aqui tem seus armários enfeitados com merda rosa com babados;

Scar não. Na verdade, ela não tem nenhuma decoração. Muito básico, mas muito complexo. O mistério que a rodeia é fascinante e me faz querer saber tudo o que talvez ainda não saiba.

— Que diabos está fazendo? — Sua voz atinge meus ouvidos antes que eu a veja.

Um sorriso surge em meu rosto enquanto olho dentro de seu armário aberto.

— Ninguém nunca lhe disse que organizar suas coisas é o primeiro passo para organizar sua vida?

Sou pego de surpresa quando ela me empurra para o lado e sinto o cheiro de seu spray corporal de baunilha, ou talvez seja loção. Não, tenho quase certeza de que é spray corporal. Um dia, vi uma garrafa em sua cômoda. De qualquer forma, isso inunda meus sentidos quando me viro para a direita, me apoiando no chão com a mão.

— Minha vida está bastante organizada sem você tentar fazer isso por mim. — Seu tom grave me diz que ela está chateada, como deveria estar; como eu gosto que esteja.

Tirando a poeira das mãos, levanto-me e fecho o espaço entre nós, inspirando profundamente seu perfume inebriante. Não gosto da garota, mas não posso negar que ela parece e cheira como um sonho erótico.

Quando ela curva os lábios, não digo nada. Apenas fico com o rosto a centímetros do dela.

— O que você está fazendo no meu armário, Neo?

Levanto um ombro, deixando-o cair lentamente.

— Só estou certificando-me de que seus esqueletos não estejam escondidos aí.

Suas sobrancelhas se levantam até a testa, narinas dilatadas, e ela me empurrava alguns passos para trás.

— Ah, é? É lá que você esconde os seus? — Sua voz se eleva quase a um grito. — Na porra do seu armário da escola? — Ela me empurra de novo, me fazendo recuar mais alguns passos, uma gargalhada subindo pela minha garganta. — Você deve pensar que sou burra.

Jogo as mãos para cima em defesa.

— Você disse isso, não eu.

— Eca! Eu te odeio tanto! Justamente quando penso que você está começando a mostrar um pouco de humanidade, você começa a agir assim de novo!

— Acho que você é burra de verdade, porque seria uma tola se confundisse qualquer gesto humano com gentileza da minha parte. — Não que eu tenha certeza de a que ela está se referindo. Pelo que me lembro, não fui nada além de imperioso com a garota.

Ela dá uma tapa na testa, provocando.

— Você tem razão. Que porra eu estava pensando?

— Que bom que estamos alinhados. — Passo por ela, batendo a porta do armário e continuando pelo corredor. — Se bem me lembro, temos um mistério para resolver com o resto da Equipe Scooby-Doo.

Seus passos seguem pesadamente atrás de mim até que ela está andando ao meu lado. Meus olhos reviram, nem mesmo a encarando.

— Ah, você de repente decidiu nos ajudar? — Ela se aproxima de mim e faz uma reverência, continuando a andar ao meu lado. — Obrigada, todo-poderoso senhor Saint, por dedicar um segundo do seu tempo para nos ajudar a encontrar a porra da sua irmã!

Ela é um pé no saco.

— Se formos totalmente honestos, não preciso da sua ajuda, nem da ajuda de Crew ou Jagger. De minha parte, nenhum de vocês fez nada para ajudar Maddie. Na verdade, tudo o que você está fazendo é piorar a situação.

Ela para de andar e espio pelo canto do olho. Sua expressão de repente fica desanimada. Sobrancelhas estoicas, lábios achatados.

— Jesus Cristo, Scar. Não seja tão dramática. — Quando seus pés ficam plantados no ladrilho abaixo dela, minha postura amolece. Giro para encará-la, de cabeça baixa, olhos nos dela. — Estamos todos fazendo um trabalho de merda. Agora, podemos ir? Por favor?

Algo sobre o que eu disse traz vida de volta para ela. Seus olhos suavizam e ela reprime um sorriso.

— Você acabou de dizer "por favor"?

Porra. Eu disse?

— Não.

Ela está sorrindo a essa altura e, por algum motivo, a prova de sua felicidade dá um nó no meu estômago.

— Sim, você disse. Você disse, e repito: "podemos ir, por favor"?

— E daí se eu disse? Quem se importa se eu disser "por favor"?

Seus ombros sobem e descem, a alegria em seu rosto nunca vacila.

— Eu me importo, porque é exatamente disso que eu estava falando. Este é um daqueles momentos que eu estava falando em que você mostra um pouco de humanidade.

RACHEL LEIGH

Jogo as mãos para o ar e continuo andando em direção à sala de registros.

— Você é maluca.

Ela corre de volta para mim, garantindo um suspiro.

— E você não está tão morto por dentro quanto gostaria que todos pensassem que está.

Estamos caminhando no mesmo ritmo quando pergunto:

— Não ouviu nada do que eu te disse nos últimos cinco minutos?

— Ouvi. Eu sou burra. Sou uma vadia. Estou basicamente arruinando sua vida. Ah, e você disse a palavra "por favor". — Suas mãos se juntam e aquele sorriso de merda em seu rosto retorna.

Ela está adorando isso. Um momento em que uma simples palavra escapa da minha boca e ela vai usá-la contra mim até o fim dos tempos. Não foi nem um *por favor* gentil. Foi mais um tipo de por favor que diz *agora mesmo, porra*. Mas, de qualquer forma, se ela quer pensar que sangue quente corre em minhas veias de vez em quando, que assim seja. Eu sei a verdade. Sou eu quem estremece com meus próprios pensamentos fodidos. Quem luta muito para acordar de seus pesadelos, apenas para descobrir que nunca dormi.

Virando a esquina em direção aos escritórios da administração, nossos ombros se tocam e era de se pensar que acabei de colocar fogo no braço dela. Scar dá um solavanco, dando alguns passos para a direita e para longe de mim. É ridículo o quanto ela finge me desprezar. Digo fingir porque, no fundo, não acho que ela realmente me odeie. É exatamente por isso que tenho que melhorar minha postura. Quero que ela odeie minha existência. Só então terei certeza de que ela não tentará se aproximar demais, porque, se o fizer, temo que possa ter outro momento de fraqueza e permitir. Se isso acontecer, serei tão desprezível quanto ela. Um toque e nós dois iremos direto para o inferno.

CAPÍTULO TRÊS

SCAR

— O que exatamente estamos procurando? — pergunto a Riley, que vasculha uma pilha de pastas que colocou sobre uma mesa grande.

— Registros escolares de Elias Stanton. As datas simplesmente não estão batendo. — Ela olha por cima do ombro. — Não estou encontrando nada aqui. Temos certeza de que ele estava na turma de 2001?

Jagger é o primeiro a responder:

— Ele nasceu em 1984. Tinha que ser 2001 ou 2002.

— Esse seria o ano em que a maioria dos nossos pais se formaria — digo o fato em voz alta.

— Todos menos os meus — comenta Riley. — Minha mãe e meu pai estavam dois anos à frente dos seus. — Deixando a pilha sobre a mesa, abre uma gaveta grande no lado oposto daquela em que estava. Ela a fecha e depois abre outra, repetindo o processo até encontrar o que procura. Juntando pelo menos uma dúzia de pastas, as puxa e coloca na mesa ao lado das outras. Observo atentamente, sentindo que não estou oferecendo muita ajuda, mas não sei realmente o que posso fazer.

Com as luzes apagadas, a única maneira de vermos é pelas telas dos computadores abertos e pela lanterna que está no topo da cabeça de Riley, que está presa a uma espécie de bandana. Ela realmente parece uma Guardiã em toda a sua glória.

Neo está sentado na cadeira da escrivaninha, olhando todo sombrio para uma parede — muito provavelmente tentando descobrir quantos corpos cabem em um buraco de quase dois metros. Crew está em outra sala, onde fez login na conta do diretor, e tenho quase certeza de que está mudando sua nota em Literatura Americana porque foi reprovado no último teste. Jagger está aqui em seu próprio laptop, fazendo pesquisas sobre a família Beckett. E, claro, Riley está procurando os documentos de Elias.

— Consegui — Riley deixa escapar, com a mão no ar segurando a pasta. Todos param o que estão fazendo e correm até onde ela e eu estamos, em frente à mesa.

Com a lanterna de Riley iluminando a pasta aberta, ela lê alguns fatos aleatórios em voz alta.

— Ele veio para a Academia no primeiro ano em 2001. Previsto para se formar em 2002. — Vira algumas páginas. — Ele entrou como Novato. Subiu rapidamente para um Ás. — Ela vira mais algumas páginas, porém, antes que possa ler mais, Neo pega a pasta da mesa.

— Me dê isso. — Usando seu telefone, liga a lanterna e aponta para a pasta.

— Você é um idiota — eu bufo, balançando a cabeça em descrença para esse cara.

Riley respira fundo, mantendo a compostura, enquanto Jagger e eu trocamos um olhar, ele tão irritado com a explosão de Neo quanto eu.

— Ele desapareceu... — Neo levanta seus olhos para os meus momentaneamente antes de desviar seu olhar para Jagger. — Na noite de Halloween de 2001. Seu corpo foi encontrado dias depois, flutuando de bruços no rio com uma faca nas costas. Caso encerrado. — Ele bate a mão na pilha de papéis de forma agressiva. — Como sempre acontece com qualquer membro da Sangue Azul.

Os cabelos da minha nuca se arrepiam quando digo:

— Amanhã, fará exatamente vinte anos desde que ele desapareceu.

Jagger olha para a página que Neo estava olhando.

— É também da mesma forma que encontramos aquele boneco no rio na semana passada.

Neo fecha a pasta e a deixa sobre a mesa.

— Acha que isso significa alguma coisa?

— Provavelmente não — opina Jagger —, mas todas essas coincidências são intrigantes.

Lembro-me do fato de que Elias não estava em nenhuma de nossas aulas. Fiquei pensando se ele realmente compareceu a elas ou se apenas usou o nome para nos enganar, sem estar registrado como aluno.

— Existe algum registro dele frequentando aulas este ano?

Um minuto folheando alguns outros papéis e Riley responde:

— Não.

— Não importa — diz Neo. — Sabemos que Elias está morto.

Sabemos que foi assassinado. E sabemos que o cara que finge ser ele é, sem dúvida, quem está causando estragos em nossa Academia.

A porta se abre e Crew entra, radiante, com sua máscara de Halloween na mão.

— Agora vocês estão olhando para um aluno que tirou nota A. — O amplo sorriso espalhado em seu rosto deixa óbvio que ele perdeu o que está acontecendo. Quando percebe nossos olhares perplexos, sua expressão cai rapidamente. — Público difícil. Quem morreu?

— Elias morreu — lembro-lhe —, há vinte anos, para ser exata.

Ele atravessa a sala e se junta a nós em frente à mesa.

— Merda. Ele seria... velho pra caramba.

— Ele teria a idade dos nossos pais. Provavelmente teria um filho da nossa idade que teria sido estudante aqui se não tivesse sido assassinado.

Os olhos da Crew se arregalam.

— Assassinado?

— Faca direto nas costas — explica Neo. — Provavelmente um dos Beckett.

— Ou — Jagger interrompe — um estudante. Um Sangue Azul. Um membro dos Ilegais. Poderia ter sido qualquer um. A questão é: por quê?

— Será que realmente importa por que ele foi assassinado? — Neo dobra o papel com os detalhes da morte de Elias e o enfia no bolso interno da jaqueta de couro. — As pessoas morrem, porra. Todo mundo morre e um dia todos nós também morreremos.

— Nossa — Riley reclama —, alguém está meio mórbido hoje.

Estou observando Neo atentamente quando sua disposição muda. Posso ouvir a dor em suas palavras — ver em seus olhos. Ele não está falando apenas de Elias, mas de sua mãe também. Ele está com medo da morte? Está vivendo cada dia como se estivesse simplesmente esperando para morrer também?

— O que quero dizer é: — continua Neo — não importa como ou por que ele morreu. O que importa é por que diabos alguém está fingindo ser ele.

Ainda estou observando-o, tentando entendê-lo, quando suas sobrancelhas se juntam e ele faz uma careta para mim, como se eu estivesse fazendo algo atroz simplesmente por encará-lo.

— O quê? — bufa.

— Nada — respondo.

Ele desvia o olhar por um momento, antes de me fitar novamente, desta vez, com os ombros tensos e as costas retas, tentando parecer inalterado, mas sabe que o estou lendo. E estou deixando-o nervoso.

— Pare de olhar para mim!

Mas eu não paro. Mesmo quando todo mundo me pega focada em seus olhos.

Por que não percebi antes?

Neo não está morto por dentro. As tragédias com as quais ele lidou apenas o fazem se sentir como ele é.

— Querida — Crew chama, deslizando um braço em volta da minha cintura — está tudo bem?

Lambo meus lábios, finalmente tirando os olhos de Neo enquanto meu peito sobe e desce rapidamente. Seja o que for que estou sentindo, é estranho. Um frio na barriga misturado com uma dor aguda no coração.

— Sim — finalmente falo, de repente envergonhada por todos terem me visto presa em meus próprios pensamentos. Mas não lamento que Neo tenha me visto, porque acho que acabei de derrubar uma de suas paredes e também acho que ele sabe disso.

Com passos pesados, Neo passa por todos nós e sai direto pela porta.

Jagger puxa o pescoço para trás.

— Sobre o que era tudo isso?

— Sim. Conte — pede Riley.

— Eu… eu não sei. Mas acho que vocês deveriam dar uma olhada em Neo. Com Maddie desaparecida e tudo mais, ele pode não estar bem.

Crew ri.

— Neo alguma vez está bem?

— Não. Acho que não.

Mas quem está com ele não está bem e por que diabos eu me importo?

VooDoo, de Twisted Insane, está tocando nos alto-falantes vindos da sala de Coleta, dominando o som dos alunos se divertindo. A fita de advertência se estende do topo do túnel até o chão, formando um X na esperança de que os alunos não cruzem para dentro. Se alguém encontrar aquela sala, todos teremos muito que explicar.

Os Rebeldes, que estão no meio da hierarquia, fizeram um excelente trabalho preparando a festa, e tenho certeza que a decoração é graças às líderes de torcida. Está escuro dentro da sala, exceto pelas bolas de discoteca laranja neon e pelos lasers roxos caindo do teto, todos se movendo com a batida da música. Há um cara no mesmo palco que os Ilegais usam durante as reuniões, e ele está girando um disco com uma das mãos e balançando a outra no ar.

Meus ombros dançam quando entramos e Jagger coloca a mão nas minhas costas, me mantendo perto, enquanto Crew fica do outro lado, segurando minha mão.

— Isso é divertido — comento, esperando que dure. Todos nós poderíamos aproveitar uma noite para nos soltar e fingir que está tudo bem.

Quem estou enganando? Fingir não é uma opção. Não quando Maddie está desaparecida e temos tantas perguntas sem respostas. A culpa se agita dentro de mim. Nós nem deveríamos estar aqui.

— Não me deixe, ok? — Riley pede, com medo nos olhos. Ela está com medo do falso Elias, com razão, e não há dúvida de que ele virá atrás dela esta noite. Afinal, pelo que ele sabe, os dois ainda são um casal.

Entramos na sala e Neo já desaparece sozinho. Pelo menos foi o que pensei. Um olhar para a minha esquerda o mostra tomando uma bebida com sua máscara de Darth Vader no topo da cabeça, enquanto uma garota esfrega a bunda contra ele ao som de *Neurotic*, de Three Days Grace. Ela parece uma vagabunda desprezível com uma camisa de futebol americano amarrada logo abaixo dos seios, meias até o joelho e shorts masculinos. Manchas de tinta preta estão sob seus olhos. Se ela está tentando vestir uma fantasia de jogadora, falhou miseravelmente.

Crew se inclina e sussurra em meu ouvido:

— Quer uma bebida?

— Claro. Pode deixar forte.

— Fique com Riley. Jagger e eu estaremos bem ali. — Aponta o queixo para a mesa de bebidas com potes e copos de ponche com pontas. Dois barris ficam de cada lado e ambos estão cercados por pessoas.

Uma vez que os caras estão a poucos metros de distância, coloco meu braço em volta de Riley.

— Quem é aquela garota? — pergunto, apontando para a vagabunda esfregando a bunda em Neo.

RACHEL LEIGH

— Acho que o nome dela é Carrie. Por quê?

— Sem motivo.

— Isso tem alguma coisa a ver com o seu momentinho com Neo na sala de registros mais cedo?

— Momentinho? — Eu ri. — Não houve momento nenhum.

— Hum. Sim, houve. Todos nós vimos isso. O olhar entre você e Neo quase incendiou a sala, e tenho certeza de que estávamos todos prendendo a respiração.

— Tanto faz. Não houve momento e não houve olhar. Eu só estava... desafiando-o, eu acho.

— Então eu teria que dizer que você é uma idiota, porque ninguém desafia Neo e vence.

Meus ombros sobem e depois caem lentamente.

— Isso nós veremos.

Riley desliza para fora do meu abraço e fica bem na minha frente.

— De jeito nenhum! Você também está se apaixonando por ele?

— Ai, meu Deus, Riley. Não! Absolutamente não. Isso é insano. Nojento. Impossível. Eu não suporto o cara.

Ela cruza os braços sobre o peito e levanta o quadril por baixo do vestido vermelho minúsculo, curvando os lábios de mesma cor.

— O quê? — Eu bufo. — Não estou me apaixonando por ele! Você perdeu a parte em que eu disse que não o suporto?

— Ah, eu ouvi você. Já ouvi isso várias vezes, mas não acredito. — Com dois dedos, ela aponta para os olhos e depois para os meus. — Estou te observando, garota.

Balanço a cabeça, esperando que ela perceba o quão ridícula parece.

— Como deveria ser. Você é minha Guardiã. — Há um toque de sarcasmo no meu tom que ela percebe imediatamente.

— Não estou falando como Guardiã. Estou falando como sua amiga.

Jagger e Crew voltam com bebidas, dando uma para Riley e outra para mim.

— Obrigada — digo a eles. O primeiro gole é o paraíso. — Hum. Isso é bom. — Lambo o excesso de líquido da bebida frutada dos meus lábios. — O que é?

— Limonada de morango com, eu acho, vodca.

Concordo com a cabeça, gostando do som disso, e tomo outro gole. Desta vez, um grande problema. Desce tão suavemente que mal consigo sentir o gosto do licor, o que o torna muito mais refrescante.

Riley toma um gole de sua bebida sem pressa e, depois de alguns minutos, a minha acaba e a dela ainda está cheia.

— Já volto — aviso a ela e aos rapazes, que estão parados observando como se esperassem que algo acontecesse. — Eu preciso de mais.

— Eu irei com você — diz Jagger, apoiando a mão na parte inferior das minhas costas. — Você realmente não deveria estar sozinha.

Eu rio.

— Eu vou ficar bem. Há centenas de outras pessoas aqui.

— Exatamente o que quero dizer. Cem pessoas e não podemos confiar em nenhuma delas.

Meus olhos pousam nos dele.

— Eu confio em você.

Ele dá um sorriso e passa o braço em volta do meu ombro, então me inclino para ele. Jagger tem um jeito de fazer todas as coisas ruins desaparecerem. Estar com ele é como estar em casa. É confortável, seguro e é exatamente onde quero estar.

— Estou feliz por termos chegado a esse ponto. Sabe? Onde você pode confiar em mim.

Retribuo seu sorriso, sentindo isso em minha alma.

— Eu também.

Quanto mais nos distanciamos da multidão, mais alto fica, então não consigo dizer tudo o que penso. Porém, se ele pudesse me ouvir, eu diria: *não tenho certeza se houve algum momento em que não confiei em você. Sei que me machucar nunca foi seu objetivo, mesmo que fosse de Neo. E sei que nenhuma quantidade de pressão do mundo exterior, ou de qualquer pessoa, jamais me fará escolher, porque você e Crew são as melhores coisas da minha vida.*

Na verdade, estou feliz por não ter a oportunidade de dizer tudo isso, porque parece cafona pra caramba. Não tenho certeza do que aconteceu comigo, mas esses caras despertaram emoções dentro de mim que eu não sabia que era capaz de sentir.

— Ah, isso não é fofo. — Neo bate na minha lateral, fazendo com que eu jogue Jagger em um grupo de garotas e o líquido espirre de seus copos.

Todos pedem desculpas em uníssono, como se tivessem feito algo errado.

— Como deveria ser. Não deixe isso acontecer de novo — Jagger grita para eles, antes de olhar para mim com um sorriso que desaparece rapidamente quando ele olha para Neo. — Muito obrigado, idiota.

— Pelo quê? Por chamar a atenção de outras garotas? Se Scar pode dormir com outras pessoas, por que você não pode?

RACHEL LEIGH

— Vai se foder — resmungo para ele. Mais uma vez, me pergunto como às vezes vejo esse idiota por outro ângulo. Os efeitos do meu rápido consumo de álcool estão começando a fazer efeito e me ocorre que Jagger não lhe deu uma resposta semelhante. Aperto seu quadril que estou segurando, chamando sua atenção ao nos aproximarmos da mesa de bebidas. Ele olha para mim e pergunto: — Você quer dormir com outras garotas?

Assim que as palavras saem da minha boca, percebo quão ridículas elas parecem, mas é algo sobre o qual nunca conversamos. Principalmente porque nunca pensei nisso, mas ele pensou? Estou dormindo com Crew também. Ele tem alguma vontade de dormir com outras garotas? O que temos é exclusivo?

— Claro que não — responde, quase de imediato, olhando para Neo. — Pare de colocar merda na cabeça dela.

Mas está na minha cabeça e, de repente, sinto necessidade de conversar sobre isso com ele e Crew. O que estamos fazendo? Para onde vão esses relacionamentos?

— Só estou dizendo, cara. Não parece justo que você tenha que compartilhar, mas ela não.

É injusto, não é?

Jagger nos conduz através do grupo reunido ao redor da mesa e me pega outra bebida de frutas e uma cerveja para si enquanto fico com Neo. Normalmente eu teria muito a dizer, mas agora meus pensamentos estão assumindo o controle. Nunca me importei com o que os outros pensavam de mim, mas me importo com Jagger e Crew. Eles sentem que ambos estão sendo enganados por mim? Porque não é isso. Eu realmente me importo com cada um deles, mais do que posso colocar em palavras, a menos que sejam três: eu os amo. Realmente amo. A ideia de perder qualquer um deles é algo que não consigo imaginar. Mas até quando poderemos continuar assim? No final, nós três perderemos?

— Você está pensando sobre isso, não está? — Neo provoca, suas palavras como se alguém arranhasse um quadro de giz com prego.

Faço uma careta, olhando para Jagger, para não perdê-lo na loucura.

— Sim, graças a você.

— Vamos, Scar. Você realmente não pode pensar que será a última boceta que meus meninos tocarão pelo resto de suas vidas. O que quer que esteja acontecendo entre vocês três é temporário. Alguns meses e iremos para a BCU, onde todos vocês eventualmente perderão o interesse nesta pequena aventura que está acontecendo.

Suas palavras, que geralmente apenas tocam a superfície, cortam profundamente. Alguém começa a gritar:

— Barril! Barril! Barril! — E toda a multidão se junta para ver os outros bebendo direto do barril.

Meus nervos estão em alta e minhas emoções estão tomando conta de mim, então decido tentar anestesiar a dor que estou sentindo. Empurrando Neo para fora do meu caminho, deslizo entre os corpos que circulam no barril e levanto a mão.

— Eu vou.

Neo segura a parte de trás do meu vestido e me puxa em sua direção, minhas costas batendo em seu peito.

— Vai porra nenhuma.

Eu avanço, escapando de seu aperto. Neste ponto, toda a multidão está nos observando, esperando para ver se vou desobedecer Neo e fazer o que quero. Todos terão uma surpresa, porque eu sou totalmente honesta.

— Vamos fazer isso — digo a Victor, que está segurando o bocal do barril.

Ele olha para Neo, buscando aprovação, então eu arranco-o dele e empurro para outro cara.

— Faça.

Ambas as mãos seguram as laterais do barril e quando minhas pernas sobem, um sorriso sinistro se espalha pelo meu rosto. *Tome isso, maldito Neo Saint.*

O bico desliza entre meus lábios e a cerveja imediatamente começa a escorrer dele. Engulo rapidamente. Gole após gole, tentando durar o máximo que posso. O líquido frio congela meu esôfago a ponto de deixá-lo entorpecido. Já bebi pelo menos duas cervejas neste momento, então viro a cabeça. O bico continua borrifando antes que o cara que o segura perceba que não estou mais tomando. Quando para, os garotos que segurava minhas pernas me colocam no chão.

Há silvos e gritos. Caras, todos gritando meu nome. Então é assim que é ser o centro das atenções. Eu poderia gostar disso.

Limpando a boca com as costas da mão, sorrio para Neo e caminho em direção a ele.

— Vou porra nenhuma — zombo de suas palavras com uma arrogância em meus passos.

— Sim. Muito bem, Scar. Você acabou de mostrar a bunda para a escola inteira.

Porra. Com os olhos arregalados, minhas bochechas esquentam na hora.

RACHEL LEIGH

Eu sabia que sentia uma brisa fria na minha bunda. Esqueci completamente que estava usando um vestido. Puxo meu vestido para baixo, segurando ambos os lados com força.

— Ai, meu Deus. Todo mundo viu?

— Todo mundo que estava assistindo. Da próxima vez que quiser me desafiar... não faça isso. — Ele profere a palavra *não* como se estivesse com raiva de mim. A questão é que não tenho certeza se é por causa do que fiz ou por causa do que todo mundo viu.

CAPÍTULO QUATRO

CREW

— O que você acha que está demorando tanto? — Riley pergunta, seus olhos dançando nervosamente pela sala.

Estive me perguntando a mesma coisa. Uma olhada no meu Apple Watch mostra que já se passaram quinze minutos desde que Jagger e Scar saíram para beber. Amassando o copo de plástico, digo:

— Não faço ideia. Provavelmente deveríamos ir ver.

— Na verdade — começa Riley —, acho que posso ir embora. Eu simplesmente não me sinto segura aqui.

Levanto uma sobrancelha, me perguntando se ela realmente acredita que estaria segura sozinha. Porque não está. Ninguém está.

— E você acha que estaria mais segura sozinha, nos dormitórios?

— Ele está aqui, Crew. — Ela abraça os braços com força contra o peito, os dedos roçando os arrepios em seus braços. — Acho que ele sabe. Posso senti-lo me observando.

Passo um braço em volta dos ombros dela, me surpreendendo porque não sou gentil com muitas pessoas. Mas esta é a amiga mais próxima de Scar e ela trabalha duro como Guardiã. Merece algum respeito e apreço. *Jesus Cristo. Quem diabos sou eu?*

Independentemente da minha crise momentânea de identidade, eu a conduzo através da multidão em busca de Jagger e Scar.

— Duvido que ele esteja aqui — digo a ela, com a voz elevada, para que possa me ouvir. — Se ele é quem pensamos que é, provavelmente está em seu covil fazendo o trabalho sujo.

Ou cuidando de Maddie, que ele provavelmente trancou em algum lugar. A questão é: onde? Ela poderia estar aqui na propriedade da BCA, pelo que sabemos. Poderia estar em qualquer lugar. Também há uma boa

RACHEL LEIGH

chance de que esse cara não esteja trabalhando sozinho. Uma pessoa não pode fazer tudo o que fez nas últimas semanas.

— Acho que quero ir para casa — Riley cospe. — Tipo, casa, casa.

Paro de andar e ela faz o mesmo. Meu braço cai em volta dos ombros dela.

— Sério? — Sua resposta é um aceno sutil. — Quer simplesmente jogar a toalha e desistir? Deixar esse cara vencer?

— Ele não vai vencer. Não tenho dúvidas de que todos vocês irão pegá-lo e dar-lhe o que ele merece. Eu só… não fui feita para isso. Não sou nenhuma Guardiã. Estou fraca e com muito medo.

— Você ainda está em treinamento. Tenho certeza de que todos os Guardiões ficam assustados no início. Ficará mais fácil.

— Espero que você esteja certo.

— *Quase* sempre estou.

— Quase. — Riley abre um sorriso. — Sabe, eu nunca gostei de vocês. Ainda não suporto Neo. Mas você e Jagger são bons para Scar. Posso ver o quão feliz ela está agora. É como se você tivesse dado vida a ela.

— Ela fez o mesmo por mim. Não consigo imaginar fazer nada disso sem ela.

Vejo Neo vindo em nossa direção sem pressa. Com a palma da mão aberta, ele empurra um cara para fora de seu caminho, depois outro, serpenteando pela multidão como se fosse o dono do maldito lugar.

— Que idiota — Riley corta, referindo-se a Neo.

Com um copo de plástico vermelho na mão, ele toma um gole.

— Picante — declara, estalando a língua.

— O que você está bebendo?

— Uísque puro, mas não estava falando sobre o conteúdo do meu copo. Eu estava me referindo à bunda da sua garota que ela mostrou para todos verem. Talvez queira mantê-la sob controle.

— Ela o quê? — As palavras saem da minha boca antes mesmo que eu possa compreender o que ele realmente disse. Balanço minha cabeça em descrença. — Não. Scar não faria isso.

— Scar faria isso, e se você ou Jagger não a impedirem agora, ela está prestes a fazer de novo.

Sigo seu olhar até o som do canto e, com certeza, Scar está dando soquinhos no ar perto do barril. Sem outra palavra, atravesso a multidão e vou direto para ela.

— Fora do caminho, filho da puta. — Empurro os corpos para a esquerda e para a direita. Não porque posso, mas porque preciso. Scar vai xingar todos nós amanhã se não a impedirmos agora mesmo.

Um minuto depois, estou agarrando-a pelo braço, apenas para sentir uma resistência que não vem dela. Meus olhos pousam em Jagger, que está com o outro braço.

— Cara. Que diabos?

— Relaxe, cara. Deixe-a se divertir.

Quero me divertir e sei melhor do que ninguém que Scar merece, mas não esta noite. Não quando toda essa merda está acontecendo.

— Scar — cerro os dentes, a boca contornando sua orelha —, você vai se arrepender disso.

— Nah — fala —, só estou me divertindo. Você deveria tentar.

— Legal. Eu viro as costas por um minuto e você a deixa ficar bêbada.

Scar ri histericamente e, enquanto tento descobrir o porquê, ela diz:

— Sou tão idiota. Levei um minuto para ficar bêbada. Realmente preciso fazer mais isso para ter uma tolerância maior.

Jagger não a está mais puxando em sua direção; em vez disso, a segura enquanto todos me observam em silêncio, esperando para ver se eu cederei. É uma raridade eu ceder, mas, porra, ela está tornando difícil dizer não.

— Querido, por favor. — Ela implora com olhos suplicantes. — Todos nós podemos aproveitar uma noite em que nos soltamos. Que esta seja a minha noite.

Ombros caídos em derrota, deslizo a mão para a dela.

— Beleza. Faça o que quiser. Mas não fique chateada comigo amanhã por não te impedir. Tentei.

Ficando na ponta dos pés, ela pressiona seus lábios nos meus. O gosto amargo da cerveja cobre meus lábios e ponho minha língua para fora, saboreando a dela.

— Eu não vou sair do seu lado, no entanto. Você já é difícil quando está sóbria.

Ela sorri contra minha boca antes de me dar um último beijo de agradecimento.

— Vou ficar bem — garante, antes de se virar e cantar novamente, trazendo a multidão de volta à vida. — Barril! Barril! Barril!

Jagger se junta a mim, sorrindo, e posso dizer que está seguindo o mesmo caminho embriagado de Scar.

Do nada, Neo atravessa a multidão, esbarrando em mim e depois em Jagger.

RACHEL LEIGH

— Vai porra nenhuma! — grita para Scar, antes de agarrá-la pela cintura por trás. Ele a puxa de volta, gira-a e depois a joga por cima do ombro, puxando o vestido por cima da bunda e segurando-o no lugar, para que ninguém consiga ver. Com os olhos fixos na frente dele, ele a leva embora, separando a multidão que se move.

Jagger e eu trocamos um olhar de espanto antes de eu dizer:

— Que diabos foi isso?

— E eu lá sei. — Jagger encolhe os ombros. — Pelo menos ela está rindo.

— Sim. Por agora. Nem tenho certeza se ela sabe quem a pegou. — Sigo o rastro de Neo, acelerando o passo para tentar alcançá-lo. Não tenho certeza, mas chuto que Jagger está me seguindo. Com o pescoço esticado, tento não perdê-los de vista, mas ele se move rapidamente.

— Ei, Crew — Melody chama, andando comigo. Ela também está fortemente embriagada, e estou me perguntando como diabos todo mundo já ficou tão bêbado quando a festa literalmente acabou de começar.

— Vá embora, Melody.

Ela escuta? Claro que não. É Melody, um espinho doloroso espetado em todo mundo.

— Eu gostaria, mas não posso. Veja, acabei de ver Elias escoltar Riley em prantos para fora da porta, e quando ela percebeu meu olhar, tenho quase certeza de que murmurou as palavras: chame Crew. Ou isso, ou ela estava me dizendo para me ferrar, mas vou com a primeira opção, só para garantir. A última coisa que quero…

— Cale a boca — eu cuspi, não andando mais, agora ouvindo com atenção. — Riley saiu com Elias?

Inclinando-se para a esquerda, ela tropeça, fazendo com que a bebida espirre do copo cheio.

— Tenho certeza de que foi isso que acabei de dizer.

Arranco o copo da mão dela e o viro de cabeça para baixo, despejando todo o conteúdo antes de deixá-lo cair no chão e pisoteá-lo com a bota.

— Você está isolada. — É uma idiota bêbada a menos com quem terei que lidar esta noite. — Vá seguir Riley e Elias e diga que ele foi obrigado a ficar aqui na festa até a limpeza, depois leve Riley de volta ao dormitório dela e fique com ela até novo aviso.

— O quê? — grita. — Isso não é justo, Crew. Por que eu tenho que fazer essa merda?

— Porque eu disse para você fazer. É por isso. Faça agora ou você vai limpar tudo sozinha depois da festa.

SEGREDOS DISTORCIDOS

Ela bate o salto prateado no chão em um ataque.

— Você é um idiota.

O tempo é essencial agora, então ignoro qualquer outra coisa que ela tenha a dizer. Melody fará o que pedi, porque sabe que haverá consequências se não o fizer. Precisamos afastar Elias de Riley antes que ela desmorone completamente e ele perceba que ela sabe de alguma coisa. Mas agora tenho que encontrar Scar antes que Neo vá longe demais e eu tenha que acabar com ele.

Atravessando a bagunça pegajosa da bebida de Melody, continuo andando para tentar encontrá-los, mas é inútil. Eles foram embora.

CAPÍTULO CINCO

SCAR

— Onde estamos indo? — Coço a cabeça, cravando as unhas no couro cabeludo. Esse maldito spray de cabelo é estranho ao meu cabelo e realmente pegajoso.

Neo não responde. Ele simplesmente continua andando pelos túneis como se fossem tão familiares para ele quanto seu próprio quintal.

— Não tenho medo de você — declaro. — Eu deveria ter. Mas não tenho. Você teve todas as oportunidades de me machucar fisicamente, mas tudo que quer fazer é me destruir emocionalmente. Eu consigo aguentar isso. Sou forte o suficiente.

Ele ainda não diz nada e seu silêncio está realmente me irritando.

— Argh. Por que eu bebi tanto? — Meus braços pendem frouxos, as mãos tocando sua bunda. Cada passo faz uma banda se alternar. Elas sobem e descem. Estou tentada a apertá-las, só por curiosidade. São firmes? Moles? Neo tem uma bunda mole? Começo a rir de mim mesma e o som da minha própria risada só me faz rir ainda mais.

— O que diabos é tão engraçado?

Sua voz rouca atinge meus ouvidos e minha histeria para.

— E ele fala…

— Você estava rindo só para eu conversar? O que você é, uma maldita criança?

— Na verdade, sou. Apenas dezoito anos, Neo. Dezoito anos e uma vida pela frente, sabe? Eighteen and a life, yo…

— Se você começar a cantar a música do Skid Row, juro, vou jogá-la no covil de Elias e deixá-la por lá.

— Relaxa. Não vou cantar. De qualquer maneira, não para você.

Finalmente estou relaxada, pendurada no ombro de Neo e sentindo que poderia adormecer quando ele me coloca no chão. Meus pés seguram minha queda, mas a mudança do sangue que se acumulou em minha cabeça me desequilibra. Duas mãos pousam em meus quadris, me firmando.

— Você poderia simplesmente ter me deixado cair — aviso. — Eu não teria usado isso contra você.

— Claro que não. Você usaria isso contra mim só até a formatura, sem dúvida.

— Não — nego com a cabeça, esmagando meus lábios secos —, eu tenho coisas maiores para usar contra você. Para começar, você acabou de me carregar por um túnel, quando há uma festa e tanto acontecendo. Sabe, recebi autorização para me divertir esta noite. Não que eu precisasse da permissão de alguém, mas, de qualquer forma, você estragou tudo. — Inclino a cabeça ligeiramente, lendo-o em dúvida. — Por quê?

— Porque Jagger quer um companheiro para beber esta noite e Crew está obcecado demais por você para dizer não.

Uma forte risada sobe pelas minhas cordas vocais.

— Obcecado? É uma escolha estranha de palavras vinda de alguém cuja missão de vida é me punir por um crime que não cometi. — Coloco um dedo afiado em seu peito. — Esse alguém é você.

— Não me toque. — Ele dá um tapa na minha mão. Não de forma agressiva, mas o suficiente para eu desistir.

Cutuco ele de novo, consciente do ditado, *não cutuque o urso com vara curta*. Mas, esta noite, estou me sentindo corajosa. Estou me sentindo livre. E sinto que já é hora de alguém colocar Neo Saint em seu lugar.

— Ah, é? O que você vai fazer sobre isso? Me matar?

Num movimento rápido, ele agarra meu pulso, apertando com tenacidade.

— Não me tente, Scar.

Sua expressão está insensível e o olhar ardente que lança sobre mim é assustador.

— Você me quer morta, Neo?

— Não vou mentir. Isso tornaria as coisas mais fáceis.

— Mais fácil para quem? Maddie? Crew? Jagger...

Ele aperta com mais força, cortando o fluxo sanguíneo na minha mão.

— Para mim.

Dou uma olhada em sua mão, de repente não sentindo que seja uma piada. A seriedade no tom de Neo está me levando alguns passos à realidade. Minha cabeça ainda está girando e meu estômago está cheio de calor do álcool, mas arrepios dançam pela minha pele.

RACHEL LEIGH

— Por que você se importa se eu beber esta noite? Se bem me lembro, você não dá a mínima para mim.

— Isso é verdade. Não dou. O que me importa é encontrar e vingar minha irmã, e você só é uma distração. Jagger e Crew precisam manter o foco e você está no caminho.

— Ah — rio, meus olhos varrendo as paredes que nos cercam —, e esta é a sua maneira de me *tirar* do caminho?

— É um começo. — Ele puxa meu braço, andando comigo ao seu lado. Sigo em frente, já que ele não está me dando escolha no assunto.

— Para onde você está me levando?

— Elias está com Riley, então sei que ele não está aqui...

Eu suspiro.

— Riley está com Elias? Não! Ela provavelmente está apavorada.

— E por que caralhos eu me importaria?

— Óbvio que não, porque tudo com que você se importa é com você mesmo, mas Riley poderia estragar tudo. Ela vai desabar. Sei que vai.

— Uau. Você com certeza tem muita fé em sua amiga, a Guardiã.

Claro que tenho fé em Riley. No entanto, também sei que ela se intimida facilmente, é incrivelmente estranha e fala sem pensar.

— Isso não tem nada a ver com acreditar em suas habilidades e tudo a ver com o fato de ela estar sozinha com um psicopata.

— Riley está bem.

— Como você pode ter tanta certeza?

Ele levanta uma sobrancelha com um rápido olhar para mim.

— Ouso dizer, confie em mim?

— Absolutamente não.

— Como eu estava dizendo antes de você me interromper, Riley está com Elias, então sei que ele não está aqui, por isso vamos fazer uma pequena pesquisa.

— E você precisa de mim, por quê?

— Porque você causa menos problemas quando estou te vigiando. Então você vem comigo.

Puxo meu braço para trás, chamando sua atenção, mas ele não me solta.

— Por favor, não me diga que estamos indo para o covil dele. — Minha cabeça balança em total desaprovação. — Da última vez, Jagger e eu ficamos presos. Não posso voltar. E se alguém nos trancar de novo?

— Posso garantir que não ficarei trancado. Quanto a você, não sei se teríamos tanta sorte.

SEGREDOS DISTORCIDOS

O vazio em seu tom é perturbador. Não creio nem por um segundo que Neo tentaria me salvar se eu ficasse presa.

— Por que você ainda me odeia tanto? Sabe que não empurrei sua irmã. Sabe que não sou a Stalker. Então por quê?

Quando a resposta dele é uma risada malévola, puxo o braço novamente, desta vez com mais força. Minha voz se eleva a um grito estridente:

— Droga! Diga-me o porquê!

Finalmente, libero meu braço, mas não sem repercussões. Com os braços ao lado do corpo, o queixo inclinado, ele caminha até mim, o peito batendo no meu, e com um baque, minhas costas recuam até a parede de pedra. Meu coração galopa no peito quando ele me prende com as mãos pressionadas de cada lado do meu corpo contra a parede.

— Quer saber por que eu te odeio tanto? Por que *sempre* vou te odiar?

Engolindo em seco, aceno com a cabeça, sabendo o tempo todo que realmente não estou pronta para o raciocínio dele.

Seus dentes rangem, as sobrancelhas franzidas com força, e sua expressão por si só me diz que não preciso ouvir o motivo, porque, seja o que for, é mais que suficiente para ele.

— Eu te odeio, Scar. Durante anos, detestei a sua existência. Queria que você fosse embora. Embora de nossas vidas. E quer saber por quê? Porque preciso. Eu tenho que te odiar.

Demoro um segundo para processar suas palavras, mas, quando o faço, fico mais confusa do que nunca. *Ele me odeia porque precisa?*

Através das cordas vocais secas, eu tropeço nas palavras:

— Você tem que me odiar?

Franzindo os lábios, ele acena com a cabeça e sua postura vil nunca vacila.

Depois de anos recebendo seu ódio, vejo luz no fim do túnel, falando figurativamente. Minha mão sobe para seu braço.

— Você não precisa me odiar se não quiser.

Em um instante, ele dá um tapa na minha mão.

— Não me toque, porra. — Gira, segurando o cabelo, como se sua mente estivesse torturada. — Nunca me toque, porra.

— Mas…

Ele vem até mim com força total, me colocando de volta no meu lugar. Nossos narizes roçam enquanto diz:

— Eu. Nunca. Vou. Deixar. De. Te. Odiar, Scar. Você me entende? — Inalo seu hálito quente, meus membros tremendo. — Nada que você faça

RACHEL LEIGH

ou diga mudará a agonia que sinto em sua presença. Eu te desprezo. Seu toque me causa repulsa. Sua existência me deixa doente. Você é tóxica. Um veneno que me recuso a ingerir. Crew e Jagger podem beber, mas eu não. Eu morreria primeiro.

Meu coração desaba antes de afundar lentamente em meu estômago. Isso dói. Isso realmente dói. Suas palavras são repulsivas. Tão repulsivas quanto ele afirma que eu sou. Mas eu precisava ouvi-las, porque agora posso desistir.

Levanto um ombro, minha expressão apática.

— É uma pena, realmente. Eu adoraria te ver sofrer uma morte lenta e agonizante enquanto meu veneno corrói sua alma abatida.

Ele me chama de tóxica — um veneno que ele se recusa a ingerir — mas já está morto por dentro, então o que isso importa? Nada do que eu disser neste momento terá qualquer influência sobre o que Neo sente por mim, e agora, eu não me importo.

Lágrimas brotam em meus olhos, mas elas vêm da raiva, e não da mágoa.

Com o punho cerrado, bato em seu braço, fazendo-o cair da parede. Então passo ao redor dele. Em vez de seguir o caminho que estávamos indo, saio na direção por onde viemos, de volta à festa.

Uma olhada por cima do meu ombro mostra Neo com as mãos apoiadas na parede e a cabeça baixa. Seus olhos se erguem lentamente para encontrar os meus, mas ele não diz nada, apenas me encara com uma expressão de desdém.

Se ele quiser me impedir, pode tentar, mas desta vez eu revidarei.

CAPÍTULO SEIS

NEO

Ela tinha acertado uma coisa: minha alma está abatida. Já estou morto por dentro. O sangue em minhas veias corre frio há anos. Mesmo o calor que Scar irradia ao seu redor não consegue derreter a massa glacial dentro do meu peito. O que ela não sabe, e nunca saberá, é que meu maior medo é nunca mais me sentir vivo.

Quando você foi programado desde a adolescência para ver o mundo de uma determinada maneira, essa é a única maneira que você vai enxergar as coisas. Não posso mudar quem sou. Não importa o quanto eu tente, não consigo sentir algumas das emoções humanas mais básicas: empatia, amor, medo. Pelo menos, não quando se trata dela.

A solidão é uma merda, mas me recuso a me deixar levar pelo caos dela para um ataque momentâneo de felicidade. Não que ela pudesse me fazer feliz. Não que alguém possa.

Estou fazendo a coisa certa.

Afastando-a, enquanto a mantinha perto. Tem que ser assim. Sempre soube que isso era verdade. Então, por que está ficando mais difícil? Por que olho para ela com Crew e Jagger e não quero nada mais do que decapitar meus próprios amigos, só para que não possam olhar para ela ou saboreá-la nunca mais? Por que a ideia de qualquer cara olhando para ela e despindo-a com os olhos me faz querer colocá-la em uma gaiola e mantê-la como meu bichinho de estimação? Eu a odeio. Tudo nela me causa repulsa. Então por que a quero tanto?

Afasto os pensamentos, sabendo que é meu orgulho enchendo minha cabeça com essa merda. É simples. Eu a quero porque não posso tê-la. Porque *nunca* poderei tê-la. Ela poderia ser a última garota na Terra, e enquanto eu for um Sangue Azul, ela nunca poderá ser minha. Sem mencionar que já está comprometida.

RACHEL LEIGH

Caminhando na direção que estava indo, mantenho o plano que tinha, só que sem Scar. Preciso preparar o quarto de Jude para ele. Não demorará muito e seremos capazes de extrair as respostas de que precisamos.

Eu realmente não precisava da ajuda de Scar, mas era uma boa oportunidade para afastá-la da bebida que eu sabia que continuaria bebendo. Eles todos acabariam com a cara de merda, provavelmente fariam um ménage à trois, e eu teria que ouvi-los a noite toda. Agora, ela é bem capaz de voltar e exibir a bunda na frente de toda a escola enquanto brinca de plantar bananeira no barril.

É melhor assim. Mais um minuto com ela e tenho certeza de que esquecerei por que tenho que odiá-la tanto, e nunca posso deixar isso acontecer.

Até agora tudo está somando. Tenho quase certeza de que conheço o motivo de Jude. Agora só preciso descobrir seus meios. Como uma única pessoa está por trás de toda essa merda? Um garoto de dezessete anos atacou estudantes aqui e esteve bem debaixo de nossos narizes esse tempo todo? Ele precisa de alguém para ajudá-lo, e não me refiro apenas a Melody como sua capanga. Mas quem? Ele recrutou outro aluno?

Procurei naquela sala de cima a baixo e examinei cada informação. Neste ponto, provavelmente sei mais sobre os Beckett do que eles sobre si mesmos.

Eles são treinados desde o nascimento para odiar os Sangue Azul — sentimento decorrente da morte de Betty Beckett nas mãos de Lionel Sunder. Suas intenções são romper os laços de sangue dentro da Sociedade a qualquer custo, mesmo que isso signifique engravidar um membro sem o seu consentimento.

Torcendo a combinação, abro a porta do quarto que destruí. Nem tenho certeza se esse filho da puta usa mais, porque ele sabe que foi encontrado. Como não saberia? Os papéis agora estão espalhados por toda parte. As fotos na parede foram arrancadas, algumas rasgadas ao meio.

Só preciso de uma pista que me diga que ele não está trabalhando sozinho. Qualquer coisa. Apenas não tenho certeza se vou encontrá-las aqui. Pelo que sabemos, ele tem um novo espaço que vem ocupando enquanto planeja nossa destruição. Neste momento, temos uma vantagem porque ele não sabe que descobrimos quem ele realmente é.

Um livro antigo está à minha esquerda e eu o chuto em direção à porta enquanto a mantenho aberta. Soltando, deixo fechar até que o livro pare. Não muito tempo atrás, Jagger e Scar foram trancados aqui, e é uma possibilidade que sempre mantenho em mente quando entro. No entanto, eles escaparam por uma escada suspensa que levava a uma cabana acima — a cabana de Kol Sunder. Sei disso, porque meu pai me contou quando eu era criança. Ele me contou todos os segredos dos Beckett e Sunder. Alguns dos quais eu gostaria de poder esquecer.

O pai de Scar comprou a cabana e a propriedade ao redor, apenas alguns meses antes de se formar na BCA. Ele nunca se formou na Academia; em vez disso, terminou seu último ano na Evergreen High, quando a mãe dela descobriu que estava grávida. Apenas alguns meses depois, minha mãe descobriu que estava grávida de mim. Uma vez com meu pai na véspera de Natal resultou em ela ficar presa a ele pelo resto da vida. Bem, pelo menos a vida dela. Dói-me todos os dias que o tempo dela tenha sido abreviado antes que ela pudesse experimentar a verdadeira felicidade, ou mesmo o amor verdadeiro. A gravidez dela a forçou a se casar com meu pai porque meu avô não aceitaria de outra maneira. Desde que me lembro, eu podia ouvi-la chorar até dormir em seu quarto separado. Meus pais nem dividiam o quarto. Que tipo de casamento é esse?

Não importa. Não é a minha vida e nunca será. Nunca vou me casar. Nunca contribuirei com sucessores para os Sangue Azul. Não importa quanta pressão seja colocada sobre mim, isso nunca acontecerá.

Chutando algumas caixas vazias, mantenho os olhos no chão, em busca de pegadas ou realmente de qualquer coisa que possa ter ficado para trás e que não percebi.

Com a lanterna do meu telefone ligada, vasculho a sala, cada centímetro dela, sem saber quanto tempo se passou. Quando a derrota me toma, jogo a cabeça para trás com um suspiro pesado.

Claro!

Por que diabos não pensei nisso antes?

Estou olhando para a impressão esculpida no teto, quando me lembro de Jagger dizendo que Scar encontrou um pingente pertencente a Jude. Isso deve significar que ele esteve lá em algum momento. Essa é toda a informação que encontraram que o liga à cabana, mas talvez tenham perdido alguma coisa.

Com os guardas de segurança adicionais que meu pai ordenou, tenho que ter cuidado ao caminhar muito longe das dependências da Academia. A última coisa que preciso é que minha intromissão chegue até ele. Isso resultará em uma palestra sobre como preciso me concentrar na Academia

RACHEL LEIGH

e parar de procurar informações sobre os Beckett. Às vezes me pergunto se é porque ele também tem segredos que podem ser descobertos. Tenho certeza de que já os teria encontrado se ele tivesse alguma ligação com esta família, mas não tenho dúvidas de que Sebastian Saint tem monstros escondidos em algum armário.

Agarrando uma escada, arrasto-a para baixo da abertura e puxo para baixo o alçapão que já estava aberto. Assim que tenho a corda na mão, pulo e puxo a escada.

O som da porta raspando no chão de concreto faz meus olhos dispararem por cima do ombro, pousando imediatamente em Crew.

— De novo? Sério? — ele fala lentamente. — Essa merda está se tornando uma obsessão, cara. Você precisa dar um tempo.

Ignorando seu pedido, subo na escada, ambas as mãos segurando as laterais. Esta não é a primeira vez que Crew me encontra aqui e, até que todas as respostas sejam reveladas, não será a última.

— Desde que você voltou de sua visita para casa, você está nisso. Três dias seguidos, Neo. Três malditos dias destruindo este lugar e você não está nem um passo mais perto de obter as respostas que procura.

Eu nem olho para ele enquanto falo, apenas para a escada lascada na minha frente.

— Isso foi antes de sabermos quem ele era. Agora sabemos e tenho certeza de que alguém o está ajudando.

— E você acha que vai encontrar provas disso lá em cima?

— Há tantas peças, Crew. — Minha voz se eleva para quase um grito. — Tantas peças malditas que estão espalhadas por todo o lugar e só precisamos... — Baixo a voz: — Só precisamos juntar todas elas.

Ele se aproxima e sei que fará tudo ao seu alcance para me acalmar, como se eu estivesse na beira de um penhasco. Talvez eu esteja. Com certeza parece que sim às vezes.

— As respostas estão com Jude Beckett, e nós vamos buscá-las. Basta descer, voltar para a festa e se divertir um pouco pela primeira vez.

— Divertir? — grito, o tempo todo rindo ameaçadoramente. — Você espera que eu me divirta? — Viro a cabeça e olho para ele, parado com uma lanterna a apenas alguns metros de distância. — Esse maldito psicopata empurrou minha irmã de uma montanha. Ele está atacando Sc, é-é... todos nós há meses. Inferno, talvez até anos. Ele está observando e esperando, e pelo que sei, foi ele quem matou... — Não me permito terminar a frase. Não vou permitir que minha mente vá para lá novamente. Não agora. Não quando estou aqui e as respostas estão ao meu alcance.

— Sua mãe foi baleada. Provavelmente por um motorista bêbado, Neo. Você não pode especular...

— Você não sabe de nada! — grito, ainda mais alto desta vez. — Você não sabe, porra. Ninguém sabe.

Ele joga as mãos para cima e as deixa cair imediatamente, batendo nas laterais das pernas.

— Beleza. Vai. Mas eu vou com você.

Nego com a cabeça, sem entender por que ele viria comigo, quando tudo o que ele está fazendo é me dizer que isso é um erro.

— Por quê?

— Porque, se você precisa dessas respostas para ter paz de espírito, então vou te ajudar a conseguir.

Certo. Claro.

— Pactos e juramentos?

Ele nega com a cabeça.

— Não, cara. Amigos. Melhores amigos, porra.

Não digo nada porque não tenho certeza do que dizer. Evito situações como essa, onde as palavras me fazem sentir de uma certa maneira. Em vez disso, subo, sabendo que ele me seguirá porque é meu melhor amigo e é isso que os melhores amigos fazem.

Chegamos ao topo, deixando a escada abaixada, para que possamos sair por onde entramos.

— Bem — começa Crew —, o que estamos procurando?

— Qualquer coisa. Uma jaqueta. Um moletom. Impressões digitais na porra da poeira. Inferno, não sei. Mas você tem que admitir, Jude fazer isso sozinho não parece viável.

— Sabemos que ele teve a ajuda de Melody por um tempo. Suponho que não seja exagero presumir que ele provavelmente chantageou outra pessoa para ajudá-lo.

Ando pela cozinha suja, enojado com a visão à minha frente.

— Mas quem?

Crew encolhe os ombros, seu palpite é tão bom quanto o meu.

— Hammond, talvez?

— Não — digo a ele — acho que ensinamos o velho Victor a não brincar quando se trata de nós. Ele é muito fracote de qualquer maneira.

— Melody também, mas veja como ela ficou durona quando seus segredos foram divulgados na sua frente?

— Algo lá no fundo me diz que Victor não é o cúmplice.

Estamos procurando em silêncio, Crew na sala e eu na cozinha, quando ele diz:

— Ei. Você disse algo para Scar mais cedo, quando a levou para longe da festa?

Folheando uma pilha de jornais velhos, não levanto os olhos.

— Por que da pergunta?

— Ela parecia chateada quando voltou. Não quiz me dizer por quê.

— Ah, foi?

— Sim. Então estou perguntando a você. O que você disse a ela? — A mudança em seu tom é acusatória, e posso dizer que essa conversa está prestes a nos levar de amigos a inimigos muito rapidamente. Acontece com frequência quando Scar é o assunto. Felizmente, sempre voltamos para onde deveríamos estar, mas não sem algumas palavras de ódio e alguns socos primeiro. Espero que não seja o caso desta vez, porque não estou com vontade de brigar com ninguém agora.

Bato a mão na pilha de papéis e olho para ele com seriedade.

— Ela perguntou por que a odeio tanto e eu contei a verdade. Nada que ela já não soubesse. — Meu olhar volta para a pilha à minha frente, mas estou encarando sem humor, prisioneiro de meus próprios pensamentos.

Porque eu a odeio.

Eu a odeio.

Tenho que odiar.

Certo?

Há momentos em que sinto minha humanidade tentando se libertar, mas estou preso aos segredos que conheço e, por causa deles, nunca serei capaz de olhar para o mundo como algo mais do que uma jaula escura cheia de traição.

— Não é justo. Por que Maddie vai tomar sorvete com a mamãe e a senhora Sunder, mas eu não posso?

Papai lambe a ponta do dedo e vira a página do jornal que está sobre a mesa da sala de jantar.

— A vida não é justa, filho.

— Mas Maddie pode...

Sua cabeça se levanta em aborrecimento, as sobrancelhas arqueadas.

— Maddie não corre o risco de se apaixonar por alguém como aquela garota um dia. Você, meu filho, sim. Ela vai crescer e ser tão bonita quanto a mãe, mas você não deve deixar a aparência dela te enganar. Garotas assim vão te sugar e cuspir, e depois pisar em você quando você estiver deprimido.

— Eca. Não vou me apaixonar por Scarlett. Ela é nojenta.

— Você diz isso agora, mas espere. Um dia você verá as coisas de maneira diferente. É exatamente por isso que você precisa me ouvir.

Ignorando-o, dou outra mordida no sorvete de baunilha que mamãe me deu antes de eles saírem, já que papai disse que eu não poderia ir. É tão estúpido. Nunca vou me apaixonar por Scarlett. Eu nem acho que ela é tão bonita. Ela é como um menino. Sempre brincando na terra e carregando punhados de minhocas. Seus joelhos estão sempre sujos e tenho certeza de que foi ela quem quebrou todos os enfeites do gramado do quintal dos pais de Crew há alguns dias.

— Olhe para mim, Neo. — Quando não o faço, meu pai bate com o punho na mesa, sacudindo a porcelana que mamãe acabou de colocar. — Eu disse para olhar para mim, caramba.

Eu olho, mas ainda não é bom o suficiente. Ele agarra os lados da minha cabeça e nivela meu rosto com o seu, o sorvete escorrendo da minha colher para a mesa.

— Tenha algum respeito e olhe nos olhos do seu pai quando ele estiver falando com você.

Engolindo em seco, faço o que me manda.

— Sim, senhor.

— Tem cobras na grama, filho. Mascarando-se, trocando de pele, mas lembre-se, sempre serão cobras. Uma mordida injetará o veneno dentro de você. Não devemos deixá-las morder. — Ele agarra meu crânio com mais força, as mãos trêmulas. — Ouviu?

Ouço suas palavras, então aceno em resposta, mas não entendo o que ele quer dizer.

— Essa garota é uma cobra e ela vai morder se você deixar. Nunca esqueça o que eu te disse. É o nosso segredo, mas é a verdade. Fique longe dela.

RACHEL LEIGH

Essa não foi a primeira vez que meu pai enfiou na minha cabeça que Scar era uma cobra. Durante toda a minha vida, ele fez questão de me manter longe dela por medo de um dia eu me apaixonar. É ridículo. De todas as garotas do mundo, por que ele pensaria que eu me apaixonaria por aquela?

Mas aquele dia foi apenas o começo.

Então sim. Eu a odeio porque preciso.

— Sabe — diz Crew —, eu meio que esperava que toda essa merda abrisse um pouco seus olhos. Jagger e eu tentamos ser pacientes por causa de tudo que você está passando, mas não acha que é hora de parar de culpá-la por tudo?

— Não a culpo mais — murmuro, com um suspiro prolongado. Assim que todo o ar escapa dos meus pulmões, meus olhos pousam em um desenho em um jornal velho.

— Então por que você não gosta tanto dela?

Ouço suas palavras, mas não as processo ao tirar o papel da pilha, segurando-o com as duas mãos. Circulado em marcador preto está um artigo de 2002, o ano em que meu pai se formou na BCA.

Crew continua falando, mas não ouço mais nada do que ele diz, mesmo enquanto grita comigo. Em vez de ouvir, li a manchete...

Corpo recuperado de Elias Stanton, de dezoito anos, de Evergreen, Colorado

Depois de uma semana de busca sobre o desaparecimento de Elias Stanton, seu corpo foi recuperado em um aparente suicídio na Montanha Eldridge, em Boulder Cove, CO.

Suicídio?

— Que monte de merda — deixo escapar. Acho que todos os membros da Sociedade sabem muito bem que a sua morte não foi suicídio. A maneira como eles encobrem essa merda me deixa perplexo diariamente.

— O que é isso? — Crew pergunta, olhando por cima do meu ombro.

— Artigo sobre a morte de Elias. — Empurro o papel para ele e passo os dedos pelos cabelos.

— Jude Beckett provavelmente fez sua lição de casa antes de assumir o controle da vida desse cara.

— Não brinca. Ele teve que fazer muito dever de casa para conseguir isso por tanto tempo.

— Como éramos tão cegos?

Isso me enfurece infinitamente. Todo esse tempo, ele estava lá, porra.

— Tanto faz — Crew coloca o papel de volta na pilha, — nada disso importa. Tudo o que precisamos nos preocupar agora é deixá-lo nos levar até Maddie, e assim que a tivermos...

— Nós vamos matá-lo.

Crew acena com a cabeça em resposta, mas não tenho cem por cento de certeza de que ele esteja pronto para a tarefa. Não importa se ele está ou não. Vou matar aquele filho da puta com minhas próprias mãos. Será um Beckett a menos pastando no solo desta terra.

— Ai, merda — Crew solta, os olhos brilhando pela janela.

Assim que vejo as luzes brilhando através dele, me agacho, puxando Crew comigo.

— Quem diabos poderia ser? — pergunta, enquanto desligo a lanterna do meu telefone e coloco as mãos debaixo da mesa para esconder a luz da tela.

— Tem que ser Jude.

— Não pode ser. Ele foi obrigado a ficar para a limpeza da festa.

— E você acha que ele iria obedecer? — Toco nas minhas mensagens de texto abertas para Jagger e mando uma mensagem rápida para ele.

> **Eu: Onde está Jude?**

— Cara. Cara. Cara — Crew repete, passando por baixo da janela e pressionando as costas contra a parede. — Ele está se aproximando.

Vejo uma tesoura caída no chão e a pego com a mão livre.

— Cara, foda-se.

RACHEL LEIGH

Seus olhos se arregalam, mas ele não diz nada. Segurando a tesoura com força, observo meu telefone, esperando uma resposta.

Sussurrando, Crew pergunta:

— Acha que ele virá aqui?

Antes que eu possa responder, meu telefone acende com uma mensagem.

> **Jagger: Estou olhando diretamente para o filho da puta arrependido enquanto ele bebe uma cerveja sem se importar com o mundo.**

— Porra — resmungo baixinho.

Os olhos de Crew brilham, ainda arregalados de medo.

— O quê?

— Não é Jude. Eu sabia que alguém o estava ajudando.

Ainda sussurrando, conversamos sobre o assunto.

— Quem quer que seja, tem um trenó ou algo sobre rodas.

— Bem, só há uma maneira de descobrir. — Ele não vai gostar disso, mas prossigo: — Você está pronto?

— Não. Não, não estou pronto. Agora largue a maldita tesoura. Não vamos matar ninguém esta noite.

De repente, estou me perguntando quem é esse idiota na minha frente. Com certeza não é o mesmo cara que jogou fogos de artifício pela janela do quarto do diretor no ano passado.

Ainda agachado, digo em voz baixa:

— Se esse idiota foi cúmplice da queda da minha irmã, então pode apostar que vou matá-lo. — Levanto-me, sem fazer nenhuma tentativa de me esconder. Olhando diretamente para os faróis que entram pela janela, torço a boca. — Pode vir, filho da puta — resmungo baixinho.

As luzes são tão brilhantes que não consigo ver nada além delas. Não consigo nem distinguir que tipo de veículo estou olhando — um quadriciclo, talvez. Quem quer que seja, eles me veem.

Mantendo meu olhar, não estremeço um músculo. Eu não respiro. Não pisco. Eu o desafio a vir.

Quando vejo, Crew está ao meu lado.

— Acha que ele vai fazer alguma coisa? — pergunta, juntando-se ao olhar fixo do criminoso.

SEGREDOS DISTORCIDOS

— Não. Se ele quisesse mostrar o rosto, já teria feito isso. Mas agora sabemos que Jude não está trabalhando sozinho.

Em um instante, o motor acelera durante o passeio e as luzes se movem para o lado antes que o cara decole, seguindo pela mesma trilha de neve por onde entrou.

Finalmente, expiro, liberando todo o ar reprimido em meus pulmões e deixando cair a tesoura no chão.

— Sim — diz Crew —, agora sabemos. Vamos voltar para a festa. Não há mais nada para encontrar aqui.

Crew volta para a festa, mas eu encerro a noite e retorno para casa. Tenho coisas mais importantes para resolver do que um bando de idiotas bêbados fazendo papel de idiotas.

Com um saco marrom em uma das mãos contendo um Gatorade, um sanduíche de presunto e queijo e um pacote de Doritos — seu favorito —, abro a porta do porão e fecho-a atrás de mim, clicando na fechadura por medidas de segurança. Dando dois passos de cada vez, desço.

Ignorando o equipamento de ginástica, vou direto para a porta que leva a um depósito. Com minha chave-mestra em mãos, eu a insiro e destranco a porta, certificando-me de trancá-la novamente quando estiver fechada.

Então subo para a próxima porta. Tantas malditas portas, mas cada uma delas tem um nível de proteção necessário.

Com a mesma chave, destranco a próxima — a que leva aos túneis. É um longo trecho dos túneis que usamos com frequência, como a sala da Coleta e o covil de Beckett abaixo da cabana. Nem tenho certeza se Crew e Jagger já entraram ou saíram por esse lado, e é exatamente por isso que eu sabia que seria o local perfeito.

Fecho a porta ao lado e desço alguns metros até chegar ao quarto que tenho visitado com frequência.

Destrancando a última porta, entro na pequena sala cúbica.

Jogo a sacola na sua direção; ela revira os olhos e a pega no ar.

— Bem, olá para você também, irmã.

RACHEL LEIGH

CAPÍTULO SETE

JAGGER

O riso ruge pelas trilhas enquanto voltamos para os dormitórios ou, no nosso caso, para nossa casa. Deixamos os trenós para trás e fazemos a caminhada, porque Deus sabe que nenhum de nós está em condições de dirigir.

Scar vira para a esquerda, colidindo com Crew, as risadas escapando dela. Aperto ainda mais sua cintura, segurando-a com a ajuda de Crew.

— Um pé na frente do outro, querida.

— Estou tentando. — Ela ri. — Estou tentando muito.

Quando ela tropeça novamente, me agacho na sua frente.

— Suba.

— Ahhh! — grita, saltitando, enquanto bate nas minhas costas. Com as mãos no ar, completa: — Eu posso voar!

— Não vamos voar — digo. — Segure-se antes de cair.

— Eu não vou cair — argumenta. — Eu nem estou bêbada.

Crew e eu compartilhamos um olhar cômico e tenho certeza de que ela está mais longe do que nós. Pelo menos consigo ficar de pé para carregar o peso do corpo dela.

Mas é bom ouvi-la rir, e agora que penso nisso, já faz horas desde que algum de nós mencionou Jude ou as ameaças. Scar disse que precisávamos disso e ela estava certa. Mesmo que seja apenas por uma noite.

Nós nos separamos do restante dos alunos, seguindo um caminho diferente até nossa casa.

— Espere — pede Scar, em pânico, com as pernas rígidas em meus braços —, esquecemos Riley.

— Não, querida. Riley está no dormitório com Melody — Crew garante.

— Tem certeza? Porque se aquele bastardo a machucar porque a deixei, nunca vou me perdoar.

— Tenho certeza — afirma Crew. — Melody vai ficar com ela. Ela está bem.

As palavras de Crew parecem acalmá-la, porque seu corpo fica frouxo novamente. Com os braços em volta de mim, ela descansa a cabeça no meu ombro.

— Eu amo vocês — murmura. — Amo mesmo.

— Também te amo — respondo, enquanto Crew apenas ri de sua embriaguez.

Sua cabeça se levanta e sua voz aumenta.

— Eu tenho uma ideia.

— Ah, cara. Mal posso esperar para ouvir.

— Todos nós podemos dormir na minha cama esta noite. — Quando nem Crew nem eu respondemos, ela continua falando: — Ah, vamos lá. Não é como se vocês nunca tivessem dividido a cama com uma garota. Eu ouvi todas as histórias. Qual é o problema?

— Não é grande coisa — fala Crew. — Se é isso que você quer, então tudo bem. Dormiremos todos na sua cama.

Mais uma vez, ela está satisfeita com a resposta, então abaixa a cabeça.

Alguns minutos depois, Crew está abrindo a porta da frente e eu entrando com Scar ainda nas minhas costas.

— Ela está dormindo? — pergunto a Crew, que fecha a porta.

Ele dá uma olhada nela e acena com a cabeça.

— Ela está desmaiada.

— Droga. Eu meio que esperava que ela comesse e bebesse um pouco de água antes de dormir. Ela vai sentir amanhã.

Vou até o sofá e a deixo cair para trás para que eu possa pegá-la de volta com melhor segurança. Se eu tentar subir as escadas com ela nas costas, há uma boa chance de ela cair para trás, derrubando nós dois.

— Tudo bem. Vou levá-la para cima — aviso.

— Você dorme com ela esta noite. Ela nem vai notar que eu fui embora.

— Tem certeza?

Ele concorda.

— Sim. Vou esquentar uma pizza e provavelmente dormir no sofá.

Crew tem dormido muito no sofá da sala ultimamente. A única razão pela qual posso justificar isso é que ele está brincando de cão de guarda e fica de olho na porta à noite. Não perguntei, mas se o fizesse, tenho certeza de que seria esse o seu raciocínio.

Se Scar não estivesse aqui, eu sei que ele daria a mínima, mas ela está, e por isso quer mantê-la segura. Não posso culpá-lo por isso. Na verdade, estou bastante impressionado com o quão sério ele está levando a situação. Sua prioridade número um agora é mantê-la segura, assim como a minha.

Depois de tirar os sapatos, eu a pego nos braços, embalando-a como um bebê, e a carrego para o quarto. Quando abro a porta do quarto, observo-a. Olhos fechados, boca ligeiramente aberta. *Ela é perfeita.*

— Crew — resmunga, com as pálpebras tremulando.

Crew? Sinto uma pontada no peito ao ouvi-la perguntar por ele.

— Não, linda. Sou eu.

Seus olhos se abrem ligeiramente. O cheiro de bebida alcoólica sai de sua língua quando ela pergunta:

— Onde está Crew?

— Ele, uh, ele vai subir em um minuto.

Pela primeira vez desde que Scar e eu começamos a namorar, estou com ciúmes. Estou com ciúmes por ela estar perguntando por Crew quando estou aqui. Fui eu quem a carregou para casa e a trouxe para o quarto. Estou aqui, mas ela o quer?

Um braço passa em volta do meu pescoço e ela encosta a cabeça no meu peito.

— Estou bêbada, Jagger.

— Sim, você está. — Deito-a suavemente na cama e tiro a meia arrastão úmida. Ela deve ter caído na neve pelo menos uma dúzia de vezes. Agarrando a ponta do edredom, levo-o até os ombros.

Quando me viro para ir embora, planejando ir buscar Crew, ela diz:

— Não me deixe.

Eu me viro, me aproximando da cama. Meus dedos passam por seus cabelos, tirando-os de sua testa.

— Ok. Vou ficar.

Ela se senta, puxa o vestido pela cabeça e depois se deita, vestindo apenas o sutiã de cetim preto e a calcinha combinando.

Depois de tirar a calça jeans e o moletom, fico só de cueca boxer quando entro debaixo do cobertor com ela. Scar passa um braço em volta de mim, enterrando a cabeça no meu ombro, depois passa uma perna por cima da minha.

Estou olhando para o teto, a única luz que vem do abajur dela está ligada ao lado da cama. O silêncio completo me deixa apenas com pensamentos gritantes na cabeça.

Será que algum dia ela vai me querer tanto quanto quer Crew? Eles têm uma história. Ele foi o primeiro dela. Pelo que ouvi, eles se amavam em segredo até que Neo destruiu tudo com suas teorias. Onde os dois estariam, se ele nunca tivesse feito isso? Muito provavelmente, um casal sólido sem mim como bagagem em sua vida.

— Ele está subindo? — Scar pergunta, sua voz abafada pelo travesseiro pressionado entre meu ombro e seu rosto.

— Acho que sim — minto. Eu poderia me abaixar, pegar meu telefone e mandar uma mensagem para ele vir até aqui, mas aquela pontada de ciúme não me deixa fazer isso.

A dúvida não é algo que tenho com frequência, mas, quando acontece, ela me atinge como uma porra de um maremoto. Apenas uma pessoa me fez sentir que não sou bom o suficiente: meu pai. Se eu não fizer as coisas exatamente do jeito que ele quer, serei um fracasso aos seus olhos. Certa vez, tirei B em um teste e ele me interrogou como um sargento. Gritou na minha cara que meu futuro estava em jogo e que esse tipo de nota não me levaria a lugar nenhum na vida. Uma porra de um B! Nunca tirei um depois disso, até agora. Minhas notas estão caindo ultimamente. Estou muito preso a todo o resto. Este caso do Stalker, ser um membro dos Ilegais... Scar. Mas de que adianta isso se eu não for prioridade? Sou prioridade com ela? Porra! Estou pensando demais nas coisas.

Scar levanta a cabeça, os olhos injetados de sangue arregalados.

— Acha que algo aconteceu com ele?

— Ele está bem. — Minhas palavras saem mais duras do que planejei, mas caramba.

— Ei — ela fala, em tom baixo —, o que há de errado com você?

— Estou aqui, Scar. Isso não é suficiente? — Minha cabeça balança de aborrecimento e sei que estou sendo ridículo, mas não me importo de qualquer maneira. Disseram que fico imprudente e descuidado quando estou bêbado. Tenho tendência a correr mais riscos do que quando sóbrio e troco os pés pelas mãos. Acho que o álcool apenas faz você dizer as coisas que sempre quis, mas não tem coragem de falar quando não está sob influência. Então, novamente, acho que nem estou mais bêbado.

Suas sobrancelhas se juntam e seu rosto paira sobre o meu.

— Claro que é. Por que você está perguntando isso?

— Talvez porque você só perguntou sobre ele desde que eu te trouxe aqui. Não consigo nem olhar nos olhos dela, porque sei que verei decepção.

— Jagger! De onde vem isso? Achei que estava satisfeito com esta situação. Na verdade, foi você quem disse que não se importava se eu estivesse com Crew, desde que você também me tivesse.

Meus olhos rolam para a esquerda e fico olhando para a porta, sem me mover.

— Esqueça que eu disse alguma coisa. Vamos dormir. Nós dois bebemos demais.

Sua palma segura minha bochecha e ela vira minha cabeça, me forçando a encará-la.

— Não. Estamos falando sobre isso agora. Você está com dúvidas sobre nós?

— O quê? Não! — deixo escapar. — Meu Deus, não, Scar. Eu nunca teria dúvidas sobre nós. Eu quero isso. Eu só... não sei. Estou pensando demais.

Ela exala uma risada forçada.

— Você está começando a soar como Crew.

Faço uma careta para ela com a menção do nome dele novamente.

— Desculpe, eu não quis dizer isso. É que ele questiona tudo o tempo todo. Eu nunca esperei isso de você. Sempre achei que estava bem com as coisas. É minha culpa. Eu deveria saber que você também precisaria de garantias.

— Não, linda. — Eu me viro de lado, envolvendo-a em meu braço, e apoio a cabeça com a mão. — Você não fez nada de errado. Não deveria ter que tranquilizar nenhum de nós.

— Mas eu quero. Esta não é uma situação fácil e não quero que nenhum de vocês pense nem por um minuto que um relacionamento é superior ao outro. Porque não é. Você e Crew me oferecem algo diferente, mas a intensidade dos meus sentimentos por vocês é exatamente a mesma.

Levanto uma sobrancelha, me perguntando se isso é o álcool falando, porque Scar nunca fala sobre emoções.

— Você ainda está bêbada?

Ela abre um sorriso e dá um tapa no meu peito.

— Sim. Um pouco, eu acho. Mas estou falando sério. Sempre que você se sentir assim, por favor, fale comigo sobre isso. Não quero que tente adivinhar o que temos.

Inclinando-me, pressiono meus lábios nos dela, de repente me sentindo um idiota. Mas também estou aliviado. Eu precisava de garantias esta noite.

— Ainda quer que eu chame Crew? — pergunto a ela, nossas bocas encostando de leve uma na outra. — Eu não me importo. De verdade.

SEGREDOS DISTORCIDOS

Sua cabeça balança e nossos narizes se roçam.

— Não. Eu só quero você esta noite. — Tenho certeza de que suas palavras vêm de um sentimento de culpa, mas não estou discutindo sua decisão.

Meu braço passa por baixo dela e a levanto, puxando-a para cima de mim.

— Ah, é? Pode provar isso?

— Planejo provar. — Sua boca encontra a minha. É abrasivo e áspero, mas a paixão ferve entre nós. Nossos dentes tilintam e nossas línguas se entrelaçam em uma teia de desejo. — Eu sou sua, Jagger.

Eu acredito no que ela diz. Ela é minha. Pode ser dele também, mas não diminui o fato de que ainda é minha.

— Não há mais ninguém para mim, Scar. Nunca haverá. — Minhas palavras nunca foram tão verdadeiras. Ninguém pode me satisfazer tanto quanto Scar. Ela me dá tudo que eu quero e preciso. O atrevimento que me coloca no meu lugar. As emoções que me deixam louco. O corpo que incendeia minha alma. Nós nos conectamos em um nível que nunca experimentei com outra pessoa. Meu coração chama por ela, que responde. Sempre sabendo exatamente o que dizer para me dissuadir, ou o que fazer para me mostrar o quão séria ela está falando sobre nós. Fui um tolo em duvidar do que temos. Nada se compara.

Levantando, esfrego minha ereção contra o osso do quadril dela, mostrando o que ela faz comigo. Suas pernas envolvem cada lado de mim e suas costas se curvam. Deslizando as mãos pela base de seu sutiã, agarro firmemente seus seios.

— Hmm — cantarolo em sua boca. — Minha. — Meus dentes roçam a pele de seu lábio antes de sugá-lo em minha boca. Suas respirações inebriantes satisfazem minha necessidade de oxigênio enquanto inalo cada uma delas.

Minhas mãos se movem por suas costas, os dedos roçando sua pele macia. Com um movimento, seu sutiã se desabotoa e cai até a cintura. Deixei-o ali, concentrado demais no que estava à minha frente para me preocupar em movê-lo.

Levantando a cabeça, chupo o botão rosa de seu mamilo com a boca, massageando seus seios. Scar ronrona, jogando a cabeça para trás e flexionando o peito para frente. Passo para o outro, dando-lhe a mesma atenção. Minhas bolas doem com uma extrema necessidade de liberação. Alfinetes e agulhas perfuram meu corpo, calor se acumulando em meu estômago.

— Porra, querida. Preciso muito de você.

Scar se levanta, me dando acesso à minha boxer, e a deslizo para baixo apenas o suficiente para liberar meu pau. Com a palma da mão aberta, ela o agarra, os olhos fixos nos meus. Sua mão desliza para cima e para baixo, o polegar acariciando a cabeça.

— Chupe, querida. — Dou um leve empurrão em sua cabeça, guiando-a para baixo, e ela sorri.

Ao se reposicionar, ela desliza o polegar pela língua, lambendo a gota de pré-sêmen que se reuniu ali.

— Sexy pra caralho.

Virando-se, ela enfia a bunda bem na minha cara, o sutiã caindo em algum lugar no meio.

— Agora, esta é uma visão que eu gosto de ver. — Agarro dois punhados de sua bunda lisa, enquanto ela coloca parte do meu pau na boca, usando a mão para satisfazer a metade inferior. Dou um tapa em uma das bandas e ela grita com a boca cheia de pau.

As minhas mãos movem-se para a sua cintura e puxo-a um centímetro para trás para que sua boceta fique ao nível dos olhos, depois sento-a na minha cara. Passando a ponta da minha língua entre suas dobras, pressiono meu polegar em seu cu, sem entrar, mas brincando com os nervos que sei que a farão se sentir bem.

Sua cabeça balança para cima e para baixo ao me chupar. De vez em quando, ela dá uma pausa na mandíbula e desliza a língua pelo meu comprimento, cobrindo-a com saliva, depois bombeia a mão algumas vezes antes de me levar de volta à boca. Ela dominou o boquete e meu único arrependimento é não poder ver seus olhos inocentes me encarando. Tenho a segunda melhor visão possível agora, no entanto.

Deslizo um dedo dentro de sua boceta, imediatamente adicionando outro. Trazendo minha outra mão ao redor dela, uso a ponta dos dedos para massagear seu clitóris.

Ela uiva em volta do meu pau e empurro meus dedos mais fundo. Minha língua desliza entre suas nádegas, enquanto continuo bombeando meus dedos violentamente dentro dela. Suas costas arqueiam e ela se inclina para mim, desesperada por mais.

Chupando mais fundo e mais rápido, sua língua envolve meu eixo e meu corpo se enche de uma necessidade insaciável. O cheiro doce de sua umidade pingando em minha palma inunda meus sentidos e é um afrodisíaco que me faz voar alto.

— Querida, eu vou gozar.

Em vez de parar, ela chupa com mais força. Meu pau bate no fundo da sua garganta, descansando em cima da sua língua.

Gritos de êxtase escapam dela, suas paredes apertando meus dedos. Eu a trago para mais perto e, pouco antes de ela se desfazer, puxo meus dedos e chupo seu clitóris. A prova de seu orgasmo se espalha e continuo lambendo, limpando a bagunça que ela fez enquanto meu esperma desce por sua garganta. Um grunhido inebriante rasga minhas cordas vocais, meu peito subindo e descendo rapidamente.

Minha metade inferior convulsiona e meu pau se contrai quando ela me tira de sua boca. Dou-lhe uma última lambida antes que ela deixe cair a bunda no meu peito. Sentando-se, olha por cima do ombro, sorrindo.

— Uau — é tudo o que diz.

Dou um tapa em sua bunda de leve, apertando-a sutilmente.

— Uau, está certo.

Assim que ela se vira, sua excitação escorre em meu peito, a porta do quarto se abre e nos deparamos com um Crew em pânico.

— Merda. Achei que algo estava errado. — Ele vai fechar a porta, provavelmente se sentindo um pouco humilhado, mas Scar o impede pouco antes de trancar.

— Espere — ela grita —, não vá!

Virando-se, ela se senta ao meu lado e puxa um lençol sobre nós dois.

— Você disse que ficaria comigo. — Ela enrola o lençol branco até o peito, apoiando-se em um cotovelo.

Estou deitado de costas quando estendo a mão no chão, pescando minha boxer. Quando volto de mãos vazias, saio de debaixo do cobertor e me sento, meu pau semi-ereto à mostra para todos verem. Não que eu me importe. Crew já me viu nu antes. Inferno, todos nós nos vimos. Na verdade, há alguns anos, pegamos uma régua só para ver quem era maior. Obviamente, ganhei por uns bons quatro centímetros.

Crew entra na sala e presto pouca atenção nele, me levantando em busca da minha boxer. Depois de encontrá-la, entro no banheiro de Scar, deixando a porta um pouco entreaberta, para me limpar e ouvir a conversa que está acontecendo dentro do quarto.

— Estou feliz que você veio — Scar fala.

— Para ser honesto, eu não ia, mas ouvi você gritando e... bem, agora eu sei que você não estava gritando.

— Desculpe por você ter que intervir nisso.

— Não se desculpe. Não me incomoda mais.

— Fico feliz. — Há um momento de silêncio e só posso presumir que ela o está beijando.

Hum. Espero que ele não se importe com o gosto da minha porra.

Rio com o pensamento. Paro imediatamente quando percebo que é muito possível que eu a tenha beijado depois que ela o chupou e eu nem saberia disso.

Com uma das mãos pressionada contra a parede, libero meu pau e aponto para mijar, ainda ouvindo.

— Então você vai ficar?

— Contanto que Jagger esteja de boa com isso. Não quero pisar em nenhum pé.

Levanto avoz, falando para que possam me ouvir.

— Estou de boa!

Crew grita de volta:

— Você está nos ouvindo, filho da puta?

— Sim.

Isto não é sobre mim; é sobre ela, e se ela está feliz, eu também estou... contanto que eu faça parte dessa felicidade.

CAPÍTULO OITO

SCAR

— Estou tão feliz que você decidiu ficar conosco, Ry. Eu odiaria que você ficasse sozinha agora.

Riley rola de lado, de frente para mim na minha grande cama king-size.

— Eu também. Se você não tivesse me convidado para ficar aqui, honestamente, acho que teria abandonado a BCA e ido para casa.

— Não fale assim. Você não vai desistir da escola e não vai desistir do seu treinamento. Nós estamos cuidando disso. Cada dia estamos um passo mais perto.

— Nós não estamos *cuidando disso*, Scar. Quem está no comando é quem cuida e, neste momento, eles têm todos nós sob seu controle.

— Você está sendo pessimista de novo.

— Como posso não estar? Meu namorado está fingindo ser um cara morto e o pior é que tenho que continuar sendo namorada dele.

— Não vai demorar muito. Assim que os caras descobrirem quem está trabalhando com ele, entrarão em ação.

Depois da festa de Halloween, há duas noites, Melody dormiu com Riley em seu dormitório, para não ficar sozinha. Elias, ou melhor, Jude, passou a noite inteira na sala da Coleta em serviço de limpeza, então sabíamos que ela estava segura. Mas agora insisti para que ela ficasse aqui conosco, porque realmente não sinto que deveria ficar sozinha.

Uma batida sutil na minha porta faz minha cabeça torcer.

— Entre — convido, em voz alta.

Ela faz uma careta.

— Ainda muito confiante, Scar. Ainda muito confiante.

Puxo meu travesseiro debaixo de mim e jogo nela.

— Eu sabia que era Crew ou Jagger.

— Certo — ela fala lentamente. — Porque Neo não bate. — Seu tom cai para um murmúrio. — Idiota do jeito que é.

Crew entra na sala, andando devagar, com os ombros caídos.

— O que está errado? — pergunto.

Ele esfrega o ombro e se aproxima.

— Estava lutando boxe no porão com Jagger e Neo. Neo me pegou de jeito.

— Garotos —Riley murmura, balançando a cabeça e saindo da cama. — Vou me arrumar no banheiro extra lá embaixo. Vocês dois deveriam começar a se preparar também.

Depois que Riley sai, Crew se senta na beira da cama e eu inspiro sua colônia.

— Você cheira bem. Déve ter tomado banho depois do seu pequeno evento de boxe?

— Antes. Não aguentei muito no boxe. Neo é um maldito psicopata. Juro que o cara realmente quer matar Jagger e eu.

Eu rio, acreditando em cada palavra, mas ainda não sei por que alguém iria querer machucar seus melhores amigos.

— Por quê? — Puxo o cobertor sobre os ombros, não querendo sair da cama. — Vocês dois o irritaram de novo?

— Parece que isso é tudo que estamos fazendo ultimamente. A questão é que Jagger e eu estávamos conversando sobre você. Nada que sequer estivesse relacionado a ele. Neo malhava no banco, enquanto bloqueávamos chutes inofensivos. Eu estava conversando com Jagger para ter certeza de que não havia ressentimentos por eu ter dormido com você e ele outra noite depois da festa de Halloween, e quando vi Neo está calçando as luvas. Não falou uma única palavra. Só começou a dar socos.

— Hmm. Isso é estranho.

— Ele nunca vai admitir isso, mas acho que ele odeia que estejamos com você.

Suspiro.

— Sim. Porque ele me odeia. É claro que ele não quer que seus amigos saiam comigo. Muito menos me namorar.

— Não — balança a cabeça em desacordo —, é mais do que isso.

Esticando a mão para fora do cobertor, a apoio em sua perna, e ele enrola os dedos em volta dos meus.

— Você está pensando demais nas coisas.

— Acho que não. No fundo, acho que ele realmente te quer. E acho que ele te quer só para ele.

Isso justifica uma forte risada. Levanto-me na cama, tirando o cobertor de cima de mim, pronta para encerrar esta conversa.

— Você é maluco.

— Querida, estou falando muito sério. Conheço Neo, e nunca em toda minha vida o vi tão envolvido por uma única pessoa como está com você.

Eu me viro para encará-lo com minha camiseta curta e calcinha, meio séria, meio não.

— Não brinca, Crew. Por dois anos, o cara pensou que eu tentei matar a irmã dele. Sem mencionar que ele culpa a mim e a Jagger pela mãe dele ter sido atropelada por um carro.

Droga. Fui longe demais. Acho que Crew nem sabia de tudo isso.

— Espere. — Ele fica de pé. — O quê?

Engulo em seco, sabendo que falei mais do que deveria.

— Nada. Esqueça.

Cuidando casualmente da minha própria vida e esperando que Crew deixe isso de lado, abro a gaveta da minha cômoda em busca de leggings pretas.

Sua mão pousa no meu ombro e ele me vira para encará-lo.

— Sem chance. Explique o que você quis dizer.

Ombros frouxos e cabeça baixa, eu explico:

— Na noite em que a mãe de Neo foi atingida, Neo encontrou a mim e a Jagger em minha casa na árvore. Costumávamos nos encontrar lá ocasionalmente para... conversar. — Não conto que foi para nos beijarmos, porque tenho quase certeza de que Crew sabe que Jagger foi meu primeiro e muitos outros depois disso. — Bem, Neo afirma que sua mãe fez algumas tarefas para matar o tempo enquanto ele procurava por Jagger. Se Neo não tivesse que procurá-lo, sua mãe não teria feito essas tarefas. — Dizer isso em voz alta me faz entender muito melhor os sentimentos de Neo. Sinceramente, não o culpo por pensar assim. Eu provavelmente sentiria o mesmo. Na verdade, estou realmente surpresa que ele ainda não tenha espancado Jagger por causa disso... ou pior.

Crew passa os dedos pelos cabelos.

— Droga. Por que não soube disso antes?

— Isso teria importância?

Seus olhos se levantam para os meus, arregalados e tristes.

— Sim. Claro que sim. Neo manteve essa merda dentro de si todos esses anos.

— Por favor, não diga nada a ele. Não quero que pense que estou me intrometendo na vida pessoal dele.

— Mas ele te contou.

— Sim. Quer dizer, não foi uma conversa agradável. Não é como se estivéssemos tendo um bate-papo amigável ou algo assim.

— Não importa. Neo não se abre com ninguém, Scar. *Ninguém.* — Ele enfatiza essa última palavra. — Mas fez isso com você. Mesmo que por raiva. Ele compartilhou algo realmente grande com você que nunca compartilhou conosco.

Passo por ele com minhas leggings na mão.

— Pensando demais de novo.

— Acho que não. E vou provar isso. Você faz Neo se sentir uma merda, querida, e não acho que seja apenas ódio o que ele sente.

— Você está sendo ridículo. Que outro sentimento poderia acompanhar o ódio?

— Amor. Afinal, essa linha é tênue.

E agora eu rio alto, porque Crew perdeu a cabeça.

— Ok. Basta disso. Precisamos ir para a escola.

Vou para o banheiro e me preparo, feliz que a conversa tenha terminado.

Independentemente do meu desdém por Neo, ainda sou forçada a sentar ao lado dele na aula de Literatura Americana. Acho estranho que, sendo tão superior, ele não solicite um assento diferente, visto que me odeia tanto.

Ele me odeia, certo?

As palavras de Crew têm se repetido em minha mente, e eu poderia dar um tapa nele por colocar esses pensamentos em minha cabeça.

Amor.

Isso literalmente me faz rir alto, chamando a atenção de todos os três caras na minha fila: Neo, que está à minha esquerda; Crew, à minha direita; e Jagger, que está ao lado de Crew.

— O que é tão engraçado? — Crew sussurra.

— Nada. Só pensando. — E enquanto estou pensando tanto, outra coisa surge na minha cabeça. — Ei. Diga a Jagger para trocar de lugar com Neo.

Olho para Neo, que está focado no telefone debaixo da mesa. Suas sobrancelhas se abaixam, mas ele não levanta os olhos.

— Ei — Crew diz, cutucando Jagger. — Troque de lugar com Neo.

Jagger olha para Crew, depois para mim e finalmente para Neo.

— Ele não quer trocar. Eu tentei.

Crew me transmite a mensagem, embora eu já tenha ouvido:

— Ele tentou.

— Por que você não troca de lugar com Jagger? — pergunto a Neo, que definitivamente não está achando graça nessa conversa.

Ele torce a cabeça um pouco, carrancudo.

— Mantenha seus inimigos por perto. Certo?

— Parece um pouco atrasado dada a nossa situação. Você não tem nada a ganhar estando perto de mim. Então, por que simplesmente não muda?

Não sei por que estou pressionando tanto o assunto. Por mais ridículo que seja, não posso deixar de considerar o que Crew disse, junto com o que Neo comentou nos túneis antes da festa alguns dias atrás. Ele disse que me odeia porque precisa. Entre muitas outras palavras vis sobre quão tóxica eu sou. Mas seu único raciocínio foi: *porque ele precisa.*

Afundo-me na cadeira, ficando confortável, enquanto observo Neo pelo canto do olho.

O que ele está pensando neste exato momento?

RACHEL LEIGH

CAPÍTULO NOVE

NEO

Pare de olhar para mim, caralho!

Quero gritar com ela, mas não o faço, porque significa que ela saberá que notei. Como não notar? Seus olhos estão queimando na lateral da minha cabeça. Parece que o olhar dela está corroendo meu crânio e infundindo seu veneno em meu cérebro. Me fazendo ter pensamentos irracionais, como o quão sexy ela fica com os três primeiros botões da camisa do uniforme desabotoados. Fingindo indiferença, espio de relance, evitando os olhos dela. Com certeza, a pele do seu decote está aparecendo, e foda-se se isso não faz meu pau pular.

Ela é a inimiga, Neo. Até o diabo já foi um anjo.

Meus olhos sobem, travando nos dela.

Me pegou.

Rosno de desgosto, dando-lhe a ideia de que estou horrorizado com sua presença. No entanto, para que ela acreditasse nessa falácia, eu teria que fazer todos os esforços para me afastar. No entanto, não faço isso, porque a ideia de vê-la imprensada entre Jagger e Crew por uma hora todos os dias me assusta mais do que ela.

Entre a cruz e a espada. Eu não gosto dela. Não a quero. Mas também não quero que ninguém a queira. Principalmente eles.

Talvez seja hora de fazer algo sobre isso.

Sou arrancado dos meus pensamentos quando meu telefone vibra na mesa. Scar olha para ele, seguido pelos rapazes. Tiro-o da mesa rapidamente quando vejo que é Maddie ligando.

Scar se inclina, sendo a intrometida que é.

— Quem é?

— Ninguém nunca lhe disse que a curiosidade matou o gato? —

Empurro minha cadeira para trás, sem me preocupar em colocar no lugar ao deslizar para trás da fileira para sair.

O que diabos ela quer? Eu disse a ela para não ligar, a menos que fosse uma emergência. Entendo. Ela está entediada. Expressa isso várias vezes ao dia. Mas agora precisa ficar entediada, porque esse tédio a manterá segura.

— E aí? — Jagger pergunta, mas minha resposta é um suspiro exagerado.

O senhor Collins me lança um olhar e, quando percebo, ele rapidamente volta sua atenção para a classe.

— Atenção aqui em cima — chama. — Agora, quem leu o trecho obrigatório de *Duna*, de Frank Herbert, ontem à noite?

Graças a Deus, estou fora daqui, porque com certeza não li essa merda.

Saio pela porta aberta, fechando-a o máximo que estava antes de sair. Com meu telefone em mãos, toco para retornar a chamada.

Maddie atende no primeiro toque.

— Meu Deus, Neo. Por que demorou tanto? — Sua voz é um sussurro e ela não deveria precisar sussurrar.

— Estou no meio da aula. Por que diabos você acha que demorei tanto?

— Bem, foi bom você ter ligado de volta. Alguém está na casa.

Meus pés se movem rapidamente pelo corredor enquanto vou direto para a saída.

— Maddie — pressiono. — Como você sabe disso? É melhor não ter saído daquele quarto.

— Eu estava entediada. Muito entediada. Hoje me saí muito bem com a fisioterapia e meu fisioterapeuta me disse que eu precisava me movimentar mais na cadeira de rodas. Esses túneis me assustam, Neo.

— Droga! Pensei ter deixado claro que você não pode sair daquela sala sob nenhuma circunstância.

Ainda sussurrando, ela diz:

— Você está ignorando o fato de que acabei de lhe dizer que alguém está em sua casa. Eu não estou brincando. Alguém está aqui.

— Volte para aquele quarto. Estou a caminho.

— Não posso. Estou meio… presa.

— Como assim você está presa? Prendeu sua cadeira de rodas em alguma coisa?

— Não. Estou pressionada em um canto e essa garota está no banheiro… cantando.

Garota? Sento no trenó e enfio a chave na ignição.

— Pelo amor de Deus, Maddie. Você está vendo coisas de novo?

— Não, não estou vendo coisas. — A atitude defensiva em seu tom é óbvia. — Estou completamente sã, de corpo e mente. Já faz dias. Alguém definitivamente está lá cantando.

— Você consegue ver quem é?

— Um segundo — sussurra, ainda mais suavemente desta vez.

Há um momento de silêncio antes que ela retorne e diga:

— Definitivamente uma garota. Cabelo loiro cacheado. Dançando e usando um frasco de xampu como microfone.

— Filha da puta! — Aperto os lábios. — Tem que ser Riley. Fique onde está. Estou chegando.

Encerro a ligação, imediatamente enviando uma mensagem de texto em grupo para Crew e Jagger.

> **Eu: Deixem claro para sua garota que a amiga idiota dela não é bem-vinda para vagar livremente pela nossa casa. Estou indo até lá para acabar com ela de vez. Vou faltar o resto do dia.**

Sem esperar por uma resposta, coloco o telefone no bolso interno da jaqueta de couro e vou para casa.

Em tempo recorde, estou parando bem em frente. Desligo o motor e desço, deixando as chaves na ignição. Ando rapidamente até a porta, varrendo a neve caída do meu cabelo. Assim que entro, grito:

— Riley! — Mas não é alto o suficiente para ela me ouvir, se ainda estiver no porão.

Com passos pesados, atravesso a sala até a porta do porão, deixando um rastro de neve atrás de mim.

— Riley! — grito de novo, desta vez bem mais alto. Meus pés descem as escadas e continuo a gritar. — Onde diabos você está?

Quando chego ao fundo, vou direto para o banheiro e vejo que a porta já está escancarada. Antes de entrar, dou uma olhada preguiçosa no porão, imediatamente avistando Maddie no canto mais distante com uma pilha de caixas cercando ela e sua cadeira de rodas.

Riley se vira, ainda segurando um frasco de xampu na mão, e sua expressão alegre se desfaz.

— Neo. Oi. O que você está fazendo em casa?

Arranco o frasco de shampoo da mão dela antes de jogá-lo violentamente no chão. A tampa sai com o impacto e um líquido transparente escorre. Ao mesmo tempo, pego seu telefone, que está tocando *What Other People Say*, de Sam Fischer e Demi Lovato, da penteadeira e paro a música; em seguida, desligo o telefone novamente, sem saber se quebrei a tela, mas sem me importar de qualquer jeito.

— Você está louco? Sinto muito — começa, com uma expressão de pânico —, eu não estava me sentindo bem, então saí da aula mais cedo e...

— E o quê? Pensou em vir até minha casa e usar meu chuveiro?

— Tecnicamente, não é sua casa. Pertence aos Sangue Azul.

Meu telefone vibra no peito, então o pego e leio a mensagem de texto dos caras, enquanto Riley defende seu caso sobre como Scar disse que ela poderia ficar aqui, então ela presumiu que não havia problema em voltar.

> **Jagger: Repassei a mensagem e ela saiu furiosa da escola para tomar um pouco de ar fresco antes da próxima aula. Disse que quer ficar sozinha. Ela está chateada.**

Com o telefone na mão, volto minha atenção para Riley.

— Não dou a mínima para o que Scar disse. Ela é uma convidada, assim como você. Já é hora de vocês duas mostrarem um pouco de respeito. Agora calce a porra dos seus sapatos e dê o fora da minha casa.

Estou sendo duro? Sim. Ela merece isso? Claro que sim, ela merece. Isto não é a porra de um abrigo para perdidos e necessitados.

— Você é... — ela tropeça nas palavras antes de finalmente cuspir: — ... realmente cruel.

Clássico. Não deveria esperar algo diferente de Riley. Ela é muito doce e, com esse comportamento, nunca conseguirá se tornar uma Guardiã.

— Eu sou cruel e você está prestes a ver o quão malvado posso ser.

— Estou indo — resmunga. — Apenas me dê um minuto.

Minhas mãos pressionam a penteadeira e abaixo a cabeça, me perguntando quanto tempo ainda terei que lidar com essas idiotas. Scar é uma coisa; eu posso lidar com ela. Na verdade, atormentá-la é meio divertido. Riley, por outro lado, não faz parte do plano e sua presença aqui é um inconveniente.

O som de caixas se movendo faz meus olhos dispararem para onde Maddie está escondida. *Se olhares pudessem matar*. Ela está furiosa. Não, ela está irada. Balanço a cabeça negativamente e murmuro as palavras:

RACHEL LEIGH

— Ainda não.

Graças a Riley, tenho muito que explicar agora.

Levanto a cabeça ligeiramente, olhando para a garota.

— Depressa.

Com uma braçada de roupas, ela faz beicinho.

— Tenho que trocar de roupa. — Seus olhos vagam pelas roupas e noto que ela está de pijama.

Endireitando minhas costas, fico na sua altura.

— Você está vestida — sério, aponto um dedo para a porta —, agora dê o fora.

Mais uma vez, um pouco duro, mas necessário. Preciso que ela saia daqui antes que Maddie ouça mais merda que não preciso que ela ouça.

Porra, minha sorte é tão grande que passos pesados enchem o ar e, quando percebo, me deparo com uma Scar fumegante.

— O que diabos você disse a ela? — indaga, enfurecida, os olhos dançando de mim para Riley.

Tomando um pouco de ar fresco o caramba.

Preciso resolver esta situação rapidamente ou o inferno estará prestes a explodir. Encontro Scar, batendo meu peito no dela e a afastando pela porta.

— Lá em cima!

— Não! — Ela me empurra alguns passos para trás, me forçando a entrar no banheiro. — Eu disse a Riley que ela poderia ficar aqui e ela fica.

Olhando para ela, estreito os olhos e tento fechar a porta atrás de mim, para que Maddie não possa ver ou ouvir nada, mas Scar está com a ponta da bota presa nela. Não importa de qualquer maneira, não há como ela ter perdido isso.

— Você está se metendo em uma merda que não é da sua conta, então volte para a aula e deixe-me cuidar disso.

— Está tudo bem — Riley diz atrás de mim. Pegando o telefone da pia com um bufo, ela abre a porta e sai furiosa do banheiro, ainda falando: — Vou voltar para o meu dormitório e me trocar lá. Não se preocupe, idiota. Você não me verá aqui novamente. — Passa por nós, batendo o ombro com força contra o meu, mas tenho certeza de que doeu mais nela do que em mim.

Scar estende a mão, agarrando Riley pelo braço.

— Não, Ry. Esta não é apenas a casa de Neo. Crew e Jagger disseram que estava tudo bem você ficar. Ignore-o. — Seus olhos estão nos meus enquanto ela pronuncia as palavras. — Ele simplesmente odeia a vida dele, então quer que odiemos a nossa também.

Riley puxa o braço.

— Você pode estar de boa com essa bagunça, mas eu não. — Ela sobe as escadas e, se souber o que é bom para si mesma, sairá direto pela porta da frente.

— O que você está esperando? — Inclino meu queixo. — Vá atrás dela.

— Você adoraria isso, não é? Dois coelhos com uma cajadada só? — Vapor sai das narinas dilatadas de Scar, seus braços cruzados firmemente sobre o peito. — Eu não vou a lugar nenhum até que você me diga... — sua voz se eleva a um uivo estridente, seus dentes à mostra — ... por que você é um idiota!

Droga. Não tenho certeza se já a vi tão brava. De todas as coisas que fiz para tentar levá-la a esse ponto de ebulição, bastou ser um idiota com a amiga dela.

Suas mãos encontram meu peito, me empurrando para trás, cada vez mais longe, e embora eu devesse revidar, não o faço, porque estou meio excitado agora.

Cada palavra que sai de sua boca é precedida por outro empurrão para trás.

— Uma e outra vez... — Minhas costas batem na porta de vidro do box. — Você faz essa merda só para me irritar. Nós dois sabemos que não se trata de Riley estar aqui. É sobre você querer me deixar infeliz.

Não tenho certeza se devo rir ou revidar neste momento.

Quando minha resposta nada mais é do que apertar os lábios e reprimir um sorriso, ela grita mais alto:

— Diga alguma coisa, caramba!

Ela está certa. Preciso dizer alguma coisa, porque, se não agir rápido, a merda vai bater no ventilador. Não tem como Maddie não ter ouvido a voz de Scar. Elas são melhores amigas há anos. Reconheceria sua voz em qualquer lugar.

Minhas mãos pousam nos quadris curvilíneos de Scar. Eu me inclino e sussurro em seu ouvido, inalando seu perfume floral, mas terroso:

— Vai fazer exatamente o que eu digo, você entendeu?

Uma risada leve escapa dela.

— Sem chance.

Cobrindo sua orelha com meus lábios, repito:

— Você. Entendeu?

RACHEL LEIGH

Suas mãos encontram meu peito e ela se afasta de mim. Uma das mãos permanece em seu quadril e, embora eu odeie o que tenho que fazer, precisa ser feito. Olhos confusos encontram os meus.

— Não — ela diz, incisivamente.

Mantenho minha voz baixa, para que Maddie não me ouça.

— Lembra daquele segredo que te contei que tinha? Bem, será exposto não apenas a todo o corpo discente, mas também aos Anciãos, se você não fizer exatamente o que digo.

Se Maddie descobrir que Scar e Crew estão juntos, ela desistirá de lutar. Ela chegou tão longe desde que acordou, e eu odiaria vê-la dar passos para trás. Sem mencionar que seu coração ficará despedaçado. Esta também é a oportunidade perfeita para separar o trio que assombra minha casa.

Sua cabeça balança rapidamente.

— Não. Você é maluco. Não estou fazendo merda nenhuma por você. Exponha meu segredo. Eu não ligo.

Levanto uma sobrancelha.

— Tem certeza disso?

— Não me importa o que você faça, Neo. Apenas me deixe em paz. — Ela gira nos calcanhares para ir embora, mas agarro seu braço e a puxo para perto.

Com meu queixo apoiado em sua cabeça e seu corpo tremendo em meus braços, eu digo:

— Você está arriscando ser abolida da Sociedade, Scar. Não só você, mas seus pais também.

Ela fica tensa. Um momento de silêncio entre nós.

— Você está blefando.

— Me teste.

Respirações audíveis escapam dela enquanto seu peito se agita contra mim.

— O que você quer de mim? — Ela engasga com as palavras, à beira das lágrimas.

— Nada. E tudo. Ao mesmo tempo.

— Scar. — A voz de Maddie atinge os ouvidos de Scar, antes que chegue aos meus, e nem sequer processo nada até que Scar se liberte do meu aperto.

Afasto-me, observando o reencontro, e embora devesse estar feliz por elas, parece mais um sofrimento lento. Sabia que isso estava por vir. No minuto em que vi o rosto de Scar, soube que Maddie daria as caras.

— M-Maddie? — Scar pisca rapidamente, recuperando o foco e não acreditando no que está bem na sua frente.

Elas estão a pelo menos um metro e meio de distância. Scar está bem na minha frente e Maddie está sentada em sua cadeira de rodas ao lado do meu banco de musculação. Elas se encaram pelo que parecem minutos e tenho certeza de que todo o sangue foi drenado do rosto de Scar. Ela está tão pálida quanto as marcas de neve no chão da nossa sala. A garota dá alguns passos. E mais alguns, tentando chegar até Maddie.

Eu sei que ela vai cair antes mesmo de qualquer coisa, mas, quando ela começa a despencar, estou ali, segurando seu corpo inerte.

— Scar — Maddie suspira, virando-se rapidamente para onde estou colocando Scar no chão. — Ela está bem?

— Vai ficar. Ela está apenas em choque.

— O que ela está fazendo aqui, Neo? Você me disse que ela tinha volta para Essex.

Maddie está olhando para mim agora, esperando uma resposta, então conto a verdade.

— Ela está aqui porque… ela mora aqui… — ou, pelo menos, começou como verdade — comigo. Estamos namorando agora.

Seu estúpido, idiota! Agora tenho quase certeza de que todo o sangue foi completamente drenado do meu rosto.

Maddie ri e é um pouco desanimador que ela não acredite que Scar e eu possamos ficar juntos.

— Porque é que isso é engraçado? Acha que ela é boa demais para mim?

— Hmm. Sim. Entre outros motivos. Por exemplo, você nunca gostou de Scar. Então, como diabos isso aconteceu?

— As coisas mudam. As pessoas mudam.

Ao contrário da minha capacidade de me meter em merdas das quais não consigo sair.

Porra. O que acabei de fazer? Agora que minha mentira foi divulgada, não parece que ela trará os benefícios que eu esperava. Eu poderia facilmente ter dito que ela está com Jagger e tudo ficaria bem. Enquanto Maddie não souber sobre Scar e Crew, estamos de boa. Então, por que diabos eu acabei de dizer a ela que Scar e eu estamos namorando? Não. Tudo bem. Scar será forçada a dispensar Crew e Jagger, e não terei mais que vê-la com eles. Em vez disso, terei que fingir que ela está comigo. É errado em muitos níveis, mas não é real. Isso pode funcionar. Tem que funcionar.

Maddie olha de volta para Scar, com um toque de tristeza em sua expressão.

— Não acredito que perdi tanta coisa. Minha melhor amiga e meu irmão?

Scar começa a se mexer, seus cílios tremulando, e preciso pensar rápido de novo.

— Vá pegar uma toalha molhada para ela no banheiro. Gaveta superior.

— Você vai pegar. Preciso estar aqui quando ela acordar, para que ela saiba que não foi um sonho.

— Droga, Maddie. Você poderia ir, por favor? Estou preocupado com ela.

Cara, sou muito bom nisso. Eu quase acredito. A verdade é que eu adoraria que Scar ficasse desmaiada pelos próximos seis meses.

— Eu sei como você é, Neo. Seja gentil com ela.

Eu bufo.

— Eu mudei, Maddie.

Ela suspira pesadamente, girando em torno de nós.

— Okay, certo.

Depois que ela vai embora, dou um tapinha na bochecha de Scar algumas vezes. Seus olhos se abrem antes de se arregalarem.

— Aquela era mesmo a... Maddie?

— Não. Você está vendo coisas. — Brinco um pouco com ela. Com alguma sorte, ela acreditará e irá embora imediatamente. Não é provável, no entanto.

— Eu sei o que vi. Maddie está aqui.

— Beleza. sim. Ela está aqui. Iremos contar tudo em breve. — Passo um braço sob sua cabeça e levanto-o lentamente. — Você pode se sentar?

— Posso. — Ela dá um tapa no meu braço. — Mas não preciso da sua ajuda. Tire suas mãos sujas de mim.

Isso não vai ser tão fácil quanto eu pensava. Então, novamente, eu não pensei em nada.

— Sobre isso — começo com um sussurro, na esperança de dizer rapidamente antes que Maddie retorne. — Maddie ainda está apaixonada por Crew e não sabe que ele está aqui na BCA.

— Ai, meu Deus, Neo. — Ela esfrega a testa agressivamente. — Você não contou a ela?

— Não tive exatamente tempo, Scar — enfatizei o nome dela. — Ela está aqui há apenas algumas semanas e durante metade disso ficou indo e voltando em um estado de inconsciência.

— Como? — Sua testa se enruga cada vez mais a cada pergunta de uma palavra. — Por quê? Quando? O que diabos está acontecendo?

— Eu disse que vou te contar tudo, mas agora você precisa saber mais uma coisa. Aquele segredo que eu te disse que guardaria: não estará seguro até você fingir que estamos namorando. Você precisa se livrar de Crew e Jagger. É a única maneira de parecer real.

Já vi os olhos de Scar se arregalarem. Já a vi surpresa. Chocada. O que você quiser sugerir. Mas nada disso chega perto da expressão em seu rosto agora.

— Não. Existe. Nenhuma. Chance.

— Então acho que não tenho escolha...

Maddie retorna com um sorriso alegre e uma toalha molhada.

— Aí está você, Bela Adormecida.

Scar nega com a cabeça.

— Eu... eu não preciso disso. — Ela se levanta, movendo-se lentamente. Lágrimas escorrem de seus olhos ao se jogar nos braços de Maddie.

— Não consigo acreditar que você está acordada. E aqui.

Enquanto estão se abraçando e chorando como bebês, leio minhas mensagens de texto perdidas dos caras.

> **Crew: Notícias de Scar?**

> **Jagger: Não. Estou indo almoçar. Ela provavelmente já está na mesa.**

> **Crew: Tudo bem. Me avise.**

Decido intervir e dizer que ela está aqui antes que eles enviem um grupo de resgate.

> **Eu: Ela está aqui em casa. Está bem. Não há necessidade de bancar o cavaleiro de armadura brilhante.**

Quando percebo, Jagger está ligando. Claro, porra.

— Ela está bem — é a primeira coisa que digo.

— É difícil acreditar nisso. Coloque ela no telefone ou Crew e eu voltaremos para casa.

Não tenho certeza de quanto tempo mais poderei fazer essa merda. Talvez eu precise apenas confessar a todos. Maddie acabará com o coração partido eventualmente. Prolongar essa história só tornará o desgosto muito mais doloroso.

RACHEL LEIGH

Eu me junto a Scar e Maddie, interrompendo a festa de abraços delas.

— Ei, Jagger quer falar com você. — Cubro o telefone com a mão livre. — Eles não podem saber, Scar. Estou falando sério. Não conte a ninguém que ela está aqui. — Entrego o telefone e empurro a cadeira de Maddie alguns metros para a esquerda.

— Por que Jagger está ligando para Scar? — ela pergunta.

— Somos… todos bons amigos agora. É uma situação estranha.

— Não brinca. Ainda estou me recuperando do fato de você e Scar estarem juntos. Fiquei dormindo por mais de um ano, mas pensei que até mesmo uma amizade entre vocês dois levaria uma vida inteira. — Ela olha para mim, para onde estou segurando as alças de sua cadeira de rodas, com um largo sorriso no rosto. — Estou orgulhosa de você, Neo. Finalmente abrindo seu coração e deixando alguém entrar.

Coço a parte de trás da cabeça, me odiando agora. Não gosto de mentir para Maddie. Não é algo que faço com frequência, mas faria isso uma e outra vez para protegê-la.

— Sobre isso. Estou meio que pensando em terminar com ela. Ela é uma espécie de sanguessuga. — É verdade. Eu vi como ela é com Crew e Jagger. Toda pegajosa. Com certeza não quero isso.

— Neo! — Maddie se estende para trás, tentando me dar um tapa, mas erra. Eu rio um pouco, apenas irritando-a ainda mais. — Juro por Deus que se você estiver traindo Scar ou jogando algum jogo estúpido, eu vou te matar.

— Não duvido disso nem por um segundo. — Maddie é uma fera e provavelmente a única pessoa no mundo que pode me colocar no meu lugar. Agora que ela está acordada e aqui, preciso me preparar para isso.

— É sério. É melhor eu não descobrir que você está brincando com o coração dela. E quem era aquela garota que estava aqui mais cedo, dançando na sua cozinha? Por favor, não me diga que é algum ménage à trois e que você também tem outra namorada? Ou pior — sua expressão fica séria — ela não está com Crew, está?

— Não. De jeito nenhum. Eu te disse, Crew não está saindo com ninguém. Ele está esperando por você. Aquela era Riley. Um caso de Jagger.

Eu simplesmente continuo cavando esse buraco cada vez mais fundo.

Quase dá para dizer que era mais fácil quando Maddie estava em coma. Agora tenho certeza de que ela e Scar se unirão contra mim. E agora que elas têm Riley também. *Estou fodido.*

Scar volta com meu telefone e, quando estendo a mão, ela bate com força, carrancuda. Seu desgosto pela situação é mais do que aparente.

— Mads — digo para minha irmã —, Scar e eu precisamos de um minuto.

As duas garotas trocam um olhar antes de Maddie responder:

— Claro. Vou voltar para o meu quarto. — Ela coloca toda a sua atenção em Scar e completa: — Então você e eu precisamos conversar. Parece que temos muito o que discutir.

Scar dá mais um abraço em Maddie antes de se separarem, e minha irmã volta para a porta do túnel.

A sombra dela nem saiu quando a palma aberta de Scar voa sobre meu rosto.

— Seu filho da puta!

Rangendo os dentes, esfrego o local dolorido.

— Jesus! Que diabos foi isso?

— O que foi isso? — ela rosna. — Por manter Maddie longe de mim. Por mentir sobre o paradeiro dela. Ah, e que tal você mentir para sua irmã, que acabou de acordar de um coma de dezoito meses? O que você estava pensando ao contar a ela que estamos namorando? Nós nos odiamos! De todas as coisas que você poderia ter dito, você disse isso?

Eu realmente não sei o que dizer. Estou chateado comigo mesmo também. Não é sempre que admito que estou errado, mas aceito isso agora mesmo.

— Você tem razão. Foi uma decisão de uma fração de segundo e simplesmente saiu.

— Bem, você precisa consertar isso. — Uma risada ameaçadora rasga suas cordas vocais. — De jeito nenhum eu vou terminar com Crew e Jagger e fingir que estou com... Suas mãos balançam para cima e para baixo na minha frente, seus lábios curvados em desgosto. — Com você.

Estou um pouco surpreso com o que ela está insinuando aqui.

— Você está agindo como se estar comigo fosse o pior pesadelo de uma garota.

Ela solta um suspiro.

— Não estou concordando ou negando isso.

— Uau.

Ela faz uma careta, sentando-se no meu banco de musculação.

— Não aja como se o sentimento não fosse mútuo.

Sento-me ao lado dela. Não porque eu queira estar perto, mas porque precisamos manter a voz baixa.

RACHEL LEIGH

— Você tem razão. É mútuo. Mas isso não é sobre mim ou você. É sobre Maddie.

Sua cabeça gira, olhos nos meus.

— Você está me chantageando, Neo. Mesmo que seja por Maddie, isso não é legal.

— Talvez sim. Mas se você quer seu segredo seguro, vai continuar com essa farsa até que eu elabore um plano.

— Que tal isso como plano: diga a verdade a ela. Você não pode esconder Crew dela. Ele mora aqui.

Odeio quando ela está certa.

— Sem mencionar que não há nenhuma maneira de eu fingir que somos um casal apaixonado. Eu quero vomitar só de sentar tão perto de você.

— Bem, agora você está apenas sendo dramática. Sentamos um ao lado do outro todos os dias na aula de Literatura Americana.

— Sim. E tentei fazer com que você trocasse de lugar, mas, por algum motivo, você não mudou. Por que isso, Neo?

— Eu te disse: mantenha seus inimigos por perto.

— Besteira.

— Por que isso é besteira? — Eu rio. — Está sugerindo que estou a fim de você?

Ela encolhe os ombros, garantindo outra risada.

— Sem chance. Tenho certeza de que deixei claro meus sentimentos por você.

Bufando, ela pressiona os dedos nas têmporas e esfrega agressivamente.

Scar não deveria ter motivos para presumir que sinto algo por ela, exceto ódio extremo. Nunca dei a ela um vislumbre da minha mente torturada. Claro, os meus dedos nadaram na sua boceta, mas não foi para lhe dar prazer; era para humilhá-la durante a aula. Posso ter falhado, mas foi uma boa tentativa e com certeza uma boa fuga do sermão do senhor Collin. Fora isso, ela não sabe o quanto treinei minha mente para não gostar dela, porque um pequeno espaço em meu coração diz que ela não é tão ruim assim. Mas ela é. Ela é muito ruim. É um fruto proibido e, embora possa ter um sabor mais doce, é proibido por uma razão: é um veneno que pode arruinar a minha vida. Recuso-me a colocar meu destino nas mãos dela.

Scar fica de pé. Nem mesmo olhando para mim, declara:

— Onde fica o quarto da Maddie? Preciso falar com ela e contar a verdade. Ela merece.

Ainda estou sentado no banco, olhando para ela.

— Você não vai contar nada a Maddie. Vamos manter esse reencontro curto e amável. Ela e eu contaremos por que ela está aqui e por que isso precisa permanecer em segredo. Jagger e Crew ainda não podem saber. Entendeu? — grito, então ela percebe o quanto estou falando sério. — Se sua amiga idiota não tivesse vindo para nossa casa, você também não saberia.

— Estou disposta a ouvir você antes de tomar uma decisão, por Maddie. Mas não pense nem por um segundo que estou agindo como sua namorada. Finja um término se necessário, mas não vou jogar assim. Não com gente como você.

Aí está de novo. Esse olhar de nojo. Sei que tratei a garota como uma merda, mas ela me olha como se eu tivesse o rosto de Michael Myers.

— Por que você está olhando assim para mim? — finalmente pergunto.

— Assim como?

— Com tanta repulsa. Como se eu fosse a coisa mais feia que você já viu?

— Se você realmente precisa perguntar, então é mais sociopata do que eu imaginava. Agora, onde ela está?

Inclino a cabeça para a direita, apontando para a porta aberta.

— Apenas siga em frente, você a encontrará.

Com uma expressão azeda, ela zomba.

— Você a fez ficar nos túneis?

Rapidamente fico de pé.

— A garota está com a vida resolvida. O quarto dela é perfeito. Ela tem banheiro privativo, cozinha compacta e uma enfermeira e fisioterapeuta que vêm diariamente durante a semana enquanto estamos na escola.

Scar nega com a cabeça em descrença e estou me sentindo muito julgado agora. É necessário manter o paradeiro de Maddie em segredo. Alguém tentou matá-la, e até sabermos quem e porquê, a segurança dela é uma prioridade. Ninguém pode ser confiável.

Só resta uma coisa a fazer: pegar e derrubar Jude Beckett. E para o meu *grand finale*, vou expor Scar.

Enquanto ela se afasta, indo em direção à porta, fico com milhares de pensamentos diferentes na cabeça. O que eu fiz? O que vou fazer? Por que diabos me incomoda que ela me odeie tanto quanto a odeio?

CAPÍTULO DEZ

SCAR

— Isso não é real. — Envolvo os braços em Maddie pela enésima vez, ainda sem acreditar no que vejo. — Como você está aqui? — Dou um passo para trás, com as mãos em seus ombros. — E fora da cama?

Um amplo sorriso se espalha por seu rosto e ela levanta um ombro.

— Neo me salvou.

— Mas como? Você estava em coma, Mads.

— *Estava* é a palavra-chave. — Seus ombros dançam, como se isso fosse a coisa mais casual de todas. — Ele me acordou.

Há um banquinho alto à esquerda, então o pego e me sento, sabendo que essa conversa vai demorar um pouco. Minha única esperança é que Neo fique fora disso.

— Nada disso faz sentido. Por favor, dê sentido para mim. — Estendo a mão, percebendo que ela ainda está tremendo. *Ela está realmente aqui.*

— Bem — começa, colocando um chiclete na boca e enrolando a embalagem entre os dedos. — Eu estava dormindo, obviamente, mas Neo enviou uma nova equipe de médicos e seguranças porque estava preocupado que alguém pudesse me machucar. Minha memória ainda está faltando daquele dia e até das semanas anteriores ao outono, mas ele disse que alguém me empurrou.

— Ele também disse que achava que fui eu quem te empurrou?

Sua cabeça se inclina ligeiramente, os olhos arregalados.

— Ah, não, ele não fez isso?

— Ah, sim. Ele com certeza fez. Na verdade, fez questão de tornar a minha vida um inferno depois da sua queda. Dizer que não foi fácil é um eufemismo.

— Mas ele sabe a verdade agora e você o perdoou? Quero dizer, vocês dois estão juntos? — Seu tom questionador me leva a acreditar que ela não está acreditando. Afinal, por que ela faria isso? Ela viu em primeira mão o quanto Neo me odiou durante todos esses anos.

— Na verdade, há algo que você deveria saber...

— E o que você deveria saber é que o passado foi sepultado. — Neo entra na sala e meus olhos disparam por cima do ombro. Ficando atrás de mim, suas mãos descansam em meus ombros e ele começa a massageá-los. *Porra, quem é esse cara?* Apenas alguns dias atrás, ele disse que eu era tóxica e que mal suportava ficar perto de mim, e agora está esfregando meus ombros?

Maddie sorri, satisfeita com a resposta dele.

— Eu sempre soube que havia algo entre vocês dois. Desde que peguei Neo assistindo...

— Ok, já chega — Neo cospe, calando-a, mas agora estou curiosa para saber o que ela iria dizer.

— Ah, não, querido. — Dou um tapinha na mão dele no meu ombro. — Deixe-a terminar.

Neo retira a mão tão rapidamente que você pensaria que acabei de tocá-lo com fogo.

— Ah, vamos, Neo. Deixe-me contar a ela. Não é grande coisa.

Olho por cima do ombro, sorrindo enquanto Neo lhe lança um olhar mortal, balançando a cabeça em câmera lenta.

— Não se atreva.

— Ok. Agora eu tenho que saber. Vá em frente, Mads.

Ela pisca para mim e depois sorri.

— Terminaremos essa conversa mais tarde, quando o idiota não estiver por perto.

— Não se eu puder evitar. Na verdade, pretendo ser a sombra de vocês duas até ter certeza de que a ameaça foi extinta.

— Você não pode estar falando sério? — Meu corpo fica tenso sob o toque de sua mão. Nem tenho certeza se ele está consciente de sua localização.

— Acho que provei o quanto minhas palavras são sérias, não é, *Scarlett?* — A maneira como ele pronuncia meu nome provoca arrepios na minha espinha.

— Provou sim, *Neopolo.*

Maddie nos lança um olhar.

— Ah. É fofo como vocês dois usam o nome todo um do outro.

— Na verdade — empurro meu banquinho para trás, com força suficiente para que Neo agarre seu pênis e solte um grito —, acho que é hora de você ver como estou falando sério.

Neo sente repulsa por mim. Diz que morreria antes de ingerir meu *veneno* — e eu acredito nele. No entanto, dois podem jogar seus jogos. Se eu for tão venenosa quanto ele diz que sou, deixará isso claro para Maddie, me afastando e acabando com esse relacionamento falso.

Eu o agarro pelo rosto, a barba por fazer roçando minhas palmas. Parece masculino e tão diferente do Neo que sempre considerei um adolescente valentão. Ele resiste, mas não o suficiente para impedir o que está por vir. Puxo sua boca para a minha, com força. Nossos lábios colidem com tanta tenacidade que meus pulmões esvaziam imediatamente e me vejo com falta de ar, mas sem vontade de parar o que está acontecendo.

Neo rosna em minha boca com um sussurro:

— Pare. — Mas não o faço. Puxo para mais perto, forçando minha língua em sua boca. Ela desliza entre seus dentes e qualquer medo de ele me reprimir e me morder é rapidamente diminuído quando o músculo de sua língua se estica, envolvendo a minha.

Uma mão pousa no meu quadril e, com um movimento rápido, ele me puxa para mais perto. Imediatamente sinto sua ereção pressionando minha coxa e um gemido sutil desliza pelos meus lábios. Sua outra mão desliza pelas minhas costas, parando na minha nuca. Ele junta meu cabelo, forçando minha boca com mais força na sua.

Arrepios percorrem meu corpo, se espalhando e tomando conta de cada nervo em seu caminho. A umidade se acumula em minha calcinha e é algo que eu nunca admitiria para ninguém.

Quando beijo Crew, é diferente dos beijos compartilhados com Jagger, e vice-versa; da mesma forma, esse beijo é diferente de qualquer outro que já compartilhei com qualquer um deles. Nunca senti nada parecido. Estou surpresa por ainda estar de pé, já que minhas pernas viraram gelatina.

A suavidade de seus lábios, a flexão de sua língua, a sensação de seu peito subindo e descendo contra o meu. É tudo tão atraente, mas não é nada comparado com as respirações ofegantes que ele sopra em minha boca. É a prova de que não odeia isso tanto quanto quer, ou deseja que eu acredite.

Minhas mãos deslizam de seu rosto até a parte de trás de sua cabeça, os dedos entrelaçados e, de alguma forma, conseguimos nos afastar pelo menos um metro de onde estávamos inicialmente e suas costas agora estão pressionadas contra a porta fechada. Não tenho certeza se o empurrei ou ele me puxou, mas, seja o que for, é esclarecedor.

— Uau — Maddie diz, me tirando do transe em que estava. Meus olhos se abrem e vejo Neo me encarando. Ele imediatamente se afasta, virando a cabeça, mas mantendo os olhos fixos nos meus. Passa os dedos pela boca e observo o movimento.

Desvie o olhar, Scar. Desvie. O. Olhar. Mas não posso. Não até que ele pare de olhar para mim. Encontro-me lutando para respirar, para ficar de pé, para pensar. Eu não posso fazer nada. Que raio foi aquilo?

— Eu... — Neo gagueja, tropeçando nas palavras, e finalmente completa: — Tenho que ligar para Jagger para ter certeza de que ele ainda está na escola. Volto logo.

Abro um sorriso ao vê-lo abrir a porta, ajustando seu pau nas calças.

— Ok. Isso pegou fogo — declara Maddie. — Mas, por favor, não me force a ver outra vez. Ele é meu irmão, pelo amor de Deus.

— Sim — murmuro, olhando fixamente para a porta aberta, onde a sombra de Neo está desaparecendo lentamente. — Foi... alguma coisa.

— Terra para Scar. — Maddie estala os dedos na minha cara. — Para onde você foi agora?

— Não tenho certeza. — Piscando rapidamente, tiro os olhos da porta e me viro para Maddie. Depois que volto à realidade, sou atingida pela verdade nua e crua. Estou aqui e Neo ainda me odeia e eu ainda o odeio. Foi só um beijo. Um beijo falso. Não quis dizer absolutamente nada. — Desculpe. — Volto para o banco onde estava sentada antes do beijo. — Diga-me o que você ia dizer quando Neo não te deixou terminar. O que você o pegou fazendo que me envolveu?

Maddie dá uma olhada na entrada, certificando-se de que Neo não está por perto antes de se inclinar. Sua voz é baixa e observo seus lábios se moverem, focando atentamente nas palavras que saem.

— Alguns dias antes de perdermos nossa mãe, peguei Neo observando você.

Estico o pescoço, sem acreditar no que ela está dizendo.

— Sem chance. Me observando, onde?

— Hmmm. Ele estava perdido em um olhar lascivo, observando você amarrar os sapatos. Dei um tapa *forte* no ombro dele e ainda assim não o despertei. Só quando você se virou e olhou para ele é que ele finalmente acordou do transe.

— E daí? — Eu rio. — Ele provavelmente estava sonhando acordado e seu olhar acidentalmente caiu sobre mim.

— Não — declara, negando com a cabeça, e é um lembrete de como ela e Riley são parecidas. Não é de admirar que eu tenha gravitado em torno de Riley depois de lutar muito para não fazê-lo. — Perguntei a ele sobre isso mais tarde naquela noite e seu rosto ficou vermelho como uma *beterraba*. No nível de uma lagosta recém-saída do mar. Ele ignorou como se não fosse grande coisa, mas era. Daquele dia em diante, eu sempre soube que seus atos de ódio eram na verdade apenas para te afastar porque tinha medo de te deixar se aproximar.

Caramba, zero chance. Maddie não tem ideia do que passei no ano passado. Ela conhece os pequenos atos infantis de *bullying* que os caras me fizeram ao longo dos anos, mas não sabe sobre o tormento que me fizeram passar enquanto ela dormia.

— Maddie. Sinto muito, mas ainda não consigo superar isso. Como você está aqui?

Chegando mais perto, nossos joelhos batem e a expressão dela fica séria.

— Gostaria de poder dizer que foi um milagre, mas não é o caso. Neo está convencido de que nunca estive em coma.

Mordendo o lábio, procuro minhas palavras com cuidado.

— Mads — começo. — Não deixe Neo te convencer de algo que não é verdade. — Estendo a mão, pegando a mão dela na minha. — Visitei você diariamente no início e semanalmente no final. Você estava definitivamente em coma.

Não afetada pelas minhas palavras, Maddie mantém a cabeça erguida e aperta minha mão.

— Você me viu dormindo, Scar. Isso não significa que meu corpo precisava de descanso.

Maldito Neo por colocar essa besteira na cabeça dela. Sei que preciso ser o mais gentil possível, porque tenho certeza de que a mente dela ainda está nebulosa. Ela mesma disse isso, não se lembra das semanas anteriores à sua queda.

— O que seu irmão disse que te fez pensar que não estava em coma?

Ela solta minha mão e se recosta, ficando confortável em sua cadeira.

— Neo me falou tudo isso e não me lembro de nada, mas, pelo que me disse, ele contratou um médico para fazer check-ins diários em mim na casa onde eu estava internada. O médico reparou que tinha algo de estranho com os medicamentos que vinham sendo administrados na minha intravenosa. Depois de uma coleta de sangue, ele percebeu que eu havia recebido um remédio que na verdade é usado para induzir o coma. Depois de um telefonema para Neo com uma atualização, ele exigiu que eu fosse levada para fora da casa. Então, com a ajuda desse novo médico, eles me trouxeram para cá. Vinte e quatro horas depois, comecei a dar sinais de vida. Mais vinte e quatro horas e eu estava consciente.

Minha boca permanece aberta, como esteve durante todo o tempo em que ela falou. Estou sem palavras. Não faço ideia do que dizer. Na verdade, a história dela é tão plausível que eu mesma acredito. Independentemente de como e por quê, ela está aqui, e isso é tudo que importa para mim agora.

— Estou... estou apenas chocada.

Ela continua falando, acrescentando mais coisas ao prato, enquanto ainda estou processando tudo o que já foi dito.

— Eu estava muito mal e não me lembro de muita coisa até a semana passada, mas agora estou comendo sozinha e comecei a usar um pouco mais as pernas. Meu fisioterapeuta está confiante de que estarei de pé em mais ou menos um mês com um andador.

— Isso é inacreditável, Maddie. — Levanto-me e caio sobre ela novamente, tomando cuidado para não machucá-la, porque não tenho certeza do quão frágil ainda está. Todos aqueles meses vendo-a deitada naquela cama, tão indefesa, e agora ela está realmente aqui.

Ela me abraça de volta. Me abraça de verdade, e é oficial, não estou sonhando. *Ela está realmente aqui.*

Depois que nos separamos, conversamos sobre tudo deitadas na cama dela, tentando descobrir quem iria querer mantê-la em coma. Conto a ela sobre Jude e toda a situação, e nós duas concluímos que tem que ser ele. Também significa que foi ele quem a empurrou. Durante toda a nossa conversa, deixei-a acreditar que Neo e eu estamos realmente em um relacionamento, porque quando ela pergunta sobre Crew e seus olhos brilham, não suporto revelar a verdade.

— Sinto muita falta de Crew e mal posso esperar para poder sair desta sala e viver minha vida novamente. Ele mudou muito?

— Na verdade, não. Mais alto, talvez. Um pouco mais desleixado, dependendo do dia.

Olhando além de mim, ela sorri. Provavelmente sonhando acordada com uma vida com ele. Dói muito meu coração, porque também amo Crew. Não tenho ideia do que isso significa para nós e estou com tanto medo de perdê-lo. E, mesmo que não o perca, corro o risco de perder Maddie quando acabei de encontrá-la novamente.

RACHEL LEIGH

A porta se abre e fico um pouco enojada com a falta de respeito de Neo.

— Desculpe interromper, mas Jagger está a caminho. Ele está preocupado com você. Como vocês duas sabem, temos que manter isso em segredo por enquanto.

— Mas por quê? — rebato, saindo da cama de Maddie. — Sabemos que podemos confiar em Jagger. Por que não podemos contar a ele?

Neo me olha furioso e odeio saber exatamente o que ele está pensando. Se Jagger souber, Crew saberá.

— Ah, certo. Porque você dá todas as ordens — resmungo, antes de dar um último abraço em Maddie. — Vou te ver de novo quando tiver uma chance. Ou quando o mestre permitir. — Encaro Neo com um olhar mordaz quando passo por ele e saio pela porta.

Não importa o que aconteça, um coração vai se partir, e prefiro que seja meu do que de Maddie.

CAPÍTULO ONZE

CREW

— Aí está você. O que diabos aconteceu? — Seguro o rosto de Scar nas palmas das mãos, saboreando o calor de sua pele. — Você está bem?

Uma mão pousa sobre a minha, acariciando-a.

— Estou bem.

Com os joelhos dobrados, olho nos olhos dela, procurando algum sinal de que esteja se contendo.

— Tem certeza? Uma tarde com Neo é suficiente para fazer qualquer um perder a cabeça.

Ela sorri, e é exatamente o que eu precisava.

— Tenho certeza. O Neo é o Neo, mas eu sobrevivi.

— Fico feliz em saber. — Pressiono meus lábios nos dela e sua resistência me faz questionar a verdade quando ela diz que está bem. — Amor — sussurro —, me conte o que aconteceu.

Seus olhos se voltam para a esquerda, evitando o contato com os meus, e a segunda bandeira vermelha é levantada. Atentamente, observo seu sorriso desaparecer.

— Eu te amo, Crew. — Seus orbes azuis encontram os meus novamente e a tristeza por trás deles é como uma faca no peito.

— Ei — luto por sua total atenção, sabendo que sua mente está em outro lugar —, eu também te amo.

Não tenho certeza do que diabos aconteceu, mas tenho toda a intenção de descobrir. Neo fez ou disse alguma coisa. Juro por tudo que é sagrado, se ele encher a cabeça dela com alguma besteira que a faça duvidar de nós, vou enterrá-lo vivo.

Seus lábios pressionam suavemente os meus e só posso esperar que neste breve momento todas as preocupações do dia tenham escapado dela.

Quando ela desiste do beijo, dá um aperto suave na minha cintura e sorri.

— Tudo vai ficar bem, certo?

— Claro que vai. Estamos tão perto de acertar Jude Beckett em cheio. Tudo vai ficar bem.

— Não. Quero dizer conosco. Tudo vai dar certo, né? Eu não vou perder você?

Odeio que ela esteja duvidando do que temos, e merda, eu até odeio que esteja duvidando do que Jagger e ela têm.

— De onde vem isso? Neo disse...

Sua cabeça imediatamente balança, negando.

— Não tem nada a ver com Neo. Apenas me diga que ficaremos bem quando tudo isso terminar. Não importa o que aconteça.

— Estaremos mais do que bem. Prometo.

Jagger desce as escadas correndo, já trocando o uniforme por uma calça jogger cinza e um moletom com capuz.

— Ah, que bom. Você a encontrou.

Beijo Scar mais uma vez antes de dizer:

— Vou deixar vocês dois conversarem. Parece que vamos todos faltar o resto do dia, então vou me trocar.

Quando hesito por um segundo, certificando-me de que ela está bem, Scar ri.

— Vai. — Ela dá um tapa no meu braço, me garantindo que está bem, mas não posso deixar de me perguntar se realmente está.

Independente disso, subo as escadas, subindo dois degraus de cada vez. Enquanto subo, Scar grita, então paro no meio do caminho até o topo.

— Ei, Crew. Você poderia entrar em contato com Riley e pedir que ela venha aqui depois do jantar? Se ela vier com alguma besteira, diga que são ordens dos Ilegais.

Riley. Claro. É por isso que Scar está tão deprimida hoje. Neo expulsou sua melhor amiga.

— Sim. Claro. — Continuo subindo, avistando Neo parado no topo da escada com os braços cruzados sobre o peito e as pernas afastadas cerca de trinta centímetros uma da outra. Sua postura dominante me diz que ele está irritado e eu realmente não estou com vontade de lidar com essa merda agora.

— Riley foi expulsa daqui. Não a traga de volta para esta casa.

— Vá se foder — resmungo, navegando ao redor dele e lutando contra os demônios em minha cabeça que me dizem para empurrá-lo escada abaixo.

— Pare de ser pau mandado, Crew.

Aproximo-me dele, com o peito inflado e os punhos cerrados.

— Repete.

— Você me ouviu. Pare de ser pau mandado e de fazer tudo que aquela puta pede de você.

Minha mandíbula treme de fúria. A raiva nada em minhas veias e, levando pouco tempo para processar tudo, levanto meu punho e coloco-o bem na mandíbula de Neo. Sua cabeça voa para a esquerda e ele bate na parede, preparando-se antes de cair. Aperto minha mão, resolvendo a torção nos nós dos dedos.

— Se você voltar a chamá-la por qualquer coisa que não seja o nome dela, será o seu funeral. E não estarei presente.

— Ah, é? Scar comparecerá? Afinal, ela me beijou mais cedo.

Rangendo os dentes, eu sibilo:

— Você está mentindo, porra.

Ele levanta os ombros em um encolher de ombros arrogante.

— Estou?

Nem sequer olho para ele, caminhando para o meu quarto e esticando os dedos, meu coração batendo forte no peito.

Com um chicote da mão, bato a porta e enfio meu punho na madeira. Dói, mas não tanto quanto a dor dentro do meu peito. Sei quando Neo está mentindo, e o que ele disse não foi mentira. Ele está se gabando e tentando me irritar, então me contou a verdade. Scar o beijou e não tenho dúvidas de que ele retribuiu o beijo. Neo gosta de andar na linha tênue quando se trata de Scar e aposto que isso deu a ele o empurrão que precisava direto para os braços dela.

Fazendo o que Scar pediu, chamo Victor pelo walkie-talkie e digo para ele trazer Riley aqui depois da escola.

Estou abaixando as calças quando ouço uma batida na porta do meu quarto.

— Crew. Posso entrar?

— Sim — falo, ainda me recuperando do que acabei de ouvir. Não tenho certeza se estou mais irritado com Neo ou Scar. De qualquer forma, preciso ouvir o que ela tem a dizer e, mais uma vez, estou dando a ela a chance de confessar tudo primeiro. Espero que desta vez dê certo, porque, quando ela fodeu Jagger, levei dias para descobrir a verdade.

Ela entra, fechando a porta atrás de si. Tiro minhas calças e puxo a faixa da minha cueca preta.

— Acho que você ouviu que dei um soco em Neo? — Abrindo minha gaveta, começo a procurar uma camiseta e acabo com uma preta.

Minha camisa está pendurada no pescoço quando ela agarra minha mão, os dedos roçando meus nós dos dedos inchados.

— Eu não apenas ouvi. Eu vi. O que aconteceu?

Olhos em nossas mãos entrelaçadas, fico imóvel. Não consigo nem olhar para ela.

— Ele estava falando merda e, se tiver alguma noção, não fará isso de novo.

Sua cabeça está baixa, o que me faz pensar se ela está lutando contra o contato visual por causa da culpa dentro que carrega.

— Falando merda sobre mim?

— Por quê? — Levanto os olhos e ela faz o mesmo. — Há algo que ele precisa dizer sobre você?

Ela acena sutilmente e percebo o brilho de uma lágrima no canto do seu olho. *Que bom. Ela se sente mal.*

— Há algo que preciso lhe contar, Crew.

Eu não digo nada. Em vez disso, espero que ela fale.

Segundos depois, Scar me encara.

— Eu beijei Neo.

Meus olhos se fecham momentaneamente e quero bater minha maldita cabeça contra a parede quando a imagem deles se beijando surge na minha cabeça. Quando os abro, estou fervendo.

— Por quê?

— Porque algo aconteceu hoje, Crew. Tudo mudou. E preciso ser honesta com você, mesmo que isso signifique me rasgar ao meio no processo.

Estalo o pescoço, exalando profusamente.

— O que aconteceu, Scar?

Ela hesita, abrindo a boca para falar e fechando novamente. Enfim, depois de alguns momentos de incerteza, profere com a voz trêmula:

— Não posso mais ficar com você.

— Espere. O quê? — Não era isso que ela deveria dizer. Não. Ela deveria me contar sobre o beijo com Neo. Isso não está certo.

Lágrimas saem de seus olhos. Uma por uma, caindo tão forte que juro que posso ouvi-las atingir a pele de nossas mãos.

— Do que você está falando? — Eu rio, embora não esteja sentindo nenhum humor nesta situação. — Certamente você pode.

Ela balança a cabeça, negando, e cada movimento empurra a faca mais fundo no meu peito.

SEGREDOS DISTORCIDOS

— Eu te amo muito, Crew, e isso está me matando. — Seus soluços se tornam mais violentos e, quando a puxo para perto, passando meus braços ao seu redor, ela se desfaz.

— Parè de falar assim. O que quer que tenha acontecido entre você e Neo, está tudo bem. Nós podemos superar isso. — Eu a aperto com mais força, saboreando como seu corpo fica bem contra o meu. Como cabe perfeitamente em meus braços, como se fosse um lar para ela.

Afastando-se um centímetro, ela olha para mim com questionamentos, os braços ainda em volta da parte inferior do meu tronco.

— Ele já me contou sobre o beijo. Tenho certeza de que te coagiu de alguma forma e não estou chateado. — Observo meticulosamente enquanto ela engole em seco, com a garganta balançando. — Ele te forçou, não foi?

Sua língua se lança para fora, varrendo as lágrimas que caíram.

— Não. Não foi forçado. Eu o beijei por minha própria vontade.

Dou um passo para trás, soltando-a. Meus ombros caem, dispostos a levar meu corpo para baixo com eles.

— Isso é impossível. Você despreza Neo.

— Você tem razão. Eu desprezo.

RACHEL LEIGH

CAPÍTULO DOZE

SCAR

Não posso fazer isso. Dói demais. O olhar de traição em seu rosto. A maneira como me observa como se eu fosse uma estranha e não a garota que ele amou desde que era criança.

Não posso fazer isso. Mas tenho que fazer. Não tenho certeza do que Neo tem a meu respeito, mas a qualquer momento ele pode abrir o bico e me sufocar com a verdade. Até eu saber, tenho que fazer o que pediu e terminar com Crew. Não por ele, mas pela minha família. E, o mais importante, por Maddie.

— O que você diz não está fazendo nenhum sentido, Scar. — A voz de Crew eleva-se a um grito estridente. Ele se vira, incapaz de olhar para mim, e eu entendo. Também não gostaria de olhar para mim. — Explique o que diabos aconteceu mais cedo.

— Eu... não tenho certeza de como aconteceu, mas Neo e eu nos encontramos em uma posição comprometedora. Meu coração me disse para ir em frente por causa do que você disse hoje. Você disse que não acha que seja apenas ódio que Neo sente por mim. Então o beijei e foi libertador. Depois de todos esses anos, eu sabia exatamente por que Neo me tratava daquele jeito, porque, no fundo, ele estava apaixonado por mim.

Apenas dizer as palavras me deixa doente. Meu estômago se revira, a bile subindo pela garganta.

As mãos de Crew voam no ar e seu rosto fica vermelho.

— Eu não sabia o que diabos eu estava dizendo, Scar. Estava tirando merda da minha bunda para fazer você se sentir melhor porque Neo te odeia muito.

— Mas ele não odeia. Ele me disse isso.

— Scar — grita, apontando o dedo para a porta —, dez minutos atrás, o cara te chamou de puta.

Claro que sim. Mais uma confirmação de que Neo me odeia. É exatamente por esse motivo que preciso fazer isso. Seu ódio o levará à destruição. Se tiver a chance, ele vai me machucar e não sentir nada.

Preciso sair deste quarto. Não consigo mais olhar para Crew. Vou desmoronar se precisar ver a dor em seus olhos por mais um segundo.

— Eu... eu tenho que ir. — Viro-me, andando rapidamente até a porta. Crew me para, sua mão em volta do meu pulso.

— Não vá. Não faça isso. Ele está te chantageando, não está? Eu sei que sim. Apenas me diga. Posso te ajudar.

Ele pode me ajudar com Neo, mas e Maddie? E quando ela o vir e esperar continuar de onde pararam? Se ela souber o que Crew e eu sentimos um pelo outro, isso a mataria.

— Você não pode me ajudar, Crew, porque não preciso ser salva.

Afasto o braço e abro a porta, saindo antes que ele possa dizer mais alguma coisa.

Meus pés não param de se mover até eu bater a porta do quarto e clicar na fechadura.

Um foi. Só falta mais um.

De costas para a porta, deslizo, segurando as laterais da cabeça e puxando o cabelo com tanta agressividade que os fios se soltam. Abrindo a boca, grito a plenos pulmões.

— Por quêêê?

Segundos se transformam em minutos. Minutos se transformam em horas, e fico deitada no chão, chorando até minhas lágrimas secarem. Minha garganta está pegando fogo, minhas costelas doem por causa dos soluços contínuos, e a dor de saber que ninguém veio me ver piora a situação.

Crew provavelmente me odeia. Ele não deve ter contado a Jagger ainda, porque tenho certeza que já estaria aqui.

Uma onda de ansiedade me atinge quando ouço uma batida na porta.

Sento-me antes de levantar. Passo as mãos nos olhos e prendo o cabelo encharcado de lágrimas atrás das orelhas, depois abro a porta, esperando que seja Crew.

— Ai, Scar — Riley fala, amuada, jogando os braços em volta de mim. — Me conte tudo.

— Não posso falar sobre isso agora. Apenas fique comigo. Por favor.

Riley acena com a cabeça, antes de pegar minha mão e me levar para a cama.

— Claro. Não vou a lugar nenhum.

Ficamos ali deitadas por quase uma hora em completo silêncio. Algumas vezes Riley tenta falar, mas a cada vez eu dou a ela um olhar que implora por mais alguns minutos.

Finalmente, quebro o silêncio, porque se não me abrir sobre isso, vou entrar em combustão.

— A irmã de Neo está aqui.

Riley se levanta na cama, pairando sobre mim.

— Maddie?

Eu concordo.

— Sim. Neo a trouxe aqui. Ela está acordada. — Aceno com a mão no ar, continuando: — É uma longa história, mas ela está bem. Está indo muito bem. — Apenas dizer essas palavras faz tudo valer a pena. *Maddie está bem.*

— Foi por isso que Crew me bombardeou na porta e me disse que você o largou antes de chutar a neve em seu trenó e dar partida?

Ele fez isso? Crew foi embora. Mas para onde ele foi?

Afasto os pensamentos.

— Sim. Neo me forçou a terminar com ele e Jagger. Ele sabe de alguma coisa, Ry. Não tenho ideia do que seja, mas ele jura que vai destruir a mim e à minha família.

— Uau. Calma lá. Então Neo forçou você a se livrar deles para que Crew e sua irmã pudessem voltar a ficar juntos? O que isso tem a ver com Jagger?

Meus ombros encolhem contra o travesseiro macio.

— Não faço ideia. Acho que é para ser plausível, porque agora tenho que fingir que estou em um relacionamento com ele para apaziguar sua irmã. Caso contrário, ela vai se perguntar por que estou morando aqui. Acho que é muito complexo eu ser apenas amiga desses caras. — A veia no meu pescoço lateja com má intenção. Já planejei o assassinato de Neo várias vezes na minha cabeça e concluí que uma morte lenta e tortuosa é adequada.

— Mas. Que. Babaca.

— Babaca não consegue descrever o que Neo Saint realmente é. — Rolo para o lado, de frente para onde ela está sentada. — Tenho certeza de que ele é a encarnação do diabo.

— Não podemos deixá-lo escapar impune, Scar. Quero dizer, quem diabos esse cara pensa que é?

Torço os lábios, desejando que houvesse outro jeito.

— Até que eu saiba o que ele tem contra mim, não posso fazer nenhum movimento ousado. — Mexo-me um pouco, lembrando do beijo que trocamos. — Sabe o que é estranho? Neo e eu nos beijamos hoje...

— Você beijou Neo? Por que diabos você faria isso?

— Foi estúpido. Eu fiz isso na esperança de que ele sentisse repulsa por mim e me empurrasse para longe, mas ele... embarcou. Foi quase como se ele gostasse. — Estou olhando fixamente para a porta, pensando muito sobre aquele beijo.

Foi incrível. Entorpecente. Arrepiante. Como nada que já senti por qualquer outra pessoa. A única coisa com a qual posso comparar é o beijo na biblioteca com Crew, logo antes de nos atacarmos como animais selvagens. Bem, eu né. Parece que gosto de brincar com caras que me odeiam. Estou uma bagunça.

Com Crew, porém, foi diferente. Já havia emoções e aquele dia as trouxe de volta à tona. Com Neo não há apego. Eu literalmente não o suporto.

— Hello? Scar? Você está aí? — Só quando Riley estala os dedos na minha cara é que sou arrancada da memória.

— Sim. Desculpe. Apenas pensando demais. Como sempre.

— Eu perguntei se você gostou.

— Gostar de beijar Neo? Sem chance.

Seus olhos estão no mesmo nível dos meus e suas sobrancelhas se levantam como forma de repetir a pergunta.

— Não. Absolutamente não. — Eu não gostei. Gostei? — Ok. Serei honesta...

— Aí está.

Torço o nariz para ela e termino a frase.

— O beijo foi bom. Foi além do normal. Senti bem no fundo do meu ser. Mas então abri os olhos e vi Neo parado ali e fiquei com nojo de mim mesma.

— E você acha que Neo sentiu isso também?

— Assim. Ele não recuou e a expressão em seus olhos me disse que o pegou de surpresa.

— Parece que você conseguiu sua munição. — Suas sobrancelhas dançam em sua própria melodia e não tenho ideia do motivo pelo qual ela está tão animada de repente.

— Munição?

— Se Neo sentiu o que você fez, então significa que está questionando o beijo também. Use-o. Finja esse relacionamento para se aproximar dele.

RACHEL LEIGH

Deixe sua marca nele e, quando o tiver comendo bem na palma da sua mão, aperte o gatilho e force-o a revelar seu segredo.

— Você está sugerindo que eu use Neo?

— Isso é exatamente o que estou sugerindo. Tudo isso é temporário. Faça o que for preciso para descobrir o que ele sabe, para que você possa recuperar seus rapazes.

— Você está esquecendo uma coisa. Maddie ainda ama Crew.

— Bem, querida. Como minha mãe sempre diz, se você viver sua vida para agradar a todos, morrerá como uma velha bruxa solitária.

Eu ri.

— Sua mãe diz isso?

— Com certeza. Ela é uma senhora muito poética. Ótima com palavras. — Seu sarcasmo é aparente e só me faz rir mais.

— Ela parece adorável.

— É. Ela é de boa. Um pouco durona, ao contrário do meu pai.

— Ah. Seu pai é bem tranquilo?

— Porra, não. Meu pai é o idiota mais durão que já conheci. É papo de comparar com um sargento instrutor, mesmo nível.

— Caramba.

— Fazer o quê. Enfim — o tom dela sobe algumas oitavas —, você vai fazer isso?

No papel, parece o plano perfeito. Seduzir Neo sem realmente seduzi-lo. Quebrá-lo no processo e descubrir o que ele tem sobre mim. Na realidade, é um desastre esperando para acontecer.

— Parece que não tenho escolha. Preciso fazer alguma coisa.

Seus braços voam ao meu redor, me envolvendo em um de seus abraços apertados.

— Que bom. Agora vá terminar com Jagger, para que você possa trazer ele e Crew de volta.

A indiferença em seu tom é perturbadora e um pouco cômica.

— Na verdade — cuspo, me afastando e olhando para ela, as rodas girando na minha cabeça —, e se eu não tiver que terminar com Jagger? E se eu contar a ele toda a verdade?

— E arriscar que Neo descubra? Não vale a pena. Lembre-se, esta ferida aberta é apenas temporária. Vai se curar.

Meu Deus, espero que ela esteja certa. Suas palavras aliviam um pouco da tristeza dentro de mim, mas também são um lembrete de que isso é apenas o começo. Não tenho certeza do que farei em relação a Crew, mas espero que algum dia possamos voltar um para o outro com a aprovação de Maddie. Caso contrário, só posso esperar que eles façam um ao outro tão felizes quanto nós fomos.

— Podemos conversar? — pergunto a Jagger, enfiando a cabeça pela porta aberta.

Ele fecha o livro em sua mesa e me fita.

— Sempre. — Dando tapinhas em seu colo, ele me chama.

Não aceite, Scar. Isso só tornará isso mais difícil.

— Na verdade, prefiro ficar de pé.

Seu pescoço se ergue, os olhos interrogativos.

— Ah. Está tudo bem?

— Não — digo, honestamente —, está tudo uma bagunça.

Com isso, ele se levanta e atravessa o quarto até onde estou ao lado de sua cama. Assim como aconteceu com Crew, não consigo olhar para ele. Meu coração ainda está em pedaços ao ver a expressão de Crew quando terminei com ele, e agora tenho que fazer tudo de novo.

— Não posso mais fazer isso — cuspo, sem querer pensar, dar desculpas ou tentar amenizar o golpe.

— Este pesadelo está quase acabando. Só mais alguns dias e espero...

— Não. — Balanço a cabeça. — Não foi isso que eu quis dizer. Isso — aceno com as mãos entre nós —, eu não posso mais fazer isso.

— Você quer dizer nós?

Ainda incapaz de olhar para ele, apenas fito seus pés. Meias brancas e quentes. Provavelmente aquelas que vão até o tornozelo e estão apertando do sua pele. Provavelmente deixarão uma marca por algumas horas, que desaparecerá quando ele estiver dormindo, porque Jagger odeia dormir de meias. Eu sei disso porque três em cada sete noites por semana durmo com ele. Ele sempre me abraça. A noite toda. Mesmo quando está suando e provavelmente adoraria seu espaço, ele me abraça forte, porque sabe que isso me faz sentir segura. Nem me importo com o suor, porque é a prova dos sacrifícios que ele faz por mim. E aqui estou eu, sem vontade de fazer um por ele. Estou partindo seu coração para salvar minha própria pele.

— Sim. Nós. Eu já terminei com Crew e agora…

— Terminou com Crew? — Ele solta um suspiro pesado. — Do que você está falando, Scar?

Eu olho para ele. Foi um acidente, mas agora que aconteceu, não consigo desviar.

— Eu terminei com Crew e agora estou terminando com você.

— Terminando o caralho. — Ele agarra minhas mãos. As duas. Ele as massageia com os dedos, sua maneira de dizer que está aqui e que não vai a lugar nenhum até que eu esteja bem; até que estejamos bem. — O que está acontecendo com você?

— Nada. Andei pensando, e é melhor assim. É melhor deixar vocês dois irem agora, antes que os sentimentos fiquem muito fortes…

— Antes que os sentimentos fiquem muito fortes? Você está brincando comigo agora? Eu te amo, porra. Que sentimento é mais forte que isso?

Eu não esperava que ele ficasse tão bravo. Crew ficou ferido, mas manteve a calma. Jagger também não está se controlando.

— Bem. Eu não te amo.

Ai. Puta merda. Não pensei que nada pudesse doer mais do que ver minha melhor amiga deitada sem vida em uma cama de hospital, mas isso doeu. Prefiro morrer a sentir uma dor dessas outra vez.

— Você está mentindo.

Aí está. Mais dor. Acabe com meu sofrimento, ó, Deus. Eu não posso fazer isso.

— Eu não estou mentindo, Jagger. Eu não amo você ou Crew e não quero ficar com nenhum dos dois.

Eu me viro para sair, incapaz de seguir com isso.

Eu nem sequer passei pela porta quando o som angustiante de algo caindo no chão fez meus olhos dispararem por cima do ombro. Jagger derrubou toda a sua cômoda. Ele olha para mim com os lábios apertados e chuta repetidamente.

Segurando minhas lágrimas, guardo-as para quando estiver no corredor. Quando estou, caio no chão.

CAPÍTULO TREZE

NEO

— Como você se sente sabendo que infligiu essa dor aos seus melhores amigos?

Crew e Jagger se mudaram há cinco dias, depois que Scar terminou com eles. Não esperava, mas não posso dizer que estou decepcionado. Agora o medo de eles encontrarem Maddie foi eliminado. Ela está segura para se recuperar no conforto da nossa casa. Eu a fiz subir do porão para o quarto de hóspedes, instalando inúmeras fechaduras para ter certeza de que ninguém entraria.

Riley ainda está aqui. Foi um acordo de última hora feito com Scar, e eu deveria ter debatido mais, porém estou começando a perder toda a força de lutar que há dentro de mim. Tenho orgulho de ser indestrutível, mas aqueles que parecem fortes geralmente são os jogadores mais fracos. Posso finalmente admitir para mim mesmo que sou fraco. E a cada dia que passa, fico mais fraco para o desejo que sinto.

— Para responder à sua pergunta — começo, mordendo com força o palito preso entre os dentes. — É uma sensação boa.

— Claro que sim. Você machucou pessoas. Não é esse o seu objetivo na vida?

— Não é meu objetivo, por si só, mas não me machuca em nada, então por que eu deveria me importar?

Quando me dou conta, Scar está enfiando o polegar na minha bochecha inchada.

— Que porra é essa? — grito, jogando a cabeça para trás.

— Hmm. Então você sente coisas? Esquisito.

Scar se levanta do lado oposto do sofá onde estava sentada. Passos lentos a levam em minha direção.

— Acho que você só quer que todos sejam tão infelizes quanto você.

Dou de ombros, não concordando, mas também não discordando.

Ela está na minha frente agora. Agachando-se, coloca as mãos nas minhas coxas e me contorço sem querer.

— O que você está fazendo?

Suas mãos se movem para cima, percorrendo a parte interna das minhas coxas, e levanto uma das mãos, removendo-a de mim.

— Pare de me tocar.

— Isso é o que você queria, não é? Eu. E você?

— De jeito nenhum. — Pego a outra, também movendo-a até que ambas as mãos estejam apoiadas na almofada do sofá de cada lado de mim. — É por Maddie. Eu não quero você, porra.

Ela se levanta até dobrar as pernas e desliza no meu colo. Quando segura minha cabeça com as duas mãos, viro para a direita.

— Porra, sai de cima de mim, Scar — falo, o coração martelando dentro do peito.

Virando minha cabeça, ela força contato visual.

— Talvez eu não saia. Talvez eu queira provar algo que nunca comi.

— Você provou minha boca, então o que você quer? Meu pau?

Ela não responde, apenas olha para mim com desejo, e estou acabado.

— Bem. É isso? — Agarro sua cintura, puxando-a para perto, levanto meus quadris e lhe dou uma sensação do meu pau se erguendo. — Quer chupar meu pau, Scar? — Seus olhos se arregalam de surpresa e suas mãos caem da minha cabeça. — Foi o que pensei.

Tão rapidamente quanto subiu, ela desce. Sua cabeça cai e ela anda na minha frente.

— Não posso fazer isso.

— Certamente você pode. Não é para sempre.

— Tem certeza, Neo? — Ela me lança um olhar duro. — Porque parece que perdi Crew e Jagger para sempre e, embora possa recuperar Jagger, não tenho tanta certeza sobre Crew.

— Se você realmente se preocupa com eles, você os deixará se afastar.

— Você está insinuando que eu não me importo com eles se lutar pelo que tínhamos?

— Acho que estou.

— Eles me disseram que lutariam por isso também. Mesmo que eu implorasse para que não o fizessem, porque foi isso que você me disse para dizer, eles o farão. A ausência deles agora não significa que eles desistiram, e eu também não vou desistir.

SEGREDOS DISTORCIDOS

— Você os está atrapalhando, Scar. Não vê isso? Que tipo de futuro você poderia oferecer a eles quando não consegue nem dar todo o seu coração a um só?

— Um futuro feliz, cheio de amor. Algo que você nunca vai experimentar.

A verdade em sua declaração é forte. Então, novamente, quando imagino meu futuro, ele está velado na escuridão. Eu não vejo nada. Não vejo planos que meu pai traçou para mim. Não vejo uma esposa e filhos, ou uma carreira. Está em branco. Como uma página vazia, ainda esperando para ser escrita.

— Eu não preciso de amor. Tudo que preciso é de mim mesmo.

— Continue dizendo isso a si mesmo, Neo. E um dia, quando acordar sozinho porque o mundo seguiu em frente sem você, espero que se mantenha bem e aquecido.

Scar vai embora e fico grato por meu telefone tocar imediatamente, porque eu não queria pensar nas palavras que ela acabou de dizer.

— Sim, senhor — digo para o telefone.

— Você tem muita coragem de deixar esta família quando sua irmã ainda está desaparecida. Volte para Essex e ajude na busca ou você estará morto para mim. Ouviu? *Morto para mim.*

— Tenho certeza que já estou, então qual é o sentido?

— Não use esse tom comigo, Neo. Você tem alguma ideia do que essa bagunça vai fazer com a minha carreira se Maddie não for encontrada? Tenho equipes de busca por toda parte enquanto luto para manter isso fora dos tablóides. Se alguém ficar saben...

— Sua reputação estará em perigo e você arrisca a eleição. Sim, pai. Entendo.

— Escute aqui, seu idiota. Você vai voltar aqui agora e ajudar a encontrar sua irmã ou eu irei pessoalmente até aí e te arrastarei de volta, antes de te chutar para o meio-fio e te afastar de vez.

A última coisa que preciso é que ele venha aqui e traga seu grupo de busca com ele. Então ganho algum tempo:

— Beleza. Me dê alguns dias. Onde quer que ela esteja, não vai a lugar nenhum.

— Você tem quarenta e oito horas. Nem mais um minuto. Ah, e traga de volta os malditos arquivos que roubou da minha mesa. Estávamos muito perto de resolver o caso antes de você roubá-los.

— Arquivos?

RACHEL LEIGH

— Não se faça de bobo comigo. Eu sei exatamente o que você fez, e se eu descobrir que está fazendo isso porque aquela garota do Sunder o induziu...

— Nada disso tem a ver com Scar.

— Que bom. Mantenha assim. Se deixar aquela garota cravar os dentes em você, vou isolá-lo de tudo. Chega de dinheiro. Chega de pagar seus estudos. Você estará fora desta família.

— Entendi, pai. Você me lembrou todos os dias durante os últimos dez anos da minha vida. Ela é uma cobra. Fique longe. Não compartilhe nossos segredos. Não seja amigo dela, ou eu perco tudo.

Porra. Eu nem me importo mais. Ele pode manter seu dinheiro e sua reputação. Essa conversa provou que nunca corresponderei às expectativas dele, então não adianta tentar.

— Que bom. Coloque isso na sua cabeça e guarde lá. — Seu tom muda abruptamente para algo ainda mais sério. — Algumas palavras de sabedoria, filho: você não pode vencer alguém que adora desafios. — Ele encerra a ligação e bato o telefone na almofada ao meu lado.

Não. Mas com certeza posso enganá-lo fazendo-o pensar que estou jogando seu jogo.

Eu: Me encontrem nas Ruínas em uma hora. Vou levá-lo para lá. Furiosos comigo ou não, ainda temos a Academia para administrar e proteger, e deveres a cumprir.

Jagger: Vai se foder. E lembre-se, se tocar na nossa garota, eu corto a porra da sua garganta.

Eu: Me mostre sua faca, porque já mostrei a minha e, caralho, ela adorou.

Crew: Scar não tocaria em você com uma vara de três metros. Coloque isso na sua cabeça. Ela te odeia. Nunca vai se importar com você. Você não é digno de um pingo do carinho dela.

SEGREDOS DISTORCIDOS

> **Eu:** Não foi isso que ela disse ontem à noite, antes de minha língua separar as dobras de sua boceta.

> **Jagger:** Não estamos mais trabalhando juntos. Na verdade, Crew e eu estamos trabalhando contra você. Lide com isso você mesmo.

> **Eu:** Faça do seu jeito. E continuarei fazendo o que quero com Scar.

Bem. Não posso dizer que não tentei. Parece que estamos fazendo isso sem eles. Nunca planejei que nada disso fosse tão longe. Se a maldita Riley tivesse ficado fora da nossa maldita casa, nada disso teria acontecido, e eles ainda estariam morando aqui.

— Eles estão vindo? — Riley pergunta, calçando as botas na frente da porta.

— Não. E estou realmente duvidando da sua capacidade de me ajudar nesta situação. Você provou ser a pior Guardiã que existe no mundo.

A mão de alguém bate na minha nuca, sacudindo meu cérebro. Parece que Scar terminou de verificar Maddie.

— Não fale assim com ela — sibila. — Riley é uma guardiã muito boa e só vai melhorar daqui em diante.

Bato meu peito no dela, empurrando para trás até que sua bunda bate na parte de trás do sofá.

— Bata em mim de novo. Eu te desafio, porra.

Com o punho cerrado, ela me dá um soco no ombro. Não é forte, mas o suficiente para me irritar. Seus olhos dançam, as sobrancelhas levantadas.

— O que foi agora?

Aponto um dedo severo para a porta.

— Saia pela porra da porta agora, para que possamos resolver essa merda.

— Foi o que pensei — murmura, irritando meus nervos. Sua voz aumenta o suficiente para ouvi-la claramente. — Você vai primeiro. Eu não confio em você nas minhas costas.

— Tudo bem — zombei.

Eu vou na frente, seguida por Riley, e Scar fecha a porta atrás dela, girando a maçaneta para ter certeza de que está trancada.

— Aproveitem sua caminhada — digo a elas, subindo no meu trenó. Sem lhes dar a chance de discutir, eu ligo e vou embora.

RACHEL LEIGH

Ei. Não é minha culpa. Quase não há espaço suficiente para dois nesta coisa e não vou oferecer isso a elas e, em vez disso, caminhar. Sem mencionar que sou eu quem está levando Jude para lá. De jeito nenhum vou ter conversa fiada com aquele filho da puta durante uma longa caminhada até as Ruínas.

É apenas um quilômetro e meio. Elas ficarão bem.

Batendo o pé contra a porta do dormitório de Jude, eu a abro, tirando-a da dobradiça. Parecia muito foda, no entanto, já estava destrancada para início de conversa. O que não tira a minha grande entrada.

— Opa — ele levanta os braços de onde está sentado na cadeira da escrivaninha —, o que está acontecendo?

Com uma das mãos segurando a porta aberta, inclino-me em direção ao corredor.

— Fora. Agora.

— Eu não sei o que você pensa...

— Não foi uma maldita pergunta. Saia para o corredor agora ou vou te arrastar daqui pela orelha.

— Argh. Ok. — Ele se ergue, empurra os óculos mais para cima do nariz e depois retorna à posição de rendição com as mãos pairando ao lado da cabeça. — Pode me dizer do que se trata?

É preciso todo meu esforço para não bater na sua cabeça quando passa por mim, mas... ah, inferno, foda-se.

Dobrando meu cotovelo, enfio em sua barriga. Imediatamente, ele se curva e aperta a barriga, grunhindo a cada respiração entrecortada.

— Quer saber? Depois de toda a merda que você fez, eu realmente esperava alguém que aguentasse firme. Em vez disso, descubro que é você. Um fracote do caralho.

Seus olhos se levantam, os óculos balançando na ponta do nariz.

— Eu não fiz nada.

Meu punho acerta sua bochecha com força, jogando-o no chão.

— Essa mentira vai te trazer muitos problemas se você continuar assim.

Eu bato o pé e ele levanta as mãos, me afastando.

— Sim. Fracote do caralho.

— Neo. Juro. Não fui eu. Eu...

— Calado! — rosno. — Cala a boca. Eu sei que foi você, Jude.

Seus olhos se arregalam com cautela e ele engole em seco, seu pomo de adão tremendo na garganta.

— Meu nome é Elias. Elias Stanton.

Desta vez, é a ponta da minha bota que encontra sua barriga. Ele sufoca os soluços, afastando-se de mim, até começar a engatinhar como um bebê.

Seu colega de quarto está na cama, observando em estado de choque, mas sem ousar dizer uma palavra ou ajudar. Olho de forma severa, avisando-o de que este será o seu destino se ousar intervir.

— Levante-se — digo a Jude.

Tropeçando algumas vezes, ele se levanta, tossindo repetidamente e cuspindo vômito que deve ter subido pela garganta. Uma das mãos ergue os óculos, enquanto a outra acalma o estômago.

Em um movimento rápido, agarro seu braço, arrastando-o para fora da porta aberta.

— Eu... acho que vou desmaiar.

— Que bom. Isso tornará mais fácil te levar para onde você precisa estar. — Dou outro soco nele, observando seu corpo cair no chão do corredor. Alguns caras se afastam antes que eu possa ver seus rostos, mas ouço "ah, merda" e "temos que ir". Fico feliz em ver que mantive minha reputação e, neste momento, preciso de alguém para fazer meu trabalho sujo.

— Voltem aqui — grito, sem saber para quem estou gritando. — Eu vi vocês, idiotas. Agora venham aqui. Preciso de uma ajuda.

Um segundo depois, ninguém menos que Victor Hammond aparece.

— Maravilhoso. Justamente o Novato que preciso. Pegue o babaca e o leve para fora.

Victor faz o que mando, sem qualquer expressão, seguindo atrás de mim enquanto lidero o caminho para meu trenó ainda em movimento.

Uma vez lá, levanto o assento e retiro as cordas duplas que trouxe, depois fecho-o com força.

Faço um gesto em direção ao assento.

— Apenas deixe-o lá.

Mais uma vez, Hammond obedece, e Jude agora está pendurado no assento, a cabeça para a esquerda e os pés para a direita. Bato a corda no peito de Victor.

RACHEL LEIGH

— Amarre as mãos dele. E faça um bom nó. Nada daqueles mal feitos dos quais uma criança consegue se libertar. Em seguida, amarre-o no assento.

Victor hesita e me lança um olhar como se estivesse encarando o próprio Satanás. Eu respondo:

— Faça isso, porra!

Ele começa com as mãos de Jude, enrolando a corda em volta dos pulsos três vezes, antes de amarrá-la com um nó triplo.

— Ele está acordando — Victor me diz, embora eu possa ver por mim mesmo.

— Então apague-o de novo.

Victor engole em seco, mas não o nocauteia. Em vez disso, trabalha mais rápido, amarrando os tornozelos da mesma forma que fez com as mãos.

— Agora vá. E não se atreva a dizer uma palavra sobre isso a ninguém.

Ele acena com a cabeça em resposta, depois corre pela neve, de volta à entrada do dormitório.

Agachando-me, olho para o rosto de Jude, que está voltado para o chão.

— Se você for inteligente, ficará muito quieto. — Seus óculos deslizam pelo nariz e caem na neve, então piso neles, quebrando a armação.

— O que você está planejando fazer comigo?

— Vamos, Jude. — Sorrio. — Não me faça estragar a surpresa.

Jogo a perna por cima do assento e caio enquanto Jude monta de barriga atrás de mim.

Seria muito fácil ser um idiota agora e ir rápido, fazendo-o voar para um banco de neve. Mas isso significaria mais trabalho para mim, porque preciso levá-lo às Ruínas. Em vez disso, vou devagar, garantindo que ele permaneça onde está.

Chegamos a Riley e Scar, perto do final da trilha, e diminuo ainda mais a velocidade.

— Meninas, vocês parecem com frio — provoco, antes de ganhar velocidade novamente e ultrapassá-las.

Levando o dobro do tempo que normalmente levaríamos para chegar lá, finalmente chegamos. Ao mesmo tempo, Scar e Riley, trêmulas, saem da trilha, a expressão em seus rostos é impagável.

Trazer Jude aqui agora não era o plano. Eu realmente esperava descobrir quem está trabalhando com ele antes de levá-lo para interrogatório, porém, depois da ligação do meu pai, eu sabia que precisava apressar as coisas.

Com alguma sorte, ele me contará tudo o que preciso saber.

CAPÍTULO CATORZE

SCAR

— Que idiota — resmungo, passando por Neo, que jogou Jude no trenó como se ele fosse um saco de batatas.

Rindo, ele puxa os pés de Jude, deixando cair seu corpo na neve.

— Alguém está bravinha.

— Não brinca? Estamos bravas? Está muito frio aqui — rosno, arrastando os olhos para cima e para baixo no corpo de Neo. — Olhe para você apenas com seu moletom e jeans. Ah, sim. Você não precisava caminhar pela neve a pé. — O sarcasmo em meu tom é aparente, e ele o engole. Neo vive para deixar os outros infelizes.

— Por favor, não me machuque — Jude choraminga de onde está deitado no chão.

Eu me agacho até onde ele está, os cotovelos pressionados contra os joelhos, e o fito de cima.

— Machucar você? — Rio maliciosamente. — Vamos fazer mais do que isso. Quando terminarmos, você vai desejar nunca ter nascido, Beckett.

— Eu não sou... meu sobrenome é Stanton.

— Mentiroso — grito diretamente na cara dele. — E tão terrível. Você realmente achou que não seria pego?

Ele está tremendo de medo, como deveria estar. Esse cara não tem ideia do que está por vir. Quando terminarmos com ele, saberemos todos os seus segredos.

Neo puxa os pés de Jude, arrastando-o pela neve, e me levanto, tirando a neve das pernas.

Pelo canto do olho, vejo Riley. Ela está de frente para a trilha, mastigando ao acaso a unha do polegar. Dou uma última olhada em Neo, esperando que ele consiga fazer Jude descer a escada sozinho.

RACHEL LEIGH

— Você está bem? — pergunto a Riley, agora ao seu lado.

Ela se vira para mim, o polegar ainda alojado entre os dentes, e balança a cabeça negativamente. Enfim tirando a mão da boca, ela deixa cair os ombros tensos.

— Temos certeza de que é ele? Eu me sinto tão mal. E se não for e nós...

— É ele, Ry. Não pode ser mais ninguém. — Pressiono meus lábios em uma linha fina, esperando que ela perceba que tudo isso não é em vão.

Seus olhos tristes me mostram o reflexo dos meus quando me foco nela.

— Mas e se não for?

Coloquei um braço em volta do ombro dela, conduzindo-a até o alçapão aberto para os túneis.

— Então acho que realmente fizemos merda.

Quando chegamos lá, Neo está com as pernas de Jude desamarradas e o segue escada abaixo.

Estou olhando para baixo quando Neo vira para cima. Ele para no meio do caminho. Um pé no degrau abaixo do outro.

— O quê? — solto a pergunta, bufando e me perguntando por que ele está colocando sua atenção em mim e não em Jude.

— Nada. — Ele balança a cabeça e continua a descida.

Neo é tão estranho às vezes. A palavra *estranho* pode ter muitos significados diferentes. Pelo menos para mim. Pode significar diferente, confuso, desconhecido, fantástico, assustador, misterioso. Minha referência a ele como estranho é definitivamente confusa.

Ele pode ser um idiota total — o pior de todos. Depois, há momentos como esse em que olho para ele e me convenço de que ele não é tão ruim assim. Tento justificar suas ações na minha cabeça e funciona por um tempo. Isto é, até que ele me mostre sua verdadeira face novamente. Sua face sombria é o que mais vejo.

Estou na metade da escada, Riley logo acima de mim, quando Jude sai correndo.

Chego ao piso inferior e observo. Jude está pelo menos dois metros à frente de Neo, olhando por cima dos ombros, mas ainda correndo freneticamente. Neo o está perseguindo e gritando palavrões.

— Devemos ajudar? — pergunto a Riley, os olhos ainda nos caras, que desaparecem na escuridão dos túneis. Apenas um raio de luz mostra o caminho vindo das arandelas nas paredes, mas elas estão tão longe agora que as perco de vista.

— Não. Ele não pode ir muito longe. Neo o pegará.

Caminhamos com calma até o covil de Jude. Já se passaram uns bons quinze minutos quando chegamos lá e encontramos Neo sentado nas costas de Jude, digitando em seu telefone.

— Já era hora, porra. Não trouxe a outra corda para amarrar as pernas dele, então preciso que uma de vocês abra a porta.

Vou direto para a porta, sabendo a combinação de memória. Uma vez aberta, Neo carrega Jude para dentro pelo braço.

Riley fica parada, apontando a lanterna, e embora pudéssemos usar uma das mãos para amarrá-lo à cadeira que Neo montou, sei que ela não está pronta para participar disso. A cadeira não é nada sofisticada. Não é uma cadeira elétrica, como ele realmente merece. Apenas uma daquelas velhas de escritório que estava aqui embaixo, com uma pilha de corda e fita adesiva.

Neo o joga no chão e, quando Jude começa a implorar por misericórdia, ele pega a fita adesiva e puxa uma longa tira dela. Usando os dentes, ele desenrola.

— Quando estivermos prontos para ouvir você falar, te deixaremos falar. — Ele coloca a fita adesiva na boca de Jude, que imediatamente começa a soluçar. Lágrimas caem na fita prateada e meu coração se estilhaça. Não porque ele não mereça isso depois de tudo que fez, mas porque ainda sou humana e tenho muita empatia pelos outros.

— Uma ajudinha aqui — Neo late, ajustando a corda atrás da cadeira.

Dou um passo ao lado dele, que me ordena que segure as mãos de Jude no lugar e dá um nó bem apertado. Em seguida, amarramos suas pernas novamente, garantindo que ele não possa correr; quando a mesma corda estiver presa à cadeira, sabemos que ele não vai a lugar nenhum.

— Tudo bem — digo, soltando o ar de uma vez e batendo as mãos ao lado do corpo —, o que vem a seguir?

— Agora, obtemos respostas. — Ele se agacha na frente de Jude e começa seu discurso. — Sabemos que Elias Stanton morreu há vinte anos. Também sabemos que você é Jude Beckett. Então você pode desistir agora. O que queremos saber é por que fez isso e quem está te ajudando?

Jude balança a cabeça negativamente, cuspindo atrás da fita e lutando para libertar as mãos e os pés.

— Tire a maldita fita — Riley retruca. — Ele não pode falar com a boca coberta.

RACHEL LEIGH

Neo vira o pescoço para olhar para ela.

— Eu pedi a porra do seu conselho?

E assim, toda a justificativa para suas ações desaparece, mais uma vez. Riley exala profundamente, girando e encarando a porta.

— Você poderia tentar ser humano por cinco minutos, caralho? — rosno para Neo. O calor percorre meu corpo enquanto me volto para Riley. — Ignore-o.

— Não é ele. Estou acostumada com seu jeito idiota neste momento. Simplesmente não posso deixar de sentir que tudo isso está errado.

O som da fita sendo arrancada da boca de Jude nos faz olhar para onde ele está preso à cadeira.

Ele vomita palavras rapidamente, tentando dizê-las todas enquanto tem voz:

— Tem que haver outro Elias Stanton. Você pegou o cara errado. Juro. Não fui eu.

Neo levanta a mão e, com a palma aberta, dá um tapa forte no rosto de Jude. Riley estremece, enterrando o rosto no meu peito. Envolvo os braços nela e sussurro:

— Quer ir embora?

Ela assente, então a levo para fora da sala sem nem contar a Neo. Ele não merece essa cortesia.

Deixando a porta aberta, iniciamos a nossa caminhada pelos túneis.

— Isso tudo acabará em breve — tranquilizo Riley, ou pelo menos tento.

— Não, não vai — argumenta. — Claro. Maddie está segura e bem, mas isso é apenas o começo. — Ela para de andar, me encarando com olhos vermelhos que ameaçam chorar. — O que acontece quando eles descobrirem a verdade? Vão matá-lo?

— Eu não sei — digo a ela, com sinceridade. — Realmente não sei.

Começamos a andar novamente e, quando chegamos na metade do caminho, avistamos Crew e Jagger vindo em nossa direção.

Meu coração dispara. O suor brota na minha testa e meus joelhos ficam fracos.

— O que eu faço? — sussurro para Riley, pegando sua mão na minha. Isso me faz sentir menos sozinha. Como se eu tivesse alguém ao meu lado quando estou prestes a desmoronar.

— Ouça-os, eu acho.

Ao vê-los agora, quero mais do que qualquer coisa correr para seus braços e dizer que menti. Que os amo e nunca mais quero me separar deles. Preciso que saibam que não sinto nada por Neo e ele me forçou a fazer isso.

Mas quando eles estão bem na minha frente, olhando para mim como se eu fosse uma estranha, eu os contorno, levando Riley comigo.

— Não posso fazer isso — murmuro, em voz baixa, sufocando as lágrimas. — Não posso olhar nos olhos deles e mentir de novo.

— Scar! — Crew grita. — Espere.

Paro de andar, fecho os olhos e respiro fundo.

Eu não posso fazer isso.

Seus passos atrás de mim carregam o peso de um cavalo. Cada passo é ensurdecedor à medida que ele se aproxima cada vez mais de mim.

— Podemos conversar?

Abro os olhos, uma lágrima se solta e desliza pelo meu rosto enquanto digo:

— Não.

Eu simplesmente não posso.

RACHEL LEIGH

CAPÍTULO QUINZE

JAGGER

— Pelo menos sabemos que elas estão seguras, já que Neo está com Jude. Por enquanto. Não entendo por que ela está sendo tão fria.

— Eu te disse . Ela não dá a mínima — digo a Crew, que está andando ao meu lado.

— Não. Ele fez alguma coisa. Eu sei disso, porra. Não sei como era para você, mas sei que o que tive com ela foi real.

Meus pés param de se mover, raiva correndo em minhas veias.

— Está insinuando que o que tive com ela não era real? Acha que ela foi apenas um caso?

— Não disse isso. Mas se tem tanta certeza de que ela se voltaria contra você tão rapidamente, então não deve ter tido o que tive com ela.

— Foi real! Foi a coisa mais real que já senti na minha vida, caralho, então não aja como se o seu relacionamento com ela estivesse acima do meu.

— Calma lá, homem. Eu não estava insinuando nada. Olha. Nós dois estamos com raiva agora. Ambos sofrendo pra caralho. Mas, se quisermos recuperá-la, temos que dar a ela o espaço que precisa enquanto lutamos por ela nos bastidores.

Ele tem razão. Tenho estado uma bagunça ultimamente e Crew é o único saco de pancadas que tenho no momento, então estou descontando toda a minha agressividade nele. Porra. Eu não consigo comer. Eu não consigo dormir. Fui até lá duas vezes, só para tentar dar uma olhada nela, porque sinto muita falta do seu rosto. Ambas as vezes, falhei. Neo mudou a porra das fechaduras das portas e todas as cortinas foram fechadas.

Inferno, talvez Crew e eu devêssemos amarrar aquele filho da puta em uma cadeira bem ao lado de Jude, para podermos realmente acabar com essa merda.

Chegamos até a porta e logo percebemos que ela está aberta.

Crew zomba.

— Ele é muito corajoso, deixando a porta aberta para qualquer um ver o que há lá dentro.

— É Neo. Ele não se importa, porra.

Meu telefone vibra no bolso, então enfio a mão lá dentro. Quando tiro o meu, vejo que é a mãe de Scar.

— Porra. A senhora Sunder está me ligando.

— Não responda. Basta mandar para o correio de voz.

Toco no botão "recusar" e coloco o telefone de volta no bolso. Mas fico me perguntando o que ela quer.

Assim que entramos na sala, meus olhos se arregalam.

— Que porra é essa, Neo? — Corro até onde Jude está amarrado à cadeira, com os olhos esbugalhados e ensanguentado. — Você perdeu a cabeça?

— Queremos respostas e ele não está dando, por isso estamos fazendo isso da maneira mais difícil. — Ele continua a sufocar Jude, não lhe permitindo respirar.

— E como diabos você vai conseguir respostas quando ele estiver morto? — Crew agarra o braço de Neo, puxando sem sucesso. Na verdade, estou certo de que Neo apenas apertou ainda mais.

Sem pensar em nada, levanto meu punho e o acerto bem na lateral da cabeça de Neo, forçando-o a soltá-lo.

Neo tropeça para a direita, recuperando-se da própria queda.

— Que porra é essa? — grita, e ao mesmo tempo se lança sobre mim. Dou um passo para o lado e ele erra, caindo direto no chão. — Ele quase matou a porra da minha irmã! — exclama, ainda mais alto. — E daí se ele morrer?

Crew e eu o observamos se levantar, com os punhos ensanguentados cerrados ao lado do corpo e os dentes à mostra.

— Não é assim que vamos retribuir o que ele fez. Se quebrar a cara dele, ele não consegue falar. Se o matar, não ganhamos nada.

— Você está certo — Jude murmura, mas é alto o suficiente para que possamos ouvi-lo. Todos nós nos silenciamos, sem emitir um único som. Com o queixo encostado no peito, ele engasga e gagueja, mas consegue dizer: — Elias Stanton está morto.

Arrepios percorrem minha espinha com sua admissão. Sabíamos que isso era verdade, mas ouvi-lo dizer isso em voz alta faz todo o inferno que passamos valer a pena.

RACHEL LEIGH

— Viu? — Neo aponta, em tom leve. — É por isso que fiz o que fiz. E é por isso que continuarei a fazer o que estou fazendo até que a verdade saia de sua garganta miserável. De uma surra para outra. — Neo caminha até Jude com um movimento lento e constante, peito inflado, punhos ainda fechados. — Por que você tentou matar minha irmã?

Jude levanta a cabeça, piscando rapidamente.

— Sua irmã?

Neo uiva, acertando seu rosto.

— Não se faça de bobo comigo, moleque.

— Eu… eu juro. Não fiz nada com Maddie.

Crew e eu compartilhamos algumas palavras não ditas, mas sei que ele está pensando a mesma coisa que eu, então pergunto:

— Então como você sabe o nome dela?

— Eu sei quem ela é. Sei quem todos vocês são. Memorizei tudo o que há para saber sobre os Sangue Azul. Mas não a machuquei. Nunca quis machucar ninguém. Eu só… queria ser um de vocês.

Neo solta uma risada.

— Um de nós? Você fez toda essa merda porque quer ser um de nós? — Sua voz aumenta com cada palavra que sai de sua boca. — Você nunca será um de nós. Você é consanguíneo. Um mestiço. O pior tipo de Beckett, porque foi criado como um peão nesta guerra travada contra os Sangue Azul anos atrás.

Tudo o que Neo está dizendo é verdade. No diário de Betty Beckett, ela implorou a seus antecessores que fizessem o que fosse necessário para derrubar os Sangue Azul, mesmo que isso significasse engravidar membros femininos para manchar as linhagens. Foi exatamente isso que Jeremy Beckett fez com Kenna Mitchell. Jude nasceu para nos destruir e tem tentado fazer exatamente isso durante todo o ano letivo.

Jude soluça mais um pouco, ranho e lágrimas se misturando e escorrendo por sua boca.

— Eu não queria que ninguém se machucasse. Juro.

Neo endireita as costas antes de socá-lo, fazendo com que a cabeça de Jude se desloque para a direita.

— Ainda assim, alguém se machucou. — Flexionando os dedos, ele se vira e se dirige para a porta. Ele para lá, as mãos pressionadas em cada lado da moldura, olhando para os túneis. — Veja se vocês conseguem arrancar alguma coisa dele. Caso contrário, coloque fita adesiva na boca e tentaremos novamente amanhã. — Então ele vai embora.

SEGREDOS DISTORCIDOS

Crew começa a interrogar Jude, de forma muito menos agressiva do que Neo. Enquanto está cuidando dele, pego meu telefone e ouço a mensagem de voz que a mãe de Scar deixou.

— Hm. Sim. Jagger. — Sua voz é baixa, até em pânico. — É Luna Sunder. Estou tentando falar com Scarlett. É imprescindível que ela me ligue imediatamente. Acabei de ouvir falar da pobre Maddie Saint e perdi a cabeça. Meu marido me informou que ela foi sequestrada. Se Scarlett não retornar minha ligação na próxima hora, serei forçada a ir buscá-la, para garantir que que está segura.

Encerro a gravação e imediatamente deixo escapar:

— Foda-se!

Os olhos de Crew disparam por cima do ombro.

— O quê?

— Temos que ir. Tape a boca dele. Certifique-se de que as cordas estejam bem presas.

— Cara. — Ele joga as mãos para cima. — Diga o que diabos aconteceu.

— A mãe de Scar ligou. Se Scar não retornar a ligação dentro de — olho para a data e hora da ligação no meu telefone — vinte minutos, ela virá para cá.

Droga. Eu sabia que deveria apenas ter atendido a ligação. Não há outro motivo para a senhora Sunder ligar para meu telefone, a menos que seja importante. A notícia sobre o desaparecimento de Maddie parece ter vazado, o que só pode significar uma coisa: Sebastian Saint vai perder a cabeça. Ele daria seus filhos em oferenda antes de permitir que o público o visse de uma forma negativa.

CAPÍTULO DEZESSEIS

SCAR

— Você tem que fazer isso, Scar. Apenas seduza-o e force-o a dizer a verdade.

O canudo que sai do meu copo de chá gelado está pendurado entre meus dentes.

— Mais fácil falar do que fazer.

Ouço o que Riley está dizendo, mas ela não entende quão difícil é fingir com Neo. Tentei. Subi em seu colo e dei o meu melhor, porém, assim que ele abriu a boca, deixando suas palavras venenosas saírem, eu me retraí. Perdi. Desisti. Porque eu sabia que não havia nenhuma maneira de continuar com aquela farsa. Só o pensamento me faz sentir suja. *É Neo, pelo amor de Deus.*

— Bem, você tem que fazer alguma coisa, porque esse pesadelo precisa acabar. Estou pronta para acordar e aproveitar o resto do meu último ano. Amarre-o na cama se precisar. Deixe-o lá até que revele todos os seus segredos.

Agora ela está falando a minha língua. Posso não ser capaz de seduzir Neo, mas consigo torturá-lo até o fim. Não vou machucá-lo fisicamente, porém posso com certeza foder com ele emocionalmente. Isso poderia funcionar.

Ela continua falando, e as rodas da minha cabeça giram.

— Depois que você souber, pode trazer seus rapazes de volta e mandar Jude embora ileso, para que nunca mais tenhamos que vê-lo.

Deixo o canudo se soltar da minha boca e coloco o copo na mesa de cabeceira.

— Isso poderia realmente funcionar.

— Mandar Jude embora ileso?

— Não. Isso nunca vai funcionar. Os caras nunca aceitariam. Mas eu *poderia* amarrar Neo e arrancar a verdade dele.

Riley fica quieta novamente. Sei que ela está preocupada com Jude. Estou lutando muito para entender o porquê, já que ela sabe tudo o que ele fez. Atribuo isso a ela não acreditar que é ele e estar esperando que, em algum lugar ali, esteja o cara por quem ela começou a se apaixonar. Talvez esteja, mas isso não muda tudo o que ele fez. Empurrar Maddie e mantê-la em coma, roubar a identidade de um cara morto e me aterrorizar. Ela pode querer perdoá-lo em seu coração, mas eu com certeza não quero. Na verdade, agora que sei que estou segura aqui fora, há uma grande parte de mim que quer voltar para onde ele está amarrado e forçá-lo a dizer a verdade.

Mas primeiro preciso coletar meu segredo que Neo afirma ter.

Olho para minha roupa, ou a falta dela. Tecnicamente, não é minha, é de Riley, mas ela me emprestou por esta noite. Uma camisola de cetim rosa bebê com decote em V rendado e profundo. Quero vomitar só de olhar para essa cor em mim, mas não vou negar que meu corpo está incrível.

— Você realmente acha que ele aceitará isso?

— Garota, você é uma gostosa. Se ele não a aceitar, tenho certeza de que todos os outros caras desta Academia aceitariam.

— Não é exatamente o que estou procurando, Ry. Necessito que Neo se rasteje. — *Argh*. Neo e a palavra "rastejar" não combinam bem.

— Neo é um vagabundo. É claro que ele aceitará. Leve-o para a cama, algeme seus pulsos com isso — ela levanta dois pares de algemas, que nem me preocupo em perguntar por que ela as tem —, depois seus tornozelos, e comece seu interrogatório.

— E o que acontece quando ele não me contar nada? Eu o deixo ir, para que possa retribuir o favor e me algemar na cama?

— Não. Você o deixa lá. Não importa quanto tempo leve.

— Você tem um lado cruel aí, não é?

Ela sorri.

— Só para quem não gosto, e Neo está no topo dessa lista.

Concordo com a cabeça repetidamente, meus pensamentos tirando o melhor de mim. *Isso será fácil. Eu dou conta.*

RACHEL LEIGH

— Ok — deixo escapar. — Estou entrando.

Suas sobrancelhas balançam um pouco quando ela diz:

— Boa sorte.

Com os ombros para trás e o peito estufado, dou um pequeno impulso ao meu decote com as mãos antes de abrir a porta do quarto.

Antes de sair, um baque na janela me faz virar.

— O que é que foi isso?

Riley salta da cama e fecho a porta.

— Não faço ideia, mas acho que algo bateu na janela.

Nós duas corremos para lá. Antes de abrir as cortinas, ela é atingida novamente. Riley e eu trocamos um olhar inquieto.

— Alguém está lá fora — afirmo.

Riley abre um pequeno canto da cortina e olha para fora. Quando ela exala um suspiro de alívio, eu respiro um pouco melhor.

— É Crew e Jagger — revela, enviando meu coração de volta para minha garganta.

— Merda. — Suspiro. — O que você acha que eles querem?

— Você. Claro. E se você não sair, eles podem tentar entrar.

Lambo meus lábios secos, colocando o cabelo atrás das orelhas.

— Você tem razão. Eu deveria ir lá? É uma pergunta, mais do que uma afirmação, porque preciso que me diga o que fazer. Odeio a posição em que estou e não consigo pensar racionalmente.

Riley abre as cortinas e eu respondo:

— O que você está fazendo?

— Eles obviamente nos veem. Só há uma maneira de descobrir por que estão aqui.

Ela empurra o parapeito da janela alguns centímetros para cima e se abaixa, enfiando a boca na abertura.

— O que vocês querem? — grita, e meus olhos se fixam na porta com medo de que Neo a ouça.

— Diga a Scar para sair ou nós entraremos. — Essa é a voz de Jagger. Ela levanta a cabeça.

— Eu te disse.

— E seja rápida. Está muito frio aqui. — Desta vez é a Crew.

— Ok — concordo. — Eu vou lá fora.

Riley atravessa o quarto até minha cama e pega seu roupão rosa chiclete que combina com a camisola que estou usando.

— Ponha isto.

— Certo. Não preciso que me vejam nisso e pensem que realmente estou dormindo com Neo.

— Bem, isso é o que eles deveriam pensar, então...

— É verdade, mas prefiro não enfiar isso goela abaixo. Fique de olho. Certifique-se de que Neo não descubra que estou com eles.

Ela acena com a cabeça em resposta, e eu agradeço.

Depois de amarrar o roupão firmemente na cintura, saio correndo do quarto antes de mudar de ideia e deixá-los entrar em casa. Talvez assim fosse mais fácil; deixe-os descobrir a verdade sobre o que está acontecendo por conta própria.

Neo não poderia me culpar por isso. Não seria minha culpa se eles entrassem e encontrassem Maddie.

Estou andando pelo corredor, Riley logo atrás de mim, quando ouvimos o som da porta do quarto de Neo se abrindo.

— Onde vocês duas estão indo? — Neo pergunta.

Riley e eu trocamos um olhar antes de ela dizer:

— Maddie precisa de um pouco de água. Scar vai descer para pegar e eu vou até o quarto dela para esperarmos juntas. Isso é um problema?

Eu amo o lado sarcástico de Riley. Não vejo isso com frequência, mas, sempre que vejo, lembro que ela tem um lado guerreiro dentro de si.

— Ela está bem?

— Maddie? — pergunto, antes de responder minha própria pergunta.

— Sim, ela está bem. Apenas com sede. Só isso.

Neo caminha em nossa direção lentamente, vestido com um short de ginástica preto. Há uma expressão suspeita em seus olhos que me diz que ele sabe que estamos tramando alguma coisa.

— Talvez eu deva ver como ela está. Garantir de que esteja bem.

— Por quê? — Eu bufo. — Ela está bem, Neo. Estamos nos divertindo entre garotas. Volte para o seu quarto e nos deixe em paz.

Ele continua vindo, seus olhos fixos nos meus, mesmo quando passa por nós. Só quando chega à porta do quarto de Maddie é que finalmente quebra o olhar duro.

— Vá! — digo a Riley, meio sussurrando, meio gritando.

Riley corre para onde Neo está abrindo a porta de Maddie, e eu passo por eles e desço.

Espero que Riley pense rápido e não estrague tudo.

RACHEL LEIGH

Meus pés não param até calçarem minhas botas de neve. Olhando por cima do ombro, procurando por Neo, abro lentamente a porta, tentando não fazer barulho. Esta casa é antiga e a porta costuma ranger alto. De alguma forma, faço um bom trabalho para garantir que isso não aconteça.

Antes mesmo de meus pés tocarem o chão, sou recebida pelos caras.

— Por que Neo mudou as fechaduras? — Jagger pergunta, sua expressão alimentada pela raiva.

Porque ele está escondendo a irmã desaparecida lá dentro e não quer que nenhum de vocês a encontre.

Obviamente, não posso dizer isso, então vou com uma verdade parcial.

— Eu... não sei por que Neo faz o que faz, para ser honesta.

— Sua mãe ligou. Você precisa ligar de volta para ela o mais rápido possível ou ela está ameaçando vir aqui.

Meus olhos se arregalam. Eu não esperava por isso.

— Ela disse o que queria?

Jagger balança a cabeça, olhando para o manto de neve a seus pés. Ele enfia a mão no bolso, tira o telefone e o entrega para mim. *Ele me odeia. Nem consegue olhar para mim.*

— Aperte "reproduzir".

Faço o que ele diz e coloco o telefone no ouvido, escutando a mensagem de voz que minha mãe deixou no telefone de Jagger. Cada segundo que passa faz meu coração bater mais rápido. Quando termino de ouvir, digito o número dela e ligo de volta. Enquanto toca, digo aos rapazes:

— Ela não pode vir aqui. Ela vai me fazer ir embora e não há como eu ir agora.

— Estranho como as coisas mudam. Apenas algumas semanas atrás, você estava implorando para sair daqui. O que está te prendendo?

Reviro os olhos com as palavras de Jagger, porque sei o que ele está insinuando, que Neo é quem me mantém aqui. Tipo, nosso relacionamento inexistente.

— Scarlett! Graças a Deus! Você está bem?

— Estou bem, mãe. Não há necessidade de vir aqui.

Meu olhar dança entre Crew e Jagger; quando percebo Crew tentando dar uma olhada no decote em V do meu roupão, seguro o telefone entre a bochecha e o ombro e aperto o tecido.

— Desde quando ela usa rosa? — Crew pergunta a Jagger, sem tirar os olhos de mim.

Tentando ignorá-los, ouço minha mãe divagar sobre o sequestro de Maddie, o que estou bem ciente.

SEGREDOS DISTORCIDOS

— Eu ouvi, mãe. E também sei que o senhor Saint está fazendo tudo que pode para resgatá-la.

— Se isso ficar nas mãos daquele filho da puta, a pobre garota nunca será encontrada. É por isso que seu pai e eu, juntamente com as famílias Vance e Cole, estamos organizando um grupo de busca.

— Você não pode fazer isso — cuspi, desejando ter pensado antes de falar. — Quero dizer, deixe Sebastian cuidar disso. É a filha dele.

— Você sabe onde Sebastian Saint está agora, Scarlett? Ele está na capital do estado para sua campanha. As eleições são na próxima semana. Não há nenhuma maneira de ele estar fazendo alguma coisa para ajudar a filha.

Ouço as palavras e sei que ela está absolutamente certa. Se eu não soubesse que Maddie estava segura, encorajaria a busca. Mas ela está segura, e até terminarmos o que começamos, não podemos deixar que a encontrem.

— Ok. Então deixe-me ajudar. — Olho para Crew e Jagger. — Não há necessidade de todos vocês virem aqui. Deixe-nos vasculhar esta área e todos vocês se concentrarão nas áreas vizinhas em casa. Nós temos a Guardiã...

Minhas palavras desaparecem quando percebo o que acabei de dizer. Mencionei a Guardiã, Riley. Sobre quem eu não deveria saber. Crew e Jagger balançam a cabeça em aborrecimento.

— Encerre a ligação — Crew rosna.

— O que você acabou de dizer? — mamãe pergunta, com seriedade em seu tom.

— Eu... hum... eu quis dizer que temos *Guardiões da Galáxia* passando no centro comunitário agora, então tenho que ir antes de perder o final.

— O que aqueles meninos Ilegais andaram lhe contando, Scarlett?

Odeio quando ela diz meu nome desse jeito. Como se eu fosse uma criança.

— Nada, mãe. Eles são apenas meus amigos agora. — Mudo de assunto rapidamente, para que ela não me pressione mais sobre o meu deslize. — Deixe eu e meus amigos coordenarmos uma busca aqui, ok? Não há necessidade de se preocupar. Maddie será encontrada.

— Ela vai sim. Assim que o jornal local souber e se tornar público, ela será encontrada.

— Mas isso não vai acontecer, certo? Os Sangue Azul vão cuidar disso?

— Não se eu puder evitar.

Meu coração afunda no estômago.

— Ok. Tenho que ir, mãe. Ligo para você se encontrarmos alguma coisa, e você faça o mesmo.

RACHEL LEIGH

Encerro a ligação antes que ela possa dizer mais alguma coisa. No momento, não parece que corremos o risco de nossos pais aparecerem aqui.

Quando devolvo o telefone para Jagger, ele aperta minha mão de volta, o telefone pressionado entre nossas palmas.

— Por que você não quer ninguém procurando por Maddie aqui? Ela é sua melhor amiga. Não quer que ela seja encontrada?

— Claro que quero. — Eu bufo. — Mas ela não está aqui. E se eles vierem para a Academia, corremos o risco de encontrarem Jude.

Crew se aproxima de mim, com as mãos enfiadas nos bolsos da calça jeans.

— O que você está escondendo, Scar? — Ele tira uma das mãos do bolso e a estende, desamarrando meu roupão. — E o que diabos você está vestindo?

Em movimentos curtos e bruscos, amarro o roupão de volta. *Vou seduzir seu melhor amigo até a cama dele, depois algemá-lo e descobrir o que ele sabe que pode destruir minha família.* Mais uma vez, não posso dizer isso, então vou com:

— Não é da sua conta.

Jagger olha para mim com desgosto, os lábios curvados.

— Quem diabos é você?

— Alguém que você não conhece mais. — Eu me viro e subo as escadas, mas, no verdadeiro estilo Crew, ele agarra meu braço, me impedindo.

— Você não precisa fazer isso.

Engulo o nó na garganta e digo:

— Sim, eu quero. — Então afasto meu braço e corro para dentro de casa, batendo a porta atrás de mim.

Sim, eu quero.

CAPÍTULO DEZESSETE

SCAR

— Aqui está — digo a Maddie, entregando-lhe um copo de água, e ela me fixa com uma expressão perplexa.

— Onde você estava? — ela pergunta, pegando a água e levando a borda aos lábios, segurando-a ali.

— Fui buscar sua água. — Com as sobrancelhas tensas, inclino sutilmente a cabeça em direção a Neo. — Você estava com sede, certo?

— Sim. Muita. — Ela toma um gole de água, ainda confusa. Eu esperava que Riley já tivesse cuidado disso, mas parece que todos eles estiveram aqui se divertindo.

Estou surpresa com a tranquilidade no quarto. Não há tensão. Nenhum palavrão vindo da boca de Neo. Todos os três parecem relaxados e contentes. Riley está sentada na cadeira de rodas de Maddie ao lado da cama, apoiando-se nos braços da cadeira. Neo está deitado de lado ao pé da cama, segurando a cabeça com a mão. E Maddie está deitada, bebendo muita água.

Ela termina até a última gota e depois me devolve o copo.

— Sim. Eu estava com sede, sim.

Pego o copo, seguro-o com as duas mãos e murmuro um "obrigada", enquanto Neo observa Maddie como se ela fosse um objeto frágil que precisa de cuidados. Ela é frágil, mas Neo sempre cuidou da irmã. É quase doentio.

Neo agarra o pé de Maddie através do cobertor, apertando-o, embora a falta de resposta dela me diga que não sentiu isso.

— Descanse um pouco. Eu vou fazer o mesmo. Volto à escola amanhã. — Ele sai da cama e se posiciona bem na minha frente. — Preciso falar com você.

— Estou aqui com as…

— Agora.

Eu suspiro.

— Dez minutos.

Ele pressiona os lábios na minha bochecha em um beijo casto.

— Nem mais um minuto. — Fingindo um sorriso, ele olha para Maddie. — Boa noite, mana.

Com raiva, limpo a umidade da minha bochecha. *Como ele ousa?*

— Tudo bem, senhoras — Riley diz, se levantando. — Também vou para a cama. A manhã chegará muito cedo.

— Estarei lá em breve.

A resposta dela é uma piscadela e as palavras:

— Espero que não tão cedo. — Seus olhos se arrastam para cima e para baixo em meu corpo, notando o roupão que cobre a camisola que ainda estou usando. Quase esqueci o que deveria fazer esta noite, e agora que me lembro, gostaria de poder esquecer novamente.

Assim que Riley sai, fechando a porta atrás dela, sento-me na beira da cama ao lado de Maddie.

— Como vai? — pergunto a ela.

— Bem, para ser sincera. Na verdade, com a ajuda do meu fisioterapeuta hoje, consegui me levantar.

Agarro a mão dela, apertando-a.

—Estou tão orgulhosa de você, Mads. Sua força sempre foi tão admirável.

Quando digo isso para ela, não me refiro apenas à sua força física. Maddie é mentalmente forte. Ela passou por muita coisa em seus curtos dezoito anos de vida. A perda da mãe, lidar com um pai viciado em trabalho, ausente há anos, e agora isto: a queda e a recuperação.

— Eu? — Ela ri. — Você é forte. Veja todo o inferno que esses caras fizeram você passar, mas aqui está você, mais forte do que nunca e namorando um deles.

Argh. Nem me lembre.

— Falando em caras — continua —, algum de vocês teve notícias de Crew?

Torço os lábios, sem saber o que dizer. Não querendo pensar demais, apenas minto.

— Não.

— Que bom.

Minha surpresa em sua resposta é mostrada em meus ombros caídos e testa enrugada.

— Que bom?

Sua voz cai algumas oitavas.

— Posso te contar um segredo?

— Claro que pode. Lembra quando costumávamos chamar uma a outra de nossos diários humanos? Isso continua.

Maddie engole em seco e olha ligeiramente para baixo ao falar.

— A verdade é que acho que alguns dos meus sentimentos por Crew ficaram com minhas memórias, Scar. E isso me assusta.

— Eu não entendo. Você está dizendo... que não ama mais Crew?

— Não — deixa escapar. — Quero dizer, sim. Ou não. Não sei. Claro que o amo. Mas não tenho mais certeza do que esse amor significa.

Eu deveria ficar feliz em ouvir isso. Deveria estar muito feliz, porém, em vez disso, me sinto triste. Triste pela minha amiga, que já perdeu tanto. Odeio vê-la perder mais.

— Dê um tempo, Mads. Tenho certeza de que tudo voltará.

Ela levanta a cabeça, forçando um sorriso.

— Você tem razão. Só estou sendo boba.

— Não, você não está — asseguro-lhe. — E sempre que você quiser conversar, estou aqui. Não sou boa em dar conselhos, mas sempre ouvirei.

— Obrigada. — Ela enxuga uma lágrima do rosto com as mãos cerradas. — Agora vá para a cama. Você tem aula amanhã.

— Sim, mãe. — Eu bufo.

Assim que saio do quarto dela, sinto o peso de mil tijolos no peito.

Tudo bem. Posso entrar no quarto de Neo e seduzi-lo com meu corpo, só para poder amarrá-lo.

Sou Scarlett Sunder e, quando quero alguma coisa, consigo. E agora quero saber esse segredo, para poder guardá-lo, se for preciso.

Depois de uma rápida parada no meu quarto, andando na ponta dos pés para não mexer com Riley, coloco as algemas no bolso do meu roupão e vou para o quarto de Neo.

Uma vez lá, bato suavemente na porta.

— Neo — chamo, meu tom baixo.

Quando ele não responde, bato novamente. Desta vez mais alto.

A porta se abre e estou cara a cara com Adônis encharcado. Pingando da cabeça aos pés, com apenas uma toalha enrolada na parte inferior do tronco.

— Meu Deus, Scar. Eu estava no meio do banho.

Não olhe para baixo. Não faça isso, Scar.

Em vez disso, fixo meus olhos nos dele, que são agradáveis e seguros.

— E eu deveria me desculpar por interromper você? Foi você quem me disse para falar com você, então por que você estava tomando banho?

— Eu disse dez minutos e já se passaram quinze. — Ele se vira, deixando a porta aberta para mim.

Entro, fechando-a atrás de mim antes de enfiar as mãos nos bolsos, acidentalmente sacudindo as algemas. Eu as agarro com força, para que não emitam outro som.

— Sobre o que você queria conversar?

Ele vasculha algumas camisas em sua gaveta, antes de recuperar uma branca simples.

— Por que você tinha neve no roupão quando foi ao quarto de Maddie?

— Eu não tinha.

— Tinha sim. Então ou você saiu para derreter neve para a água de Maddie ou estava lá fazendo outra coisa. Qual das opções?

— Você me pegou. — Sorrio, com sarcasmo. — Eu queria a água dela bem gelada, então foi exatamente o que fiz.

Ele entra no banheiro e aproveito a oportunidade para esconder rapidamente as algemas debaixo da cama.

— Você está zombando de mim? — pergunta ao retornar.

— Parece que estou?

Pelo amor de tudo que é sagrado, não dá para ser nada além de implacável com esse cara. Mesmo quando ele está parado ali…

Puta. Que. Pariu. Meu. Deus. Ele não apenas tirou a toalha. Um metro à minha frente, está de pé, a bunda nua, secando o cabelo com a toalha que deveria cobrir seu corpo.

Prendo a respiração, movendo meus olhos para o teto.

— O que você está fazendo?

— Secando meu cabelo. Isso é um problema?

— Não. É… — gaguejo, sem palavras. — Não.

Na verdade, esta é a oportunidade perfeita para mergulhar direto no meu plano.

Meus olhos caem para os dele e o canto da minha boca se levanta. É tudo fingimento. Meu coração está literalmente tentando fugir do meu corpo neste exato momento.

— Não é problema nenhum. — Dou um passo em direção a ele, depois outro.

As sobrancelhas pesadas caem e ele dá um passo para trás, e percebo que está usando um short agora.

— O que você está fazendo?

Estamos a centímetros de distância quando desamarro meu roupão, expondo a camisola por baixo dele. Seu olhar cai sobre meu peito e giro os ombros, deixando o roupão cair sobre eles.

— Gostou do que está vendo?

Seus olhos se levantam para os meus e não são lascivos ou suaves como eu esperava, em vez disso, são formidáveis.

— Coloque essa coisa de volta.

Ele realmente sente repulsa por mim. Mas por quê?

Eu não entendo. Não me considero um partidão, mas não sou horrível. Tenho curvas e seios empinados. Claro, eu não uso maquiagem, mas...

— Eu disse para colocar de volta! — Sua voz fica mais profunda e estremeço com sua explosão.

— Não — respondo, inexpressiva.

— É o quê?

— Eu disse não. — Fecho o espaço entre nós. Estendendo as mãos trêmulas, eu as apoio em seus ombros úmidos. — Diga-me o que há em mim que te enoja tanto.

Seus olhos se desviam, enquanto seu corpo fica tenso, e isso é revelador. Nunca vi Neo temer nada, mas ele tem medo do meu toque.

Eu me inclino mais perto, inspirando sua respiração, minha boca imitando a dele.

— Eu sou realmente tão terrível?

Ele está congelado. Como uma estátua. Não tenho certeza se ele deveria se afastar ou permanecer parado.

Movendo minha boca ao longo de seu queixo esculpido, deslizo até sua orelha e sussurro:

— Diga alguma coisa.

Sou pega de surpresa quando ele me empurra para trás com força. Tão forte que tropeço e caio de bunda.

Aquele coração que estava pronto para fugir do meu corpo, se foi. Ou pelo menos é assim que parece. Por que sua rejeição dói tanto?

Uma bola se aloja na minha garganta e tenho medo de desabar se murmurar uma única palavra.

— Saia! — Ele aponta um dedo severo para a porta.

RACHEL LEIGH

Talvez seja isso que eu precise fazer: desmoronar. Chorar por ele. Mostrar emoção. É algo que Neo nunca testemunhou de mim. Pelo menos não desde que eu era criança.

Deixe tudo sair, Scar. Finja se for preciso. Mas quando as lágrimas escorrem pelo meu rosto, tenho certeza de que não são forçadas.

— Por quê?

Ele se vira, incapaz de me olhar. Não sei dizer se é sua aversão por mim ou sua incapacidade de lidar com as emoções.

— Apenas vá. — Desta vez, a raiva abandona sua voz. É um tom baixo e macio. Quase torturado.

Ele é tão estranho. E desta vez, quero dizer que ele é muito misterioso. Eu quero quebrá-lo. Não. *Preciso quebrá-lo.* Então quero ser quem o conserta.

O que estou pensando? Não estou fazendo isso porque tenho sentimentos por Neo. Estou fazendo isso para proteger a mim e minha família. Não posso esquecer isso.

Eu me levanto, agora completamente livre do roupão. Passos lentos me levam atrás dele, que olha pela janela.

Meu peito cobre suas costas e coloco os braços ao seu redor.

— Eu não vou embora.

Em um instante, ele gira com o peito tenso e um olhar mordaz. Dá um passo em minha direção, depois outro, mas não quebro o contato. Eu continuo andando e ele também.

— Se você ficar, vai se arrepender. — Sua mão se estende como uma garra, e ele me segura pela garganta, num aperto ameaçador, mas frouxo.

— Faça eu me arrepender então.

A parte de trás das minhas pernas bateu no pé da cama dele e ele me empurrou de costas.

— Diga de novo.

Eu me apoio nos cotovelos.

— O quê?

— O que você acabou de dizer, diga de novo.

— Faça eu me arrepender?

— Sim — sussurra, sua voz rouca e grave. — É isso mesmo. — Ele me empurra de volta para baixo, o vinco em sua testa é profundo e as sobrancelhas franzidas. — Você está prestes a se arrepender.

Neo coloca a mão em meu peito, me afundando no colchão.

— É melhor você torcer para que isso não seja um jogo, Scar, porque, se for, é você quem vai perder.

SEGREDOS DISTORCIDOS

Sua mão vai direto para a parte interna da minha coxa, os dedos apertando minha pele com força.

Deixo cair a cabeça no travesseiro, relaxando no colchão.

— Por que isso, Neo? Achei que você gostava de jogar?

— Sim — ele exala, na curva do meu pescoço. — Mas tenha em mente... — Ele ignora minha calcinha, passando os dedos entre minhas dobras. — Tenha em mente que eu sempre ganho.

Seus dedos calejados roçam a pele da parte interna da minha coxa, e odeio que isso me excite.

— Eu... — começo, gaguejando nas palavras e perdendo a linha de pensamento. — Eu pensei que era um veneno que você se recusa a ingerir?

— Você é. Você é uma droga. — Seu queixo percorre minha bochecha, suas palavras tocando suavemente meu ouvido. — Uma droga que não quero, mas preciso ter. — Ele sopra respirações leves no meu pescoço e meu corpo fica arrepiado. — Você me quer, Scar?

Não sei o que estou dizendo ou o que estou fazendo. Estou sob o feitiço dele. Neo me chama de droga, mas a droga é ele, e tenho medo de, depois disso, ficar viciada. Incapaz de me conter. Vou precisar de mais e mais, porque isso nunca será suficiente.

— Não — digo, com honestidade —, eu também não quero você... mas preciso ter você.

É inevitável. Se eu não o tiver agora, meu corpo entrará em combustão. Minhas entranhas estão em chamas. Meu coração está batendo contra minhas costelas. Tudo formiga e arde de desejo.

Seus olhos brilham nos meus, me deixando tonta.

— Depois que fizermos isso, Scar, não há como voltar atrás.

Fazer isto?

Ai, meu Deus. Isso está realmente acontecendo. Neo e eu estamos a segundos de fazer sexo. A realidade me dá um tapa forte na cara. Não posso fazer isso. Este não era o plano.

As algemas. Preciso das algemas.

Vou deixá-lo um pouco mais confortável, depois vou agarrá-las e algemá-lo na cama, até que ele me conte o que sabe.

Passo as mãos pelos seus braços nus, deslizando sobre cada músculo.

— Nada de voltar atrás.

Arrepios surgem sob meu toque, e é uma estranha revelação ver Neo reagir a outra pessoa dessa maneira. Principalmente a mim.

RACHEL LEIGH

Ele levanta a cabeça, os olhos queimando os meus e as palmas das mãos afundando no colchão de cada lado.

— Se eu te foder, Scar, as coisas nunca mais serão as mesmas para você e seus meninos.

Meus meninos. Ai, meu Deus, Crew e Jagger.

— Levanta. — Empurro seu peito, negando com a cabeça. — Levanta, levanta, levanta.

Ele se ergue, me dando espaço.

— O que você está fazendo?

Rastejo para fora dele, protegendo meus mamilos que estão enrugados contra a minha camisola.

— Não posso fazer isso.

Nunca vi Neo sem palavras, mas ele está agora. De certa forma, quase me sinto mal por ele, porque a expressão em seu rosto não é de raiva, mas de vergonha.

— Sinto muito, Neo. As coisas não deveriam ter ido tão longe. Eu... eu menti. Eu me abaixo, enfio a mão sob a cama e pego as algemas. — Eu vim aqui com a intenção de te algemar na cama até que você me contasse o que sabe. — Seguro as algemas, deixando-as penduradas no meu dedo.

Neo arranca as algemas de mim, aquele olhar de raiva que vejo tantas vezes retornando.

— Você estava brincando comigo?

— Em minha defesa, não estamos jogando um contra o outro há dias? — Rio sem humor, tentando aliviar o clima. — É um jogo constante de gato e rato conosco.

— Mas eu sempre te pego. Você corre, eu persigo e no final eu ganho.

— Não. Não dessa vez. Desta vez, não há vencedores. Eu não posso mais fazer isso. Só quero que as coisas voltem a ser como eram. Quero Crew e Jagger de volta.

— Crew e Jagger? — zomba. — Isso é tudo que importa para você, não é? — Suas mãos balançam no ar enquanto ele anda pela cama. — Foda-se todo mundo. Foda-se sua família. Foda-se Maddie. Foda-se eu.

— Você? — solto. — A única razão pela qual estou aqui agora é por sua causa, Neo. Você está me chantageando. Realmente acha que vou cair na sua cama e deixar você fazer o que quiser comigo, enquanto exige que eu não durma com mais ninguém?

Dizer isso em voz alta faz com que pareça muito mais ridículo.

— Eu amo Crew e Jagger. O que sinto por você... — Não sei o que sinto por Neo. Eu o odeio? Talvez não. Tenho algum tipo de sentimento oculto por ele? Possivelmente. Mas o que realmente sinto é tristeza por ele. Eu sinto... — Sinto pena de você.

Ele perdeu muito e não é de se admirar que se comporte dessa maneira. No fundo, acho que Neo está muito, muito sozinho.

Ele para de andar, seus ombros caem e ele semicerra os olhos para mim com severidade.

— Você sente pena de mim? — Sua voz sobe e desce. — Você sente pena de mim? Por que isso acontece, Scar? Porque você quer arruinar minha vida de merda? Você deveria se arrepender, em vez de sentir pena. Desfilando por esta casa como uma vagabunda, me obrigando a olhar cada centímetro impecável da sua pele. Me seduzindo e me sugando só porque pode. Não devo querer você, ou desejar você, como um viciado que precisa de uma dose. Mas eu quero, porque você me obrigou, porra!

Dou um passo em direção a ele, depois dois passos para trás, cobrindo a boca com a palma da mão. Minha postura desmorona e suas palavras circulam na minha cabeça como um disco. Neo está dizendo que me quer, mas não deveria? Mas por quê?

— Neo — sussurro, mas ele resmunga e me dá as costas. — Isso é por causa do seu pai e do quanto ele nunca gostou de mim?

Sua cabeça se levanta e ele olha abruptamente por cima do ombro.

— Por que você perguntaria isso?

— Não é nenhum segredo que seu pai sempre odiou minha amizade com Maddie. Sempre me perguntei como meu pai era tão próximo dele, quando tinha uma antipatia tão forte pela filha. Então aprendi sobre os pactos e juramentos. Ele teve que permanecer leal a ele, e ainda permanece. Mas acho que seu pai odeia minha família e quer que você nos odeie também.

— Não. Meu pai não odeia sua família. Ele só odeia você.

Essas palavras foram mais profundas do que qualquer outra que ele já me disse antes. Ódio é uma palavra muito forte; uma palavra que Neo e eu usamos muitas vezes, porque conhecemos a intensidade dela e sabemos o que faz ao outro. Ele diz isso para me machucar, e eu faço o mesmo. Até agora, sempre acreditei que ele me odiava, mas no momento acho que não. Acho que ele apenas finge, porque é isso que o pai dele quer.

— Por quê? O que eu fiz com seu pai para fazê-lo me odiar tanto?

Neo se aproxima, ocupando o espaço entre nós, e cada passo faz

RACHEL LEIGH

minha alma clamar cada vez mais alto por ele. Todo esse momento oferece muita clareza. De repente tudo faz sentido. O pai de Neo o virou contra mim e, pelo que está dizendo, parece que está lutando para cumprir as exigências do senhor Saint.

— Por que ele me odeia, Neo?

Seu pescoço rola, os olhos pousando em meus lábios. Ele está perto. Muito perto. Posso ouvir cada respiração que inspira e sentir cada uma que exala.

— Ele te odeia porque você existe no mundo dele. E também acho que é porque acredita que você tem a capacidade de tirar Maddie e a mim dele.

Meu coração dói. Parece que caí neste buraco escuro e não consigo ver nada. Há tanta incerteza e tantos segredos. Só preciso sair dessa bagunça. Preciso que Crew e Jagger me abracem e me digam que tudo vai ficar bem, enquanto digo o mesmo a eles.

— Esse segredo que você está escondendo de mim. Isso tem alguma coisa a ver com o motivo pelo qual seu pai pensa que tenho a capacidade de levar você e Maddie embora?

Por favor, responda a pergunta. Por favor, Deus, deixe-o apenas responder à pergunta e me dar um pouco de esperança de que o fim está próximo.

— Sim.

Suspiro pesadamente. Minha cabeça cai para trás e fecho os olhos com força. O pai dele também conhece meu segredo.

— Ok. — Concordo com a cabeça, trazendo-a para frente. — Seu pai e esse segredo são a razão pela qual você me tratou tão mal todos esses anos.

Mais uma. Basta responder a esta última pergunta. Eu preciso disso.

— Sim.

Este momento parece surreal. Todos esses anos. Caralho, tantos anos de Neo me atormentando, e tudo por causa de seu pai e de algum segredo que ele compartilhou com o filho. Nunca fiz nada com nenhum deles. Eles se voltaram contra mim por causa de algo que ouviram e que pode nem ser verdade. A única maneira de saber com certeza é se Neo me contar qual é esse segredo.

— Diga-me. Conte-me o segredo.

Suas mãos se levantam, pousando suavemente em meus ombros, seus dedos traçando as alças finas da minha camisola.

— Ok.

Meu coração pula na garganta e respiro trêmula.

— Ok?

SEGREDOS DISTORCIDOS

— Eu vou te contar e você poderá recuperar sua vida. — *É isso. Finalmente está acontecendo. Agora que estamos aqui, de repente estou apavorada. Qual é esse segredo? E o que acontecerá comigo quando eu souber?* — Sob uma condição.

Uma condição? Isso é bom. Eu posso lidar com uma condição. Sobrevivi até aqui.

— Qualquer coisa. Eu só preciso saber.

— Você tem certeza?

Eu aceno rapidamente.

— Sim. Por favor, apenas me diga o que você precisa que eu faça.

Ele se inclina mais perto, sua boca pairando sobre a minha, e sussurra:

— Eu quero te foder, Scar.

RACHEL LEIGH

CAPÍTULO DEZOITO

NEO

— Você quer me foder?

Lambo meus lábios, passando os dedos pelas alças de sua camisola.

— Eu gaguejei?

— Mas Crew e Jagger...

— Vão superar.

— E você vai me contar tudo?

— Vou lhe contar tudo o que precisa saber.

— Não. — Ela nega com a cabeça. — Eu quero que você me conte tudo.

Tudo o que ela precisa ouvir são cinco palavras simples e depois disso ficará atordoada demais para falar. Então eu concordo.

— Ok. Vou te contar tudo.

Ela é a única garota que estava fora dos limites. A única garota por quem jurei que nunca me apaixonaria. Durante toda a minha vida, meu pai me disse para ficar longe, porque ela se aproximaria de mim e me puxaria para sua teia sombria. Depois de lutar tanto durante todos esses anos, perdi meu próprio jogo. Eu preciso dela, e preciso dela agora mesmo.

Eu queria odiá-la. Tentei. Deus sabe que tentei. Mas toda vez que a vejo, me pergunto por que tenho que odiá-la tanto.

Quem diabos é meu pai para me dizer por quem posso ou não me apaixonar? Não é escolha dele. Não é dos Anciãos ou dos Sangue Azul. É minha. É a porra da minha escolha, e esta noite, eu a escolho.

— Tudo bem — sussurra, com uma ponta de hesitação em seu tom —, vou fazer sexo com você.

— Não. — Eu rio. — Não quero fazer sexo com você, Scar. — Empurro-a de volta na cama, onde ela pertence. — Eu quero te foder.

Seu peito sobe e desce rapidamente, e é estranhamente satisfatório vê-la nesse estado. Tão vulnerável. Tão insegura. E toda minha. Mal ela sabe que, quando consigo algo que quero, não devolvo. Com as mãos de Scar juntas sobre a cabeça, pego as algemas da mesa de cabeceira e destranco uma delas.

Seus olhos dançam dos meus até as algemas.

— O que você está fazendo?

— Exatamente o que você planejou fazer comigo. — Coloquei-a em torno de um dos seus pulsos e fechei-a na cabeceira de madeira da cama. O som dela se fechando a assusta, e quando faço no outro pulso, ela sabe o que esperar. Sorrio, com a sobrancelha levantada. — Espero que você tenha a chave, porque eu com certeza não tenho.

— Isso não é engraçado, Neo. Estou falando sério, é melhor você não estar brincando comigo.

— Você está certa, não é nada engraçado. Mas eu vou te foder , Scar. Vou enfiar meu pau tão fundo na sua boceta, que sangue escorrerá pela sua perna, misturado com meu esperma. E, quando eu terminar, você vai se lembrar por que me odiou o tempo todo.

O pânico em seus olhos só me excita ainda mais. Ela pediu isso, então vou dar a ela.

Minha mão sobe por sua perna, parando em sua calcinha de algodão. Colocando minha palma contra sua virilha, esfrego a ereção em sua coxa.

— Isso está te excitando, não é?

Ela engole em seco, sua garganta balançando.

— Não.

— Então por que sua calcinha está tão molhada?

Suas bochechas coram e ela não responde, mas não precisa. Sua expressão é reveladora o suficiente. Sempre achei que Scar era selvagem na cama. As pontas dos meus dedos circundam sua entrada através do algodão úmido.

— Aposto que você gosta de foder com força, não é?

Nada ainda. Mas está tudo bem. Vou tirar um som dela em breve.

Eu me inclino para frente, pressionando minha boca na dela, e tiro a mão de baixo de sua camisola, deslizando por seu corpo. Olhando para ela, empurro a camisola de seda e deslizo minha língua ao longo do forro de sua calcinha.

— Aposto que seu gosto é a porra de um sonho.

Ela revira os olhos e desvia o olhar. Ela pode fingir que odeia isso, mas vejo a verdade bem na minha frente. A menos que ela tenha se irritado, mas duvido que seja esse o caso. Não. Scar quer isso, mesmo que nunca admita.

RACHEL LEIGH

Suas pernas se fecham em volta de mim, apertando minha cabeça, então deslizo a mão por sua coxa e a abro mais, puxando sua calcinha para baixo. Seus quadris se levantam e as puxo para baixo o resto do caminho, depois deixo cair ao seu lado.

— Relaxe, Scar.

— É fácil para você dizer. Não é você quem tem sua vagina exposta para seu inimigo.

— Ah. É isso que eu sou? Seu inimigo?

— Você certamente não é meu amigo — provoca. — Agora pare de falar. Continue o que você planeja fazer.

Um sorriso curva meus lábios.

— O que eu pretendo fazer? — Ainda estou olhando para ela, embora ela não tenha interesse em olhar para mim. — Me esbaldar com sua boceta, Scar. É isso que pretendo fazer. — Suas bochechas ficam vermelhas e ela exala audivelmente.

Curvando-me, pairo sobre seu clitóris com os lábios, tomando cuidado para não tocá-la. Vou me divertir um pouco primeiro.

Franzindo a boca, sopro suavemente, deixando o ar bater nela. Ela geme e levanta os quadris, mas me retraio e mantenho o espaço entre meu rosto e seu sexo.

— O que você está fazendo? — pergunta, suas pernas se contorcendo, e ela luta para ganhar algum tipo de controle.

— O que eu quiser. — Sopro novamente, observando arrepios surgirem em sua barriga.

— Droga, Neo — ela levanta os quadris com força —, isso não é engraçado.

Passo dois dedos por suas dobras e ela geme sem fôlego.

— Claro que é. — Movo a mão e a abano com mais ar.

— Por favor, eu estou... — Suas palavras desaparecem, mas eu sei exatamente o que ela ia dizer.

— Você está o quê? — Sorrio. — Me implorando?

— Sim! Porra! Sim! Apenas pare de me provocar e me toque.

Adoro o jeito que ela implora, e é exatamente por isso que quero mais.

Sua bunda relaxa no colchão quando pressiono seu clitóris, esfregando em movimentos circulares.

Então eu paro novamente.

— Seu filho da puta do caralho! — ferve. — Se você não sabe que porra está fazendo, então tire as algemas e deixe que eu cuide de mim mesma.

— Por mais tentador que pareça porque, porra, parece muito tentador... estou gostando demais disso.

Seu joelho dobra e ela coloca a perna para trás e tenta me chutar, mas me movo para o lado, rindo.

— Ah, Scar. Você está tornando isso muito divertido.

— Te odeio! Já te falei isso? Porque eu odeio! — Ela está falando por frustração sexual, mas estou adorando seus insultos.

— Me diga mais. Deixe-me *sentir* a profundidade do seu ódio, Scar.

Ela levanta o outro pé, tentando me chutar de novo, os pulsos pressionando as algemas de metal. Eu me esquivo do golpe dela de novo, uma risada ameaçadora rasgando a sala.

— Boa tentativa.

— Ótimo! — Ela bufa e depois relaxa na cama. — Quer uma reação minha? Bem, eu não vou te dar uma. Faça o que quiser, Neo. Neste ponto, eu nem quero um orgasmo seu.

Suas palavras despertam meu interesse porque tenho certeza de que ela admitiu querer que eu lhe desse um orgasmo em algum momento.

— Ah, é isso mesmo? — Sopro nela novamente, desta vez me aproximando e tornando o ar mais forte. Movo a cabeça em círculos, certificando-me de atingir todas as terminações nervosas.

— Sim — ela geme a mentira. — Poderia muito bem me tirar as algemas agora, porque você está prestes a ficar realmente entediado comigo.

O tédio é um estado de espírito e, com essa visão, fico muito intrigado. Chamando sua atenção novamente, deslizo a língua entre suas dobras, provando que sou eu quem tem todo o poder.

Suas pernas tremem, abrindo-se ainda mais, e ela levanta ligeiramente os quadris. Agora que sei que tenho o controle, darei o que ela quer.

Deslizo dois dedos para dentro e chupo seu clitóris entre os dentes.

Com uma expressão distorcida, ela fecha os olhos e, embora negue, sabe que estou fazendo com que se sinta bem. Na verdade, não tenho dúvidas de que ela imploraria por mais se eu parasse agora.

Neste momento, meu pau está latejando, por isso continuo, não querendo gozar nas calças antes mesmo de ela ter a oportunidade de me tocar.

Suas pernas trêmulas ameaçam me prender, então levanto uma, apoiando-a no ombro, depois a outra. Dois dedos entram e saem de sua boceta encharcada, sua excitação cobrindo meus dedos. Só estou penetrando até o primeiro nó do dedo quando ela morde o lábio inferior. Seus seios sobem e descem a cada respiração rasa.

RACHEL LEIGH

Minha cabeça cai, finalmente quebrando meu olhar sobre ela, e já estou desejando poder ver seu rosto quando substituo meus dedos pela boca e chupo febrilmente seu nó sensível . Seus quadris sobem ligeiramente e ela choraminga. Faço isso de novo, forçando o som dela quando solicitado. Amo possuir o controle e, agora, tenho tudo. Também estou surpreso com o quanto adoro esse som. Não tinha entendido na aula quando a toquei, porém, e tentei muito. Ansiava por sua humilhação. Mas agora, não quero compartilhar isso com ninguém.

— Eu preciso tocar em você — ela chora em desespero. — Liberte uma das minhas mãos.

Poderia ser um truque, mas, de qualquer forma, ela ainda estará presa por uma das algemas, então tiro meu rosto do meio de suas pernas e levanto meu braço, clicando na alavanca na parte de trás de uma das algemas. Sua mão cai e ela gira os pulsos antes de agarrar um punhado do meu cabelo.

Com os dentes à mostra, ela bate meu rosto em seu sexo.

— Você quer brincar, idiota. Eu vou brincar.

Puta merda, isso foi sexy. Estou mais excitado do que jamais estive. Enfio meus dedos de volta dentro dela e me deleito. Com um grunhido animalesco, chupo uma de suas dobras e levanto a cabeça para ver seu rosto. Scar choraminga, mas não cede, empurrando meu rosto de volta.

— Continue!

Repito o movimento de chupá-la e lambê-la, colocando meus dedos dentro e fora dela apressadamente — não que eu tenha escolha com os dedos dela entrelaçados em meu cabelo.

Queria não ter gostado tanto disso. Odeio estar tão faminto por seu orgasmo quanto ela. Não tenho certeza se alguma vez quis tanto satisfazer uma garota em toda a minha vida. Scar estava certa em uma coisa. Não deveria ter ido tão longe, mas, agora que foi, não há como voltar atrás.

Eu poderia puxar meus dedos agora mesmo e enfiá-los em sua garganta suja. Em vez disso, aprecio a forma como a sua boceta os engole e suas coxas apertam a minha cabeça. E eu estava certo, o gosto dela é a porra de um sonho.

Ela está em vantagem agora e, embora eu sempre tenha desejado poder, desta vez abrirei uma exceção.

Pensamentos sobre meu pai invadem minha mente. Não há como voltar atrás. Eu já me contaminei, então é melhor aproveitar. Mas, se eu cair nesta maldita Sociedade, ela estará lá comigo.

SEGREDOS DISTORCIDOS

Meus dedos mergulham mais fundo, fazendo-a subir alguns centímetros na cama. Adiciono outro dedo, separando-a. Seus quadris sobem e descem, movendo-se com meus movimentos. Cada impulso, nunca é suficiente. Ela quer mais do que estou dando a ela. Eu quero mais. Não tenho certeza se Scar algum dia conseguirá me satisfazer completamente, porque *sempre* vou querer mais dela.

Talvez eu estivesse errado na maneira como a tratei todos esses anos. E daí se ela não é tão pura quanto o mundo acredita que é? Eu poderia continuar a manter seu segredo e ninguém precisa saber.

Mas eu saberei. Sempre saberei o que ela é.

A realidade de que nunca poderei ficar com ela me atinge com força novamente. Meu peito está pesado. Sinto uma pontada no estômago. Uma sensação que não tenho com frequência. Essa sensação de pavor.

A questão é que, se não posso tê-la, também não quero que mais ninguém a tenha.

— Ai, meu Deus, Neo! — Scar grita, tirando-me da minha mente torturada. — Puta merda.

Só quando ela chama minha atenção é que percebi que tinha três dedos enterrados profundamente dentro dela, chupando com força seu clitóris. Eu continuo, descontando toda a minha agressividade na boceta dela. Uma boceta que nunca mais tocarei e provarei depois desta noite.

As algemas em seu pulso balançam e ela luta pela outra mão. Eu cedo, provocando-a um pouco mais, e ela me avisa com a mandíbula tensa.

— Não se atreva a parar, Neo.

Retomo os movimentos e ela grita mais alto, o som parecendo uma melodia saindo de dentro dela. Uma música só para mim.

Quando a prova de seu orgasmo cobre meus dedos, eu os puxo e varro a língua para cima e para baixo em seu sexo, sorvendo sua bagunça.

— Hm. Delicioso pra caralho.

Empurrando meu short para baixo em um movimento rápido, libero meu pau ereto. Eu nem sequer olho para o rosto dela até me deparar com ele. Nossos narizes roçam e deslizo dentro dela, enchendo-a com meu pau. Minha boca se move para seu pescoço e chupo com tenacidade suficiente para deixar um hematoma impressionante. Sua mão livre agarra minha cabeça, usando toda a sua força para tentar parar meus movimentos de sucção, mas desta vez ela perde. Quando tenho certeza de que deixei uma marca, chupo com mais força, dobrando de tamanho.

— Neo — rosna, um som ofegante —, não se atreva a me dar um chupão.

— Tarde demais. Você está marcada.

Durante dias, tive que vê-la desfilar com uma marca do tamanho de uma moeda de um quarto no pescoço. Prova do que Jagger e Crew fizeram com ela. Agora, eles podem ver o que eu fiz.

Aproximo-me e agarro o V de sua camisola, depois puxo, rasgando-o no centro.

Seus selvagens olhos azuis se arregalam, a boca aberta, e aproveito esta oportunidade para alimentá-la, enfiando dois dos meus dedos em sua boca — os mesmos que nadaram dentro dela — e pressionando sua língua.

— Veja como você tem um gosto gostoso.

Ela fecha os lábios em torno deles, chupando, e é uma visão linda pra caralho. Lambo meus lábios, já sentindo falta do sabor dela.

Agarrando ambas as pernas, eu as levanto, endireitando as costas com um leve arco ao me ajoelhar. Eu me enfio nela com tanta força que a base de sua cabeça bate na cabeceira da cama, sacudindo as algemas novamente. Seus seios saltam a cada movimento, e minhas bolas se enchem de uma intensa necessidade de se libertarem.

Encaro-a, olhos fixos — arregalados e lascivos. Seus lindos olhos azuis oceano. Engulo em seco, afastando as emoções que surgem em meu peito.

Pouco antes de atingir o auge do meu orgasmo, puxo e agarro meu pau, bombeando-o e apontando para seu rosto.

— Língua para fora. — Quando ela não o faz, repito: — Língua para fora. Agora. — Hesitante, ela abre os lábios e mostra a ponta da língua. Estico a mão, agarrando-lhe as bochechas com uma delas, enquanto forço o polegar e o indicador entre os dentes, depois solto, esguichando o meu esperma por toda a língua dela. Alguns grunhidos rítmicos me escapam ao desacelerar meus golpes. Então me inclino para frente. — Engole — sussurro, antes de soltar sua boca. Quando faço isso, ela engole como lhe foi dito para fazer. — Essa é a minha garota.

Deixando-me ao lado dela, estabilizo minha respiração.

Ela olha para o pulso algemado.

— Destrave isso.

— Não. Acho que vou deixar por um tempo. Manter você como meu bem precioso por alguns dias.

— Foda-se, Neo. Apenas me deixe ir.

SEGREDOS DISTORCIDOS

— Diga, por favor.

— Você é um idiota.

— Se você quer ser libertada, peça com educação.

— Eu vou te matar.

— Isso não foi muito legal. — Amo demais a sua agressividade. Meio que quero mantê-la aqui por um tempo, só para brincar com ela.

— Tudo bem — ela se rende. — Por favor.

Com um clique dos meus dedos contra a alavanca, o braço dela cai.

— Foi tão difícil assim?

— Foi pura tortura. — Ela se senta, esfregando os pulsos marcados por um segundo, antes de jogar as pernas para o outro lado da cama. Quando se levanta, a camisola rasgada desliza pelas costas até o chão. Ela pega o roupão e corre para o banheiro.

É evidente que ela se arrepende, naturalmente. Eu também deveria, só que, por algum motivo, não me arrependo. Na verdade, sinto-me mais à vontade do que há meses — talvez até anos.

Acabei de foder a inimiga e gostei. Meio que quero foder de novo.

Quando Scar retorna, cruzo os braços sob a cabeça, observando-a vasculhar o quarto em busca de algo.

— O que você está procurando?

— O que sobrou da minha camisola.

Aceno para o chão onde ela caiu. Com um escárnio, ela se abaixa e a pega. Passos pesados a trazem de volta para mim, e ela cruza os braços sobre o peito, agarrando o tecido desgastado.

— Ok. Fiz o que você pediu, agora fale. O que você sabe?

É isso. O momento que eu estava esperando. O momento em que posso olhá-la nos olhos e contar-lhe um segredo que irá assombrar ela e sua família pelo resto de suas vidas.

Saio da cama, ainda completamente nu, enquanto Scar mantém meu contato visual com medo de que seu olhar caia em outro lugar.

Ela parece irritada. Com tanta raiva, e acontece que raiva é meu visual favorito nela.

— Um acordo é um acordo, Neo.

Ela está certa. Um acordo é um acordo e nunca recuo quando faço um.

— Tem certeza que quer saber?

Estou ganhando tempo. Isso não parece tão bom quanto deveria. Nem mesmo perto. Depois que contar a ela, não há como voltar atrás. Ela

RACHEL LEIGH

saberá e eu perderei toda a minha influência. Depois de hoje, nossas vidas mudarão para sempre.

— Inferno, sim, eu quero saber. Agora me diga, caramba.

Eu poderia manter isso em segredo. Ninguém nunca precisa saber. Todos nós podemos continuar fingindo e o resto dos Sangue Azul não saberia. Ou eu conto a ela e a envergonho por uma eternidade.

— Agora, Neo! — insiste, impaciente.

Respiro fundo e descanso meus lábios em sua orelha. Eu nem estou olhando para ela e isso deveria ser metade da gratificação, mas agora não parece muito gratificante. Ainda assim, digo as palavras:

— A razão pela qual tenho que te odiar, e sempre terei que te odiar, é porque você é mestiça, Scar. Você não é, nem nunca será, uma verdadeira Sangue Azul.

Isso não parece bom. Não parece nada bom.

CAPÍTULO DEZENOVE

SCAR

A primeira palavra que sai da minha boca é:

— Mentiroso. — E as três seguintes, depois de empurrá-lo para trás para poder ver seu rosto, são: — Cale a boca.

Ele não diz nada. Obedece meu conselho e não diz nada! Depois de deixar palavras tão dolorosas saírem de sua boca de forma tão descuidada, como ele ousa não dizer nada!

Posso sentir o vinco evidente na minha testa. Na verdade, é tão pronunciado que tenho certeza de que será um elemento permanente em meu rosto.

— Porque voce diria algo assim?

Minha excitação ainda está pingando de seu pau enquanto ele fica ali, em silêncio. Seu queixo cai no peito e sei que é por medo de ver a mentira escrita em seu rosto.

— Diga! — Bato a camisola no chão. — Agora, Neo!

Seus olhos se levantam lentamente, sua cabeça ainda baixa.

— Eu disse isso porque é verdade. Sua mãe…

— Cale-se! — grito novamente. Não quero que ele pare de falar, mas preciso que as mentiras parem. — Diga-me a verdade.

Finalmente, ele fica no mesmo nível que eu.

— É a verdade!

Mas ele ainda está mentindo. Quer me machucar. É por isso que está dizendo isso. Neo não é confiável e essa é a prova. Acabei de dar a ele meu corpo, praticamente entreguei minha alma em uma bandeja de prata, tudo para ele me alimentar com mentiras.

— Tínhamos um acordo, caramba. Diga-me o que você acha que sabe e me diga a verdade, ou que Deus me ajude… — Percorro a sala, procurando por qualquer coisa que possa ajudar na minha busca pela verdade. Meus

RACHEL LEIGH

olhos pousam em uma garrafa de cerveja meio vazia na mesa de cabeceira. Eu a pego e despejo o conteúdo no chão. Respingos atingem minha perna quando o líquido entra em contato com a madeira.

— Que diabos está fazendo? a Neo pega a garrafa, mas a seguro antes de levantá-la no ar.

— Não me tente, Neo. Vou estourar esta garrafa na sua cabeça, depois usarei o vidro quebrado para cortar seu pau, se você não me contar a verdade agora mesmo, porra!

Ele imediatamente segura sua virilha e tenho certeza de que estamos chegando a algum lugar.

— Abaixe a maldita garrafa, Scar. — Dou um passo à frente e ele dá um passo para trás. Suas canelas batem na cama e ele se senta novamente. — Vou te contar, mas não interrompa. Me deixe terminar. Ok?

Inspiro profusamente e falo ao expirar.

— Prossiga.

Neo olha além de mim. Talvez porque não aguenta me olhar mais. Ele conseguiu o que queria de mim e, depois disso, ficarei invisível para ele.

— No último ano do ensino médio, sua mãe cometeu traição contra a Sociedade ao ter um relacionamento com um estranho.

— Uau. Agora eu sei que isso é mentira. Minha mãe estava com meu pai no último ano dela.

Ele levanta uma sobrancelha carrancuda.

— Posso terminar?

Aceno com a mão, dizendo-lhe para continuar.

— Não sei todos os detalhes do relacionamento entre seu pai e esse cara, mas sei que sua mãe foi pega pelos Ilegais e exposta para toda a escola. Esse cara deveria ser apresentado para contar a verdade, porém, antes que pudesse, ele desapareceu. Na verdade, dizia-se que estava morto, mas nunca esteve. O caso foi levado às autoridades locais por sua mãe, mas os Anciãos os silenciaram, colocando tudo em uma pasta e guardando-a, para nunca mais ser aberta.

Minha mãe foi às autoridades locais? Isso não faz sentido. Minha mãe sabe que os Sangue Azul não envolvem autoridades externas.

— Por que ela simplesmente não foi para os Anciãos?

— Ela foi. Era uma estudante do ensino médio e tinha um relacionamento proibido com alguém de fora. De jeito nenhum eles queriam que esse cara fosse encontrado, sem mencionar…

SEGREDOS DISTORCIDOS

Meu coração galopa na velocidade da luz.

— Sem mencionar, o quê?

— Quem ele é… ou era?

— Droga, Neo. Apenas me diga. Quem é esse cara com quem você afirma que minha mãe teve um relacionamento secreto? — Sua boca se abre, mas as palavras não saem. — Apenas me diga. Vamos. Você não está gostando disso, Neo? É o que sempre quis. Destruir meu mundo. Me conta. Quem diabos é ele?

— Acredite ou não, Scar. Não estou gostando nem um pouco disso. Não estava na minha lista de coisas para fazer hoje e agora que chegou a hora de te contar, não é tão satisfatório quanto pensei que seria.

Minhas vias respiratórias se abrem e eu grito:

— Quem diabos foi?

— Era… um Beckett.

Eu suspiro audivelmente, ambas as mãos apertando meu peito.

— Não.

Neo acena com a cabeça, reafirmando o que acabou de dizer.

— Sua mãe dormiu com Jeremy Beckett e engravidou, depois dormiu com seu pai e fingiu que você era filha dele por todos esses anos. Você é o produto da vingança, Scar.

— Meu pai não é meu pai? — murmuro, nem mesmo acreditando enquanto as palavras saem da minha boca. — Não. Isso não é verdade. — Olho para ele novamente, esperando e torcendo para que comece a rir e diga que está brincando comigo. — Onde você conseguiu essa informação?

— Meu pai me contou quando eu tinha doze anos. Foi um dia depois de eu ter puxado seu cabelo porque você entrou no meu quarto.

— Você puxou meu cabelo inúmeras vezes. Espera que me lembre disso?

— Não. Mas realmente importa quando ele me contou? O fato é que ele me contou. Enraizou na minha cabeça que você era uma inimiga e que qualquer tipo de relacionamento com você seria letal. Tanto é verdade que ele se refere a você como uma cobra.

Não entendo por que Sebastian diria tal coisa a Neo. Ele realmente acredita que sou meio Beckett, meio Sunder? Se ele tivesse algum motivo para acreditar que Kol Sunder não era meu pai, ele lhe diria. Eles são amigos.

Mas eles não são amigos. Essa é outra mentira em que fui levada a acreditar durante toda a minha vida.

— Eu tenho que ir — deixo escapar.

Neo salta da cama, seguindo meus passos enquanto caminho até a porta.

— Onde você está indo?

Giro, com as mãos no ar.

— Não sei. Não faço ideia, Neo. Mas tenho que ir a algum lugar. Preciso saber a verdade.

— Ei, Scar — Neo chama, me parando enquanto seguro a maçaneta da porta. — Se vale de alguma coisa, não quero mais te machucar. Guardarei seu segredo se quiser.

Respiro fundo, o que sacode meu peito.

— Obrigada — digo, antes de abrir a porta e sair.

— Crew! — grito, batendo com os dois punhos na porta de madeira do dormitório onde eles estão hospedados. — Jagger! Por favor. Abram. — Colocando meu cabelo em volta dos ombros, cubro o chupão do tamanho de uma bola de golfe que Neo deixou em meu pescoço. Não sei qual é o problema com esses caras e chupões, mas tem que ser algum tipo de controle.

A porta se abre e eu me jogo nos braços de Crew, soluçando descontrolada.

Seus dedos penteiam meu cabelo desgrenhado, seu outro braço me segura perto.

— Amor, o que há de errado?

— Eu... — Engulo a saliva acumulada em minha boca. — Eu estou... — Engulo em seco e gaguejo, lutando para respirar. — Tudo.

Crew se afasta, suas mãos agora em concha em meu rosto. Sua cabeça abaixa ligeiramente, para que possa ver meus olhos.

— O que diabos ele fez com você?

— Eu acho... acho que ele acabou de arruinar minha vida.

— Venha sentar e me contar tudo. — Ele pega minha mão e me leva até um sofá duplo. O quarto não é nada parecido com aquele que Riley e eu dividíamos. Há uma pequena cozinha à direita, uma pequena sala de estar e duas portas que levam, presumo, aos quartos dele e de Jagger. Não é um dormitório; é um apartamento pequeno.

— Onde está Jagger? — pergunto a ele, meus olhos dançando pelo pequeno espaço. Não tenho ideia do que estou procurando porque, obviamente, Jagger não está aqui, mas...

Quando uma das portas se abre, minhas palavras desaparecem. A princípio, acho que é Jagger, mas quando meus olhos arrastam um par de pernas lisas e nuas e passam pela toalha branca, vejo que é Hannah.

Meus olhos se voltam para Crew.

— Porque ela está aqui?

— Ignore-a — pede, antes de voltar sua atenção para Hannah. — Dê-nos um minuto, por favor.

— Por. Que. Ela. Está. Aqui. Crew?

Ele ainda está segurando minha mão, então a afasto dele.

— Onde está Jagger? Ele está aí dentro? — Fico de pé, que me imploram para fraquejar, e atravesso a sala até a porta, toda trêmula e desequilibrada. Meu coração está batendo um milhão de batidas por minuto enquanto abro a porta. Assim que consigo ver claramente o interior do quarto, grito: — Jagger?

Hannah enfia a cabeça para fora do banheiro adjacente, o vapor saindo com ela. Ela acena em direção à cama.

— Ele está dormindo. — Então fecha a porta novamente.

Eu vou matá-la. Mas primeiro vou cortar o pau desse idiota.

Meus pensamentos me escapam enquanto vou até a cama e arranco o edredom preto dele. Com certeza, deitado de bruços, com a bunda nua, está Jagger. Estou tentando muito não tirar conclusões precipitadas porque sei que sempre dorme nu, mas é muito difícil não fazer isso quando outra garota está aqui.

Levanto a mão, descendo a palma aberta em sua bunda nua.

Ele dispara na cama, com o pau mole pendurado entre as pernas.

— Que porra é essa? — rosna, acariciando a bunda onde está a marca da minha mão. — Scar? O que você está fazendo?

Meus braços cruzam sobre o peito, quadril levantado, e faço uma careta para ele.

— Você primeiro. O que diabos você estava fazendo?

— Você esteve chorando?

De joelhos, ele se move pela cama para se aproximar de mim, mas levanto a mão.

— Não!

RACHEL LEIGH

Suas mãos voam enquanto ele olha ao redor da sala.

— O que eu fiz?

A voz de Hannah surge por cima do meu ombro.

— Obrigada por me deixar usar seu chuveiro. Vejo você amanhã na escola.

Minhas sobrancelhas desabam e fico furiosa.

— Você ainda tem que perguntar?

Ele aponta para a porta, onde Hannah acabou de sair para a sala de estar.

— O que diabos ela está fazendo aqui?

— Não se faça de bobo comigo, Jagger.

Crew chega à porta e Jagger pega sua boxer do chão, passando um pé de cada vez, antes de soltar a faixa em volta da cintura.

— Eu estava dormindo, porra. Não sabia que ela estava aqui. Você acha que...? Não, Scar. De jeito nenhum. Eu não fodi aquela garota.

— Não fodeu? — Minha pergunta não é de ingenuidade. Não tenho motivos para não acreditar em Jagger e, se ele disser que nada aconteceu com Hannah, confio nisso.

— Claro que não.

— Então por que ela está aqui?

Jagger pega uma calça jeans de sua cômoda e a veste, em seguida procura uma camisa em uma gaveta aberta.

— Foda-se se eu sei. — Ele olha para Crew, sabendo que tem a resposta, então faço o mesmo.

— Crew? — falo devagar. — Você sabia que Hannah esteve aqui esse tempo todo?

Ele encolhe os ombros casualmente, um brilho de humor brincando em seus lábios.

— Beleza. Sim. Só pensei que seria engraçado ver você bater em Jagger. Hannah descobriu que foi Melody quem a empurrou nos túneis. Acho que Riley deixou escapar quando Melody ficou com ela naquela noite. Desde então, todo mundo conhece o Stalker da BCA, só não sabe quem é.

— Então você — digo, olhando para Crew —, um dos maiores idiotas daqui, fez um favor a ela e a deixou usar o chuveiro?

— Porra, não. — Crew bufa, entrando mais na sala. — Pegamos este dormitório de Victor Hammond e seu colega de quarto e os colocamos com outros caras. Aparentemente, Victor e Hannah têm algo rolando, então ela veio aqui para usar o chuveiro *dele* e nos encontrou. Eu concordei, desde que ela ficasse de olho em Melody. Só para o caso de ser ela quem ainda está ajudando Jude.

Isso faz mais sentido. Pobre Hanna. Ela deve estar sofrendo, sabendo que foi sua melhor amiga quem empurrou sua cabeça contra a parede. Isso é quase imperdoável. Então, novamente, eu fiz pior.

Tudo o que fiz me atinge de uma só vez, tirando meu ar. Deixo-me cair na cama e as lágrimas começam a cair de novo. Só que desta vez elas não superam a notícia que Neo acabou de compartilhar comigo; tudo isso por causa do que fiz para obter essa informação. E mesmo que eu não tivesse nada a ganhar com isso, acho que teria feito sexo com Neo de qualquer maneira.

Meu rosto enterra-se em minhas mãos, meu choro ecoa pelo espaço vazio entre meus dedos.

— Eu errei, pessoal. Realmente errei.

Quando o peso do colchão muda, olho para a esquerda e vejo que Crew sentou-se de um lado meu, enquanto Jagger está sentado do outro.

— Devo a vocês um grande pedido de desculpas. Eu nunca deveria ter afastado nenhum dos dois, mas, sendo egoísta, eu afastei.

— Eu sempre soube que havia um motivo, amor. Só queria lhe dar o tempo que você precisava. — Crew envolve os dedos nos meus e os segura no meu colo.

— Eu nunca quis Neo. Quero dizer... não um relacionamento com ele, ou realmente qualquer coisa nesse sentido. Dizer em voz alta me faz perceber o quão falso isso é. Neo está na minha cabeça há dias. Atribuo isso ao fato de estar muito perto dele, mas é mais do que isso. Esta noite não era apenas sobre ele guardar um segredo de mim. Eu o queria e, da pior maneira, consegui.

— Ele te forçou a terminar as coisas conosco, não foi? — Desta vez, é Jagger quem fala, mas sua voz não é de simpatia, está misturada com raiva, como deveria ser. Com os braços ao lado do corpo, ele aperta a camiseta com força em uma das mãos. Com tanta força que o branco dos nós dos dedos se projeta. Me mata que eu o tenha machucado tanto.

É hora de ser honesta. Não espero que eles me perdoem pelo que fiz, porque nem tenho certeza se posso me perdoar, mas devo a eles a verdade sobre o que fiz e quem sou.

Olho para Crew e depois para Jagger, antes de dizer:

— Há algo que vocês dois precisam saber.

Eles não dizem nada, apenas esperam impacientemente para ouvir o que tenho a revelar.

RACHEL LEIGH

— Isso vai ser um choque e não espero que vocês acreditem, mas...
Jagger gira a mão no ar.

— Mas o quê? Fala logo.

Engulo em seco antes de dizer:

— Maddie está acordada.

Os olhos de Crew se voltam para os meus.

— O quê? Maddie está acordada? Como você sabe disso?

— Porque ela está aqui, na Academia. Ela não desapareceu. — Limpo meus olhos úmidos e fungo. — Um médico informou a Neo que Maddie estava sendo mantida em coma induzido. Ele a tirou de lá e, quando ela não estava mais recebendo o sedativo por via intravenosa, acordou.

— Espere. — Crew nega com a cabeça, achando difícil de acreditar, assim como eu fiz quando a vi aqui pela primeira vez. — Maddie está aqui?

Jagger puxa a camisa pela cabeça e não diz nada. Uma vez vestido, apenas fica parado com as sobrancelhas bem unidas e as mãos no bolso da frente da calça jeans preta.

— Sim. Ela está aqui. Eu a vi. Conversei com ela. Rimos. Choramos.

Crew dá alguns passos, mantendo seus pensamentos para si, mas eu gostaria mais do que qualquer coisa de poder ouvi-los.

Estou observando Crew atentamente, quando Jagger finalmente fala, seu tom áspero.

— Claro que sim. É a porra do Neo. — Sua atenção se volta para mim. — E você sabia o tempo todo?

— Eu queria contar a vocês...

— Mas você não fez isso. Em vez disso, você nos afastou, enquanto você e Neo brincavam de casinha com Maddie. Estou certo? — Aproximo-me dele e pego sua mão, mas ele a puxa de volta. — Não.

— Não é assim, Jagger. Neo me chantageou.

Os movimentos do corpo da Crew congelam por um momento.

— Chantageou você com o quê?

Meu coração se aperta ao lembrar do que Neo me contou. Ainda é tão bruto, e nem tenho certeza se há alguma verdade por trás disso, mas, mesmo assim, sinto a dor de suas palavras dentro de mim.

— Você transou com ele? — Jagger pergunta, à queima-roupa.

Estou surpresa com a pergunta dele, sem realmente esperar por isso. Minha boca se abre, mas tudo o que sai é:

— Eu...

— Você transou com ele? — repete. — É uma pergunta simples de sim ou não. — Sua mão se estende e ele vira meu cabelo para o lado, expondo a marca no meu pescoço.

Jagger aceita meu silêncio e o chupão como resposta. Seus lábios recuam e ele mostra os dentes.

— Porra, inacreditável, Scar.

Agarro seu braço, mas ele o arranca.

— Você teve muita coragem de vir aqui e me atacar porque pensou que eu dormi com outra garota, o que não aconteceu, aliás. — Com os ombros puxados para trás e o peito inflado, ele corre em direção à porta e não para.

— Jagger, espere. — Tento ir atrás dele, mas sou impedida quando Crew estende o braço na minha frente.

— Não tão rápido.

Eu desmorono naquele segundo.

— Sinto muito, Crew. Nada disso deveria acontecer.

A decepção nos olhos de Crew me corta com a potência de uma faca.

— Então é verdade. Você transou com ele? — Ele observa a marca, mas ainda exige uma resposta. — Sim ou não?

Quebro o contato visual, abaixo o queixo e aceno com a cabeça.

Crew joga meu braço fora como se fosse lixo.

— Aquele filho da puta. — Ele se vira, me dando as costas. Seus joelhos dobram e ele se curva, depois se levanta, o tempo todo puxando os cabelos dos dois lados da cabeça. Tão rápido quanto me soltou, ele me agarra novamente. Ambos os braços desta vez, seus olhos no mesmo nível dos meus. — Ele estuprou você? Basta dizer a porra da palavra, Scar, e eu o mato.

Balanço a cabeça, dizendo-lhe a verdade.

— Não.

— Então você quis? — Ele exala dramaticamente, o queixo tiquetaqueando ao esperar minha resposta.

Uma porta do lado de fora se fecha, me assustando, e sei que era Jagger saindo.

— Eu tive que fazer isso, Crew. Ele sabia coisas a meu respeito que ficaria usando contra mim se eu não...

Ele puxa o ar com força, prendendo-o.

— Deixe-me ver se entendi. Neo sabia um segredo sobre você e

RACHEL LEIGH

ameaçou expô-lo se você não dormisse com ele? — Meu peito está tão apertado. Mal consigo respirar. Muito menos pensar ou falar. — Preciso que seja honesta comigo, Scar.

Se eu admitir que foi isso que aconteceu, não tenho dúvidas de que ele irá atrás de Neo. O que ele não vai entender é que, no final das contas, eu queria isso tanto quanto Neo.

— Neo fez o acordo, mas eu aceitei porque era o que eu queria. Nos últimos dias, vi um Neo mais humano. Eu... eu o vi de forma diferente.

— Você o viu de uma forma diferente e decidiu pular na cama com ele? Meu Deus, Scar. Sabe como isso soa?

Deixo cair a cabeça para trás, os olhos fechados, e organizo meus pensamentos. É quase impossível explicar como me sinto, porque nem eu mesma tenho certeza. Desde que beijei Neo, algo despertou dentro de mim. Foi um momento de clareza, e depois de ouvi-lo me dizer que foi seu pai quem fez a lavagem cerebral nele contra mim, tudo mudou. Neo não estava mentindo quando disse que toda minha vida mudaria uma vez que eu soubesse o segredo que ele guardava.

Ergo a cabeça e confesso que fiz o melhor que pude.

— Sei que parece ridículo.

— Ridículo? — Crew cospe. — É incompreensível. O quê? Você planeja foder todo cara que abre um sorriso ou te elogia ou mostra um lado diferente?

Por instinto, dou-lhe um tapa na cara.

— Como você ousa me julgar!

— Bem, o que diabos você espera? — Suas narinas se dilatam enquanto ele afaga a bochecha, sua voz aumentando a cada palavra. — Primeiro Jagger e agora Neo. Está tentando construir seu próprio harém ou o quê?

— Não! — grito, raiva e dor se libertando ao mesmo tempo. — Eu errei, Crew! Desculpe. Eu... eu não sei mais o que dizer. Eu acho... vá falar com Maddie. Você vai ficar melhor com ela. — Saio furiosa do quarto, lágrimas caindo pelo meu rosto enquanto vou direto para a porta.

Quando saio, nem me preocupo em olhar por cima do ombro para ver se Crew está me seguindo, porque sei que não está.

Eu nem sei mais quem sou. Quando cheguei à Academia, alguém me disse que este lugar iria me destruir. Não tinha entendido até agora quão verdadeiras eram essas palavras.

Uma lembrança do meu primeiro dia aqui surge em minha mente. Foi algo que Riley disse.

— Ei — Riley sussurra, me puxando para o lado da trilha —, quer ouvir um segredo?

— Você sabe que sim.

— Ouvi um boato de que um membro já teve um relacionamento com um estranho aqui no BCA e, quando os Ilegais descobriram, mataram o cara.

— Vamos lá — jogo a mão no ar — você não pode acreditar em tudo que ouve. Claro, todos os Ilegais, naquela época e agora, são idiotas, mas não são assassinos de verdade. — Mesmo que não tenha sido há muito tempo, presumi que todos eram capazes. Engraçado como as coisas mudam.

Seus ombros se levantam e ela estala a língua.

— Não sei. Acho que você ficaria surpresa.

É possível que o membro a quem ela se referia fosse minha mãe? Neo disse que o cara, sendo Jeremy Beckett, desapareceu e foi dado como morto. Faria sentido que Riley soubesse que o cara tinha morrido.

Só há uma maneira de descobrir. Preciso que Riley me conte tudo o que sabe.

RACHEL LEIGH

CAPÍTULO VINTE

CREW

Vá falar com Maddie. Você vai ficar melhor com ela.

As palavras de Scar se repetem na minha cabeça, e não importa o quão alto *Bother*, de Stone Sour, esteja explodindo em meus ouvidos, não abafa o som de sua voz.

Como posso estar melhor com Maddie, se isso significa ficar sem Scar? De jeito nenhum. Minha mente não consegue sequer compreender a possibilidade de uma vida sem Scar.

Maddie não é dona do meu coração, Scar sim.

Preciso dela como preciso de ar.

A música para de repente, garantindo um olhar furioso para Jagger.

— Que porra é essa, cara?

— Não consigo pensar com essa merda tocando. — Ele puxa um banquinho ao meu lado e se senta. Seus cotovelos pressionam a ilha central. — Você já foi vê-la?

Minha resposta é direta:

— Não.

— Ela sabe que você está aqui agora. Então, o que está acontecendo? Não está pronto para vê-la?

Jagger e eu viemos aqui para descobrir se era verdade. Com certeza, Scar estava certa. Maddie está aqui, viva e bem.

Fecho os olhos com força, tentando ao máximo lembrar como Maddie era antes da queda. Tento dar vida ao sorriso dela na minha cabeça. Agarro-me a qualquer coisa por um sentimento que não existe. Durante anos, tentei sentir algo diferente de amizade por Maddie. Ela tem todas as qualidades que qualquer cara adoraria, mas não é Scar. No passado, eu considerava que cada dia que passava era mais tempo para esperar por Scar, mas agora não posso fazer isso. Não vou mais fingir.

Neo entra na cozinha, e Jagger e eu compartilhamos palavras não ditas com apenas um olhar.

— Vocês dois parecem que alguém morreu. Isto é uma celebração. Não um funeral.

Giro na minha cadeira, olhando ferozmente para Neo.

— Deveria ser o seu.

Suas mãos batem palmas em seu peito enquanto ele sorri.

— Então, vocês dois podem compartilhá-la, mas não posso ter a minha vez?

Jagger empurra o banquinho para trás e fica de pé, e eu faço o mesmo. Três passos colocam Jagger cara a cara com Neo, enquanto o sigo, ficando às suas costas. Neo enrola os dedos, incitando Jagger.

— Ah, quer lutar comigo por ela? Eu te desafio.

— Lutar com você por ela? Ela já é minha, idiota.

— Não, ela não é. Na verdade, não é de nenhum de vocês. Se bem me lembro, ela terminou com os dois antes de pular na cama comigo. E agora que provou, vai querer mais. Elas sempre querem.

Estou observando o punho direito de Jagger em câmera lenta quando ele encontra a bochecha esquerda de Neo, fazendo sua cabeça virar para o lado. Ele nem imaginou que isso aconteceria, o que torna tudo ainda mais satisfatório.

Jagger e eu somos parecidos em muitos aspectos, mas tenho a capacidade de manter a calma. Ele, por outro lado, não tem medo quando se trata de alguém pisando em seu território. Neste caso, esse território é Scar. Ele está chateado com ela, mas está mais magoado do que qualquer coisa e expressa sua dor com raiva e violência.

Neo, que geralmente recua na tentativa de difundir qualquer situação como essa comigo ou com Jagger, retalia desta vez. Seu braço envolve a garganta de Jagger e o segura no lugar com as costas de Jagger contra seu peito. Ele tem pressão suficiente em volta do pescoço para deixar Jagger de olhos arregalados. Ele abre a boca, lutando para respirar.

Eu me posiciono na frente de Jagger, agarrando o braço de Neo e tentando me livrar dele.

— Deixa ele, cara. Você vai matá-lo.

— Para quê? Para que ele possa me dar um soco de novo?

Não sou de lutar ou tomar partido, mas estava demorando até para eu erguer o punho e acertar um soco na mesma bochecha que Jagger acabou de socar. Neo perde o controle sobre Jagger, que se agacha, recuperando o fôlego.

A mandíbula de Neo se aperta e ele roça sua bochecha com os dedos.

— É claro que vocês dois se uniriam contra mim. Faz anos que se unem.

— Se unir contra você? — Rio baixinho, batendo em ambos os lados da minha cabeça. — Você está delirando? Viu o que você fez, porra?

— Ah, sim. Eu sou o idiota por tentar proteger minha irmã?

— Isso não é sobre Maddie, Neo!

— Mas não é? Não é Maddie onde tudo isso começa e termina?

— Não — eu bufo. — Não comigo. Maddie não é meu final feliz. Scar é.

— Bem, se você sabe onde está pisando, não mencionará absolutamente nada sobre você e Scar agora. Quebre o coração da minha irmã, enquanto ela ainda está se recuperando, e eu arranco o seu do seu peito com minhas próprias mãos.

— A última coisa que quero fazer é machucar Maddie. Você deveria saber disso. Só porque não estou apaixonado por ela, não significa que não me importo com ela.

— Bem — ele sorri —, conte a ela sobre você e Scar e vai doer como o inferno.

— Não estou falando sobre isso agora. Além disso, não é da sua conta. Maddie é adulta e você não pode proteger o coração dela para sempre.

Neo esfrega a nuca, olhando para o chão.

— Eu posso tentar o meu melhor.

— Olha. Esta conversa não é sobre Maddie, nem mesmo sobre Scar. É sobre você e a maneira como trata as pessoas com quem você se importa.

— Me importar? — zomba. — O que faz você pensar que eu me importo com algum de vocês? Ninguém dá a mínima para mim. Por que eu deveria me preocupar com algum de vocês?

— Você não dá chance a ninguém. Tenta roubar a felicidade de todos, apenas para ter um momento só seu. Bem, como se sente? Está feliz agora?

Ele gira o pescoço, as sobrancelhas baixas em uma carranca pesada.

— Não. Eu não estou feliz. Nem sei mais o que é felicidade, Crew. Pelo menos eu não sabia, até esta noite.

Jagger endireita as costas e fica claro que ele está lutando contra a vontade de derrubá-lo novamente.

— Aí está. Tentando esfregar essa merda na nossa cara de novo.

— Acha que é isso que estou fazendo agora? Esfregar na sua cara que acabei de destruir o coração da sua garota? Não é o que estou fazendo. — Neo caminha até a entrada da sala e para, com as duas mãos pressionadas na moldura, e abaixa a cabeça. — Eu não sabia mais como era a felicidade até hoje à noite, porque descobri exatamente como *não é*. E com certeza não foi felicidade o que senti quando destruí o mundo dela.

Suas mãos caem para os lados e ele caminha lentamente pela porta, desaparecendo na sala de estar.

Olho para Jagger, que está tão atordoado quanto eu.

— Corrija-me se eu estiver errado, mas isso foi quase... sincero?

Jagger coça a cabeça e ergue os ombros.

— Não tenho ideia do que pensar quando se trata desse cara.

Meu estômago está todo embolado. O peso da culpa que carreguei durante todos esses meses é subitamente insuportável. Levanto a mão para bater, mas meus movimentos congelam. Então deixo cair a mão de novo.

Já fiz mal a muitas pessoas na minha vida e geralmente não é problema para mim continuar andando com a cabeça erguida. Há alguns poucos por quem derrubo minhas barreiras e Maddie é uma delas, junto com Jagger, Neo e, claro, Scar. Não importa que Maddie e eu nunca seremos um casal, o que importa é que ela sempre foi uma das minhas melhores amigas. Parte de mim pensa que fiquei tanto tempo com ela por medo de perder aquela amizade, junto com a de Neo. Mas não posso mais viver com medo. A vida é muito curta para se contentar com alguém que não acende o fogo dentro de você. Scar acendeu aquele fogo anos atrás e, embora a chama possa ter tremeluzido de vez em quando, ela nunca se apagou.

Você tem que fazer isso, Crew. Basta entrar. Você não vai lá para ver uma namorada ou uma ex. Vai ver uma de suas melhores amigas.

Bato os nós dos dedos suavemente na porta.

— Entre.

O som da voz dela atingindo meus ouvidos é como música — me lembrando de uma canção que ela adorava ouvir: *Drops of Jupiter*, de Train. E quando abro a porta e a vejo sentada ali, é certo que ela voltou de sua estadia na lua.

RACHEL LEIGH

— Ei, linda.

Ela sorri e me pego fazendo o mesmo.

— Oi, Crew.

O peso diminui lentamente enquanto atravesso a sala até uma cadeira vazia ao lado da cadeira de rodas em que ela está sentada.

Aceno em direção à cadeira antes de me sentar.

— Você se importa?

Seus braços se abrem bem.

— Eu recebo um abraço primeiro?

— Sim. Claro. — Inclino-me, envolvendo-a em um abraço. Ela parece tão frágil em meus braços, mas a sensação é de que é a mesma garota. Seu cabelo está mais comprido e as maçãs do rosto mais pronunciadas, o que presumo ser por ter sido alimentada com nutrientes por sonda por tanto tempo. Mas, fora isso, ela é a mesma Maddie que sempre conheci.

Eu me afasto e agarro a cadeira, girando-a na frente dela e sentando-a de costas. Meus braços no encosto.

— Como você tem se sentido?

— Entediada. — Ela bufa. — Tão entediada. O que eu não daria para ficar de pé e brincar de algo infantil como esconde-esconde agora mesmo.

Eu ri.

— Aqueles eram dias e tanto.

— E você? Como vai?

Como vou? É uma boa pergunta.

— Você acreditaria em mim se eu dissesse que estou bem?

Seus lábios formam uma linha fina e ela balança a cabeça.

— Eu conheço você, Crew. Seus olhos não mentem.

— Ah, é? — Descanso a cabeça nas mãos. — O que eles estão dizendo a você agora?

Ela se aproxima, franzindo o cenho enquanto disseca meus olhos.

— Você está triste. Perdido, talvez.

— Acho que você está certa. — Eu rio. — Meus olhos não mentem.

Maddie ajeita o cobertor branco de chenille no colo e se recosta, ficando confortável.

— Escute, Crew. Eu não acordei idiota. Estou bem ciente de que, enquanto eu dormia, você estava acordado e vivendo sua vida. Não quero que pense que não estou levando isso em consideração. A pessoa que você era antes de eu cair não é a pessoa que você é agora. E o mesmo vale para mim.

— O que você está dizendo, Mads?

— Acho que o que estou tentando dizer é que não espero que continuemos de onde paramos... a menos que você queira.

Desviando o olhar, mordo meu lábio inferior. Maddie pega a ação.

— Evitando contato visual, mordendo o lábio. Você está esquecendo que te conheço desde que nós dois usávamos fraldas?

— Sabe — olho para ela —, acho que você provavelmente me conhece melhor do que qualquer um. Não importa o que aconteça, não quero te perder, Mads.

— Um milhão de anos-luz poderia se passar e você ainda teria a mim. O que quero saber é: eu perdi você?

— Não — digo honestamente —, você nunca vai me perder. Você é minha melhor amiga.

Maddie assente, e agora é ela quem morde o lábio e desvia o olhar.

— Melhor amiga, hein? — Engulo em seco, esperando que ela não tenha entendido mal. — Eu consigo aguentar isso. — Ela estala os dedos para mim, os olhos brilhando. — Mas tenho que vir antes de Neo. Pode ser o nosso segredo, mas preciso que diga as palavras.

Eu rio.

— Você vem antes de Neo. Mas é o nosso segredo. — Maddie estende o dedo mínimo e eu o envolvo com o meu. — Estou feliz que você está de volta.

— Eu também.

Maddie e eu passamos uma hora inteira conversando. Ela faz muitas perguntas sobre mim, a Academia, Jude e até mesmo Scar. É bom ter minha amiga de volta. Ela não sabe sobre mim e Scar e pode levar algum tempo para se acostumar com isso, mas agora ela está feliz e isso é tudo que importa.

Em um ponto da nossa conversa, ela mencionou que Neo e Scar estavam juntos, e mantive meus lábios fechados porque, caramba, talvez eles estejam começando alguma coisa. Sempre soube que Neo mantinha uma parte de seu coração aberta só para ela, provavelmente a única parte que não está carbonizada. Durante suas brigas e ameaças, eu sempre ficava de braços cruzados enquanto as faíscas voavam. Mas nunca deixei que isso afetasse o que tive com Scar, porque sei que o que temos é real. Seu relacionamento com outras pessoas não prejudica seu relacionamento comigo.

Neo estava brutal esta noite. Jagger e eu vimos uma parte dele que não

RACHEL LEIGH

víamos há anos. Desde que sua mãe morreu, ele não consegue expressar nenhuma emoção além do ódio. Algumas semanas atrás, estávamos caminhando até o rio para tentar pegar o Stalker — o que foi um fracasso —, mas Neo continuou enchendo o saco de Scar. Ele estava sacudindo o capuz dela, flertando com ela. Foi quando eu soube que ele estava escondendo seus sentimentos. Neo não flerta e certamente não deixa uma garota fazê-lo rir, a menos que seja uma risada sinistra.

Não tenho dúvidas de que há algo acontecendo, mesmo que ambos neguem. Jagger também sabe disso. É por isso que anda tão irritado ultimamente. Ele está preocupado que a estejamos perdendo para Neo, e não importa o quanto eu tenha enfiado em sua cabeça que não estamos, ele não consegue acreditar.

Então agora precisamos conversar. Nós quatro.

CAPÍTULO VINTE E UM

SCAR

— Tudo. Preciso que me conte tudo o que sabe sobre o caso — imploro a Riley, sabendo o tempo todo que ela pode estar limitada no que pode confessar. Ela já disse que não há muito o que contar no caso do aluno ter um relacionamento proibido com alguém de fora, mas tem que haver mais. O cara supostamente morreu nas mãos dos Ilegais. Alguém tem que saber alguma coisa.

Ela passa o rímel nos cílios e se inclina perto do espelho do banheiro do dormitório.

— Honestamente, Scar. Não há muito o que contar. — Ela pisca a cada passada, cobrindo os cílios. — Tudo o que ouvi foi bisbilhotando no verão antes do meu primeiro ano aqui.

Pressiono as palmas das mãos atrás de mim contra a penteadeira fria e viro a cabeça para observá-la.

— Quem você estava bisbilhotando? Por que a conversa começou? Como terminou?

Passando para o próximo olho, ela se observa no espelho enquanto fala.

— Foi um encontro da Seção. Provavelmente sete a nove Anciãos estavam reunidos na sala de reuniões, enquanto eu estava jogando no meu telefone do lado de fora da porta. Eles estavam falando sobre uma integrante feminina tendo um caso com um estranho. Disse que o cara iria testemunhar contra ela diante do corpo estudantil, para que pudesse ser punida, mas ele morreu primeiro. Aparentemente, ela tinha uma conexão com um dos membros do Ilegais e ele a ajudou ou algo assim.

Algo assim? A casualidade de seu tom me faz desejar que esta fosse apenas uma conversa insignificante. Não tenho dúvidas de que minha mãe era aquela aluna. E o membro dos Ilegais com quem ela tinha uma ligação — ninguém menos que meu pai, ou quem eu pensava que era, Kol Sunder.

Tudo o que Riley está dizendo combina perfeitamente com o que Neo disse.

Meu coração dói com uma agonia insuportável. O pavor toma conta de mim. Perdi minha identidade e não tenho mais ideia de quem sou ou de onde pertenço.

Atrevo-me a confessar isso a Riley, ou a qualquer pessoa, aliás? Para onde eu vou daqui?

— Ei — Riley chama, enfiando o bastão de rímel de volta no tubo. — Qual é o problema?

Tiro as mãos da pia e me viro para me olhar no espelho. Estou uma bagunça. Um chupão no pescoço que me lembra que sou uma puta. Olheiras envolvem meus olhos vermelhos e cansados. Meu cabelo ainda está emaranhado por ter feito sexo com Neo. Na verdade, o seu esperma seco ainda está no meu pescoço. Não tomei banho, não comi. E não o farei até saber a verdade.

— Eu fiz uma bagunça, Ry. — Aperto os lábios com força, lutando contra a vontade de desabar. — Acho que preciso ir para casa. — Assim que as palavras saem da minha boca, eu perco o controle.

Riley me abraça com força, enquanto soluço na manga do seu roupão. O mesmo roupão que acabei de devolver para ela.

— Em primeiro lugar, qualquer bagunça que tenha sido feita, podemos limpar. Em segundo lugar, você não vai embora. Você não é de desistir, Scarlett Sunder.

— Talvez eu seja. Talvez seja por isso que não gosto de mudar ou de tentar coisas novas, porque tenho medo de desistir quando as coisas ficarem difíceis.

Riley agarra meu rosto para que eu fique olhando para ela.

— Escuta. Você é uma das garotas mais duronas que conheço. Se alguém deveria desistir, sou eu. Sou a pior Guardiã do mundo. Sou como um duende na oficina do Papai Noel, que não sabe construir brinquedos. Que tipo de elfo não consegue construir brinquedos? Melhor ainda, que tipo de Guardião não consegue resolver um caso?

Nós duas rimos e é um belo momento de alívio cômico. Dou um passo para trás e limpo o nariz com as costas da mão.

— Você é uma ótima Guardiã.

— Não, eu não sou. Eu sou terrível. Mas não vou desistir e você também não. Agora me diga por que acha que bagunçou tudo.

Olho-me no espelho novamente, odiando tudo em mim a cada palavra que sai da minha boca.

SEGREDOS DISTORCIDOS

— Eu fiz sexo com Neo.

Meus olhos encontram os arregalados de Riley no reflexo do espelho, e sua boca se abre.

— Você fez sexo com ele?

Concordo com a cabeça, os lábios franzidos e as lágrimas prontas para cair novamente. O nó na minha garganta aumentou e meu peito treme a cada respiração.

— Sim, e embora não goste de mim mesma pelo motivo de ter feito isso, não me arrependo. — Isso basta. Meu lábio inferior treme enquanto soluço de novo, mas não paro de falar. — E eu me odeio por ter gostado. Estou com tanta raiva por Neo ter me mostrado esse outro lado dele que ninguém mais consegue ver.

Riley esfrega minhas costas e eu abaixo a cabeça, olhando para a pia vazia.

— Scar, você não é uma pessoa má por ver o que há de bom em alguém que quer que o mundo pense que ele é um monstro.

— Mas fazer sexo com ele? O melhor amigo de Crew e Jagger? O que isso diz sobre mim?

— Diz que você é uma garota que sabe o que quer e encontrou isso em três caras diferentes.

Levanto a cabeça e esfrego os dedos sob os olhos encharcados de lágrimas.

— Não acho que Crew e Jagger verão as coisas dessa forma. Além disso, não quero um relacionamento com Neo. Ainda não suporto o cara metade do tempo. Ele ainda é um idiota egoísta.

— Então foi só sexo? Para conseguir o que queria dele?

— Acho que sim — concordo.

— Bem — Riley brinca —, o que ele tinha contra você? Não precisa me dizer se...

— Eu vou te dizer. — Giro para encará-la. — Mas você não pode contar a ninguém. Nem uma única alma.

Sei que posso confiar em Riley. Ela é uma das boazinhas e está ao meu lado desde o minuto em que entrei na Academia. Mas eu não a culparia por me denunciar. Afinal, sou uma fraude. Na verdade, pode facilitar as coisas. Ser expulso da Sociedade. Continuar com minha vida.

— Seu segredo está seguro comigo. Prometo.

— Aparentemente, eu não sou Sangue Azul — cuspi, sem nenhum processo de pensamento por trás disso. Não há tempo para enfeitar e

RACHEL LEIGH

embrulhar com um lindo laço. — Minha mãe teve um caso com um estranho. Um Beckett.

— Ai, meu Deus, Scar. Diga-me que sua mãe não é a garota dos rumores.

O fato de meus ombros afundarem e eu morder meu lábio diz a ela tudo o que minha falta de palavras não diz.

— Ok. — Ela assente com a cabeça, quebrando o contato visual. — Ok. Isto é bom. — Seu olhar volta para o meu. — Quem sabe?

— Obviamente o pai de Neo porque foi ele quem contou ao filho anos atrás. Aparentemente, é por isso que Neo sempre me desprezou. Todo esse tempo, ele me olhou como uma estranha. Não é de admirar que ele tenha sido tão cruel.

— Não dê desculpas pelo mau comportamento dele. Neo poderia ter confessado tudo antes de te foder. Mas por que agora? Por que ele está te contando isso de repente?

Encolho os ombros, porque não tenho a menor ideia.

— Acho que ele se divertiu e acabou. Acho que a intenção dele era me machucar ao me contar a verdade, mas, no final das contas, não acho que era isso que ele queria.

Riley levanta um dedo e começa a contá-los.

— Então... o pai de Neo, Neo, eu e você. São esses, pelo que sabemos?

— Pelo que eu sei? Sim. Ainda não contei a Crew, Jagger ou Maddie.

— Não conte — rebate. — Não conte a uma alma sequer até que tenhamos certeza.

— Mas como vamos descobrir a verdade?

Riley levanta uma sobrancelha, um sorriso travesso no rosto.

— Eu dou meu jeito.

— Obrigada — respondo, dando-lhe um abraço. — Obrigada por não olhar para mim como se eu fosse uma Beckett nojenta ou me evitar por ser mestiça.

— Sua mãe nasceu nesta sociedade, Scar. Você ainda tem Sangue Azul em suas veias. Na verdade, é hora de mostrar aos Becketts que sua tentativa de destruir nossas linhagens é um fracasso épico, porque nossa espécie se une como uma só, não importa o que aconteça.

Não tenho certeza de como ela fez isso, mas Riley me deu um pouco de otimismo. Só espero que os caras sintam o mesmo, quando souberem de onde eu realmente vim.

Terminamos nossa sessão de abraços e sigo Riley de volta ao quarto dela, para que possa se trocar e ir para casa comigo. Ela decidiu ficar mais uma noite, porque Melody assumiu completamente o controle de seu dormitório.

Uma vez lá dentro, fico confortável na cama de Riley enquanto ela se troca.

— Alguma notícia dos rapazes sobre Jude? — pergunto, sabendo que ela está em contato com eles sobre o plano. Tenho estado tão ocupada com todo o resto que nem pensei no que vamos fazer com ele.

Ela está entre as portas do armário, jogando roupas por cima do ombro.

— Não. Eles ainda estão convencidos de que é ele e eu ainda estou convencida de que não é.

— Não sei, Ry. As coisas não parecem boas para Jude. De qualquer forma, ele ainda é um... — Minhas palavras desaparecem quando uma revelação me atinge com força total.

Riley enfia a cabeça pela porta do armário.

— Ainda é um o quê?

Minha boca se abre e todo o sangue escorre do meu rosto. Sento-me, sentindo-me tonta.

— Sim. — Olho para ela. — Se Jeremy Beckett é meu pai, isso significa...

— Jude Beckett pode ser seu irmão.

Suspiro com a revelação. O cara que amarramos nos túneis poderia muito bem ter o mesmo sangue que o meu correndo em suas veias. Meio Sangue Azul. Meio Beckett.

Um enjôo se acumula em meu estômago. Quero arranhar minha pele e arrancá-la, porque sinto nojo de mim mesma por ser um deles.

— Não posso fazer isso, Ry. Eu tenho que saber. Temos que ir até Jude e perguntar se o pai dele já mencionou tal coisa. — Os olhos de Riley dançam com desconfiança. — O quê? Por que você está assim?

— Nada. Podemos ir, mas há algo que preciso lhe contar primeiro. — Quando faço um movimento com a mão no ar, pedindo para dar continuidade à conversa, ela tira algo do armário e o segura. — O que há na bolsa?

— O jantar de Jude.

— Você está alimentando ele, Ry? — provoco.

— Não podemos deixá-lo morrer de fome — rebate, sombriamente.

— Posso estar trazendo comida e água para ele... e dando na sua boca isso.

— Você está dando na boca dele também? — Meu tom aumenta. — Por quanto tempo?

Ela levanta um dos ombros.

— Desde ontem à noite, depois que estávamos todos lá embaixo. Fui

RACHEL LEIGH

até a esquina e comprei alguns lanches para ele e voltei. Nós conversamos, Scar. Ele me disse que fez algumas coisas ruins, mas não é ele quem está no controle. E eu acredito.

Não acredito no que estou ouvindo. Não sei por que estou tão surpresa depois da reviravolta dos acontecimentos de hoje. Neste ponto, não tenho certeza se alguma coisa pode me chocar de verdade tão profundamente.

— Ele afirma que não está no controle, mas disse quem está? — Ela balança a cabeça negativamente, então eu continuo: — Bem, aí está. Se ele estivesse fazendo toda essa merda, então pelo menos conheceria a pessoa que o forçou a isso, e nos diria, só para salvar a própria pele.

— Honestamente, não acho que ele saiba.

— Você confia demais, Ry. — Nego com a cabeça. — Demais.

— Só há uma maneira de saber com certeza. — Ela deixa cair o saco de papel marrom em cima da cama e volta para o armário. Quando dá um passo para trás, está segurando um cofre. — Precisamos examinar as evidências.

— Evidências?

Ela coloca a caixa na cama, depois vai até a cômoda e pega uma chave. Assim que a caixa é destrancada, ela abre a tampa.

— Como uma verdadeira Guardiã, colecionei coisas.

Depois de retirar uma pilha de papéis, ela entrega para mim.

— São as notas que ele deixou. Como você conseguiu isso?

— Digamos apenas que eu estava observando… muito. — Ela acena em direção aos papéis. — Comece a lê-los. Veja se há alguma familiaridade no que é dito. Talvez um link para alguém que você talvez conheça. Alguém que possa querer te expor. Possivelmente, outra pessoa que conheça o seu segredo.

Faço o que ela diz, começando pelo primeiro.

SE VOCÊ PENSA QUE ISSO É UM JOGO, VOCÊ ESTÁ MUITO ERRADA!

Então outro:

O SANGUE É MAIS ESPESSO QUE A ÁGUA!

Meus olhos se levantam e leio novamente, desta vez em voz alta.

— *O sangue é mais espesso que a água.* Acha que isso é uma pista?

— Ah, com certeza. Essa pessoa definitivamente conhece o seu segredo.

Levanto uma sobrancelha e digo a ela, mais uma vez, por que tenho certeza de que é Jude:

— Se fosse Jude, faria sentido. Porque ele seria... meu irmão. Meu sangue.

O silêncio de Riley é revelador. Aos poucos estou convencendo-a, então leio mais, na esperança de que veja a verdade.

OS JOGOS ACABARAM DE COMEÇAR!

Sim. Sem brincadeira, idiota. Você já jogou muitos jogos, mas eles estão chegando ao fim.

Eu leio mais alguns, então meu corpo fica dormente.

EU ESTAVA EM TODOS OS ANIVERSÁRIOS. VOCÊ SIMPLES-MENTE NÃO SABIA.

Lembro-me de encontrar este no meu quarto. Foi na noite em que Neo deu uma festa...

Neo, sendo o maníaco por controle que é, pega o envelope da mão de Jagger antes que ele possa ver o conteúdo. Seu dedo desliza sob a borda e ele enfia a mão dentro. Quando puxa a mão, está segurando uma foto.

Demoro um segundo, mas percebo que é uma foto minha.

— Sou eu... quando era apenas uma criança. Parece uma das minhas festas de aniversário. Por que esse cara teria uma foto minha quando criança? — O pânico se instala, e puxo a imagem da mão de Neo. Parece que foi tirada através de uma janela. Como se alguém estivesse do lado de fora da casa da minha família, nos observando. Olho para os caras, que estão todos me encarando como se estivessem esperando que eu perdesse a cabeça. Ninguém diz nada, então tomo a responsabilidade de fazer a pergunta que tenho certeza que todos nós temos. — De onde veio isso? — Viro a foto e há algo escrito atrás.

RACHEL LEIGH

Afasto a memória e leio o bilhete para Riley.

— Eu estava em todos os aniversários. Você simplesmente não sabia.

Ela estala os dedos, satisfeita consigo mesma.

— Você vê. Não pode ser Jude. Por que diabos Jude tiraria uma foto sua em uma festa de aniversário quando criança? Ele não faria isso. A menos que...

Arrepios percorrem minha espinha quando termino sua frase.

— A menos que o pai dele tenha feito isso.

— Claro. Porque ele sabia que você era filha dele.

Riley pensa muito e eu sei que está tentando absolver Jude, mas as evidências não estão funcionando a seu favor.

— Mas Jeremy Beckett está morto. Se eu tivesse que adivinhar, Jude assumiu o controle do jogo depois de matá-lo.

Pela primeira vez na noite, deixei Riley sem palavras.

Enfio as notas de volta no cofre e fecho a tampa.

— É tarde agora, mas, assim que a aula terminar amanhã, vamos conversar com Jude, para que ele possa nos contar tudo o que sabe. Até então, conversa de garotas no quarto de Maddie.

CAPÍTULO VINTE E DOIS

NEO

Esta manhã, eu deveria ter acordado sentindo alívio. Em vez disso, estou com uma dor de cabeça latejante por ter bebido até morrer na noite passada. Não tive notícias de Scar. Não que esperasse ter. Ela conseguiu o que queria e provavelmente me odeia mais agora do que antes da noite passada.

No final das contas, há uma pessoa que sei que sempre tive ao meu lado. Bato na porta de Maddie, porque ela me pediu. Aparentemente, não somos mais crianças e não posso entrar quando quiser. Então aqui estou eu cumprindo os desejos dela.

— Quem é? — ela pergunta, como se eu pudesse ser qualquer outra pessoa.

— Seu irmão favorito. Quem mais?

— Diga seu nome. Posso ter mais de um.

Abro a porta e sorrio:

— Vá se foder. Mesmo se você tivesse mais de um irmão, eu ainda seria seu favorito.

— É discutível. — Maddie coloca seu livro na mesa de cabeceira. Ela parece confortável com um cobertor puxado até a cintura e cuidadosamente dobrado. Tenho certeza de que alguém a colocou na cama e, se eu tivesse que apostar, meu dinheiro estaria em Scar.

Atravessando o quarto, pego a alça da cadeira de rodas e a rolo para o lado da cama.

— Scar esteve aqui para ver você ultimamente?

— Ela e Riley estiveram aqui por algumas horas ontem à noite. Você não falou com ela esta manhã?

RACHEL LEIGH

— Não. Ela está chateada comigo.

A cabeça de Maddie se inclina ligeiramente para o lado.

— O que você fez, Neo?

Levo as mãos ao peito, sorrindo.

— Por que sou sempre eu?

— Porque você é você. E porque Scar não começa nada, ela termina.

— É verdade — concordo, antes de me delatar. — Eu dei a ela um grande chupão e depois contei algo que a machucou muito.

— Uau. Ok. Essas são duas coisas muito diferentes. Primeiro de tudo, por que diabos você deu um chupão nela? Essas coisas são nojentas.

— Para provar um ponto.

— E a questão é?

— Que ela está comprometida.

— Pelo amor de Deus, Neo. Pare de ser tão possessivo. Você fez essa merda quando éramos crianças. É nojento.

Eu rio.

— O que eu fazia quando éramos crianças?

— Como se você não se lembrasse.

— Me dê a honra de lembrar.

— Lembra daquela vez que estávamos no parque quando tínhamos doze ou treze anos, começou a nevar e Scar estava de mangas curtas?

— Não lembro de nada.

— Jagger ofereceu a ela seu casaco, mas você ficou chateado e disse que ela deveria ir pegar o dela, sabendo que estávamos a quilômetros de casa. Então jogou o dele de volta para ele. Dez minutos depois, deu a ela o seu.

— Eu dificilmente chamaria isso de possessividade, Mads. Foi um gesto gentil. — Tiro a poeira do meu ombro, sorrindo. — Acontece que sou um cara generoso.

— Besteira. Era a sua maneira de fazer com que ela usasse *sua* jaqueta, sem deixar claro que queria que ela o fizesse. Você sempre fez coisas assim.

— Vocês, garotas, pensam demais nessas bobagens.

— Apenas contando como eu vejo. Sempre soube que vocês dois acabariam juntos. Fiquei de boca fechada e deixei o destino fazer o seu trabalho.

Olhando para trás, houve algumas coisas que fiz que alguém poderia considerar como se eu quisesse manter Scar por perto. Meu pai sempre me ensinou a manter seus amigos por perto e seus inimigos ainda mais perto, então era a minha desculpa. Talvez eu quisesse mantê-la longe de Crew e Jagger, porque pensei que, se não pudesse tê-la, eles também não poderiam. Ou talvez eu não a quisesse com ninguém.

— Falando em destino — Maddie começa, interrompendo meu momento de autodescoberta. — Crew e eu não vamos voltar.

Sento-me na cadeira, agarrando os apoios de braço.

— Vocês não vão?

Ela balança a cabeça negativamente.

— Muito tempo se passou. Muita coisa mudou.

— Se ele disse algo que…

— Não foi ele. Éramos nós dois. Quando acordei, Crew foi a primeira pessoa que surgiu na minha cabeça, mas não era do nosso relacionamento que eu precisava desesperadamente, era da amizade dele. Posso ser honesta?

— Não. Mas se você precisar.

— Você é um idiota. Mas, falando sério, eu gostava de Crew. Gostava muito dele. Mas acho que parte de mim só ficou com ele por um certo tempo porque sabia que era isso que você queria.

Bem, maldito seja eu. Crew me disse a mesma coisa. Se eu puder manipular duas pessoas de quem gosto para que mantenham um relacionamento prolongado, então com certeza poderei manter Scar fora de um relacionamento com meus dois melhores amigos.

— Mads, eu queria vocês dois juntos porque pensei que era isso que você queria. — É uma verdade parcial. Eu também sabia o quanto Crew gostava de Scar e vice-versa, então foi uma boa tentativa de mantê-los separados.

— Eu queria. Não me entenda mal. Eu era louca por Crew. Mas agora… estou pronta para seguir em frente e mantê-lo como meu amigo, antes que nos esforcemos demais e eu o perca para sempre.

Realmente odeio quando os planos dos outros fazem mais sentido do que os que eu tinha para eles.

— Tem certeza que não quer tentar mais uma vez?

Se Maddie e Crew terminaram para sempre, isso significa que ele não tem nada que o impeça de ficar com Scar. Eles têm algo que parece tirado de um livro de romance. Anos de desespero para ficarem juntos, com altas montanhas no caminho. Se Maddie desistir, não poderei mais segurá-los.

— Demos o nosso melhor e é hora de Crew e eu encontrarmos nossa própria felicidade.

Olhar para minha irmã agora — naquela cama, incapaz de andar, mas ainda capaz de sentir emoções e tomar decisões por si mesma — é revelador. Há uma pontada no meu peito. Uma sensação estranha, mas é até legal.

— Faça o que te faz feliz, Mads. Não dá para errar nisso.

Seus braços estão bem abertos e ela acena para mim. Balanço a cabeça negativamente. Ela sabe que eu não dou abraços.

— Ai, vamos lá. Dê um abraço em sua irmã gêmea.

— Eu preciso?

— Não. Mas eu realmente quero.

Com um suspiro pesado, me levanto e envolvo os braços nela. Maddie sempre teve um jeito de trazer à tona emoções estranhas dentro de mim, e agora, ela está trazendo-as à tona.

— Vá falar com Scar. O que quer que você tenha dito para ferir os sentimentos dela, conserte. E se você não puder, apenas esteja lá para ajudá-la. Às vezes, tudo o que alguém precisa é de alguém que lhe diga que vai ficar tudo bem.

Saio do abraço e pressiono as mãos no colchão, ainda inclinado.

— E se isso for mentira?

— Então você fica ao lado dela até que seja verdade.

Meus lábios se juntam e eu aceno, entendendo o que ela está dizendo. Esteja lá para ajudá-la. Isso é tudo.

Endireitando as costas, levanto-me e vou em direção à porta, mas paro com a mão apoiada na parede. Olho por cima do ombro para Maddie.

— Ei. Tudo vai ficar bem. E essa é a verdade.

Maddie me manda um beijo e diz:

— Digo o mesmo para você.

Sinto sua presença antes mesmo de ela entrar pela porta. Minha cabeça se levanta do telefone que está posicionado entre minhas pernas, embaixo da mesa. Nossos olhos se cruzam e ela levanta uma sobrancelha. Enquanto vem em minha direção, nunca desviamos o olhar.

Ela coloca seus livros sobre a mesa em seu lugar normal.

SEGREDOS DISTORCIDOS

— O que você está fazendo no lugar de Jagger?

— Você disse que queria que trocássemos de lugar. Então eu troquei.

— Crew e Jagger ainda não chegaram. Aparentemente, eles foram interrogar Jude um pouco antes da aula, o que me dá a oportunidade perfeita para esclarecer as coisas com Scar. Ou pelo menos tentar fazer isso.

Ela semicerra os olhos para mim, questionando meus motivos.

— O que aconteceu com manter seus inimigos por perto?

— Ah, pretendo, mas você não é mais um deles. — Olho para baixo, sentindo minhas bochechas pegarem fogo com a minha admissão digna de nota. Eu odeio sentimentos.

— Você não tem que agir de forma estranha comigo depois do que fizemos, Neo. Foi apenas sexo.

E essa frase chamou a atenção de todos os nove alunos, que já estão na sala.

Sua mão bate na boca, as pupilas dilatadas.

— Não acredito que acabei de dizer isso em voz alta.

Deslizando em um assento, me aproximo dela.

— Escute, Scar — começo, mas sou interrompido quando Crew e Jagger entram na sala de aula, todos taciturnos e de peito estufado.

— Estou ouvindo — sussurra. — Ignore-os. Diga. — O desespero em seu tom é aparente, mas não consigo. Agora não.

— Encontre-me no pátio na hora do almoço. — Olho para os caras, que agora estão atrás de nós. — Todos vocês.

CAPÍTULO
VINTE E TRÊS

SCAR

— Alguma ideia do que se trata? — Crew pergunta. Nós três estamos confusos sobre por que Neo queria que o encontrássemos aqui, mas tenho uma ideia e tenho certeza de que é por minha causa.

Ele vai contar aos rapazes o meu segredo agora. Mesmo depois te ter dito que guardaria. *Droga!* Sou uma tola por acreditar em qualquer coisa que Neo diz.

— Não é óbvio? — Jagger diz. — É sobre aquela maldita marca de sanguessuga no pescoço dela. — Ele vira meu cabelo pela segunda vez, observando a marca. Ainda está bravo comigo e não tenho ideia de como vou reparar o dano que causei, mas tenho que tentar.

— Antes que ele chegue aqui, você se importa se todos conversarmos? Jagger senta no chão, com os joelhos dobrados e as pernas abertas.

— Vamos lá.

Eu nem sei por onde começar, então só vou.

— Sinto muito, pessoal. Eu estava assustada e confusa e esses sentimentos me levaram a fazer coisas egoístas e imprudentes. A verdade é que não quero perder nenhum de vocês. — Aperto meu peito, porque dói muito. Lágrimas surgem nos cantos dos meus olhos, mas luto muito para contê-las.

— Não chore — pede Crew, esfregando a mão na manga do meu casaco de inverno. Ele me conhece tão bem. Nem preciso derramar uma lágrima para ele saber que elas estão vindo. Mas são seus sentimentos que as fazem cair, porque eu não mereço isso. Não o mereço. Ele se agacha alguns centímetros e me puxa para perto. Com meu queixo apoiado em seu ombro, olho para Jagger, que agora está fazendo algumas bolas de neve nas mãos e encharcando a bunda nela.

— Não sei o que fazer para consertar isso, mas quero tentar. — Sufoco as palavras, olhando para Jagger e esperando uma reação dele. — Por favor, deixe-me tentar.

Finalmente, ele olha para cima, segurando uma bola de neve na mão.

— Diga-nos a verdade. Seria um bom começo. — Ele aperta a bola, esmagando-a em partículas que caem de sua mão sem peso.

Concordo com a cabeça, ao engolir a bola dolorosa na minha garganta. Crew dá um passo para trás, me observando enquanto falo. Quando começo a engasgar de novo, ele pega minha mão — sua maneira de me dizer que está aqui para me ajudar.

— Ok. Contei a vocês por que terminei as coisas. Neo estava guardando um segredo que ameaçou expor.

— Não se importe com isso — diz Jagger. — Por que você transou com ele?

Estou surpresa com sua hostilidade, mas não vou deixar que isso me impeça de dizer tudo o que preciso dizer.

— Eu planejei seduzi-lo e algemá-lo na cama até que ele me contasse a verdade. — Coço a nuca, percebendo o quão ridículo isso parece. — Obviamente, o plano falhou. — Levanto meu pulso, mostrando a eles as marcas de punho que recebi.

Jagger fica de pé e agarra um dos meus pulsos.

— Ele fez isso com você?

— Sim. Mas eu permiti. — A vergonha, misturada com a culpa, agita meu estômago.

— Por que diabos… Jagger balança a mão entre nós. — Deixa pra lá. Apenas continue.

Respiro fundo e solto o ar de uma só vez.

— As coisas ficaram intensas. Quase a um ponto que não dava mais para parar. Ele estava diferente. Gentil, quase. Então prometeu me contar o que sabia se eu fizesse sexo com ele.

— Gentil o caralho — Crew deixa escapar. — Ele se aproveitou de você.

— Não — respondo, precisando ser clara. — Eu queria. Eu queria mais saber a verdade, porém foi consensual. — Faço uma pausa por um instante, os olhos dançando entre os dois. — Então ele me contou.

— Então o que foi? — Jagger pergunta. — Qual foi esse grande segredo que ele usou para rastejar entre suas pernas?

— Podemos conversar sobre isso mais tarde? Primeiro, quero falar sobre nós.

RACHEL LEIGH

— Não vou mentir, Scar — começa Jagger —, estou muito chateado por você ter mentido. Se queria dormir com Neo, pelo menos tivesse a cortesia de conversar conosco sobre isso primeiro.

— Eu sei. — Soluço. — Sinto muito. Não há desculpa. Eu deveria ter sido honesta sobre tudo desde o início. — Estou chorando muito agora e não importa o quanto eu tente, não consigo parar. — Existe alguma maneira de vocês me perdoarem?

Há um longo período de silêncio que me faz esperar qualquer chance que eles possam me dar. Implorando, até.

— Por favor. — Caio de joelhos na neve, com o rosto entre as mãos. — Eu sinto muito.

O peso do braço de alguém me envolvendo me faz olhar para a esquerda. Quando vejo que é Jagger, me jogo nele e me transformo em uma bagunça chorosa.

— Não me deixe perder você — sussurro em seu ouvido.

Ele estica o pescoço, olhando para mim, e coloca meu cabelo atrás da orelha.

— Você não vai me perder. Mas não quero que veja Neo novamente.

— Qual é, cara — Crew interrompe. — Isso não é possível.

Confiante com sua decisão, as sobrancelhas de Jagger se arqueiam.

— É muito possível. Quero que fique longe, a menos que seja absolutamente necessário estar perto dele.

Minha postura se desmancha, junto com meu coração, que está se acomodando em meu estômago.

— Por quanto tempo?

Jagger lambe os lábios, uma expressão de segurança no rosto.

— Para sempre.

Isso é impossível. É o Neo. Irmão de Maddie. Seu melhor amigo. Meu... Neo.

— Porra, Melody e Hannah estão brigando no refeitório — Neo relata, aparecendo do nada. — Eu ia separar a briga, então pensei, que diabos, vamos dar um show para os alunos. Com alguma sorte, elas vão matar... — Suas palavras desaparecem quando ele olha para mim e para os caras. Desde então, Crew se juntou ao meu outro lado e estamos todos caídos no chão. — Quem caiu?

— Ninguém — Jagger fala, se levantando. — Scar estava apenas nos contando o que aconteceu com vocês dois.

— Sobre isso — Neo começa, mas é interrompido quando Jagger levanta a mão, parando-o.

SEGREDOS DISTORCIDOS

— Não precisamos ouvir de novo. Precisamos que você fique longe da nossa garota, entendeu?

Neo olha para mim e sua expressão corta meu peito, partindo-o em dois.

— É isso que você quer, Scar?

Minha cabeça cai e eu fecho meus olhos. *Por favor, não me faça responder. Por favor, não me faça escolher.*

Neo pressiona por uma resposta.

— Bem, é isso?

Jagger pega minha mão e aceito sua oferta. Ele me puxa para cima e passa um braço em volta do meu ombro.

— Diga a ele, amor. Diga que você nunca mais quer vê-lo.

— Eu... — Vou falar, mas as palavras ficam presas na minha garganta. — Sinto muito, Neo.

Já vi muitos tons diferentes de Neo. Principalmente um tom sombrio, talvez um pouco misterioso, mas triste é um novo, e é o que menos gosto nele.

Jagger sorri para Neo antes de me levar ao redor dele, seguido por Crew.

— Ei — chama Crew —, encontrarei vocês em um minuto. — Ele beija minha bochecha, depois dá um tapinha nas costas de Jagger antes de correr de volta para Neo.

Basta um olhar por cima do ombro para meu coração se partir em três pedaços diferentes. Um para a Crew. Um para Jagger. E um para Neo.

— Cabeça erguida, garota — Riley diz. — Você recuperou seus meninos.

Forçando um sorriso no rosto, levanto o queixo.

— Eu sei. E estou feliz. Só não sei por que sinto tanto pavor dentro de mim.

Ela olha para mim, empurrando um galho para fora do nosso caminho.

— Neo?

— Por que eu me importo? Quero dizer, veja todas as merdas desagradáveis que aquele cara fez comigo. Eu não deveria me importar, certo?

— Ninguém pode dizer ao seu coração como se sentir. Nem mesmo você. Neo é o pior de todos, mas os piores geralmente são os mais quebrados.

RACHEL LEIGH

Concordo com a cabeça.

— Ele está quebrado e a culpa é do pai estúpido dele. Odeio aquele filho da puta por transformar seu filho em um robô.

Chegamos às Ruínas, no que parece ser um instante. Há uma camada bastante espessa de neve no chão, então caminhamos por ela com nossas galochas da Muck até o joelho.

— Então, o que você vai fazer? — Riley pergunta.

— Nada. O que posso fazer? — É uma pergunta retórica, então prossigo: — Crew e Jagger estão voltando para casa enquanto conversamos. Neo diz que não vai a lugar nenhum. Vai ser muito estranho na casa dos Ilegais. Sem mencionar que Maddie ainda não sabe que estou namorando o ex dela.

Riley se abaixa e levanta o alçapão, deixando-o cair com força contra a laje de cimento. Ela se vira e dá o primeiro passo.

— Sim. Sua vida está uma bagunça, mas toda bagunça acaba sendo resolvida. — Ela continua descendo e sigo seu exemplo.

Caminhamos pelos túneis, conversando sobre a briga de Hannah e Melody no almoço de hoje. Aparentemente, Hannah enfiou o rosto de Melody em seu purê de batatas e molho, o que levou Melody a tentar enfiar uma maçã na boca de Hannah. Então o caos se desencadeou e uma briga por comida começou. Só sinto muito por ter perdido. Eu adoraria ver Melody receber tudo o que merece.

Quando chegamos à porta do quarto em que Jude está, Riley hesita.

— Promete que vai manter a mente aberta e o ouvir?

Eu suspiro.

— Beleza. Vou dar o meu melhor.

Ela empurra a porta e entramos. Realmente, ele não parece estar mal. Ele foi alimentado e hidratado. Parece que dormiu um pouco. Se não fosse pelo sangue seco em todo o rosto e nas roupas, e nas calças molhadas, eu diria que ele não está tão mal.

Rosno para ele por instinto. Como um animal em busca de sua presa. Então Riley me cutuca e sussurra:

— Você prometeu.

— Tudo bem — levanto as mãos —, eu realmente não tenho interesse em rodeios aqui. Então tire a fita da boca dele — oriento. Assim que ela faz isso, caio de joelhos na frente de Jude. — Eu sou sua irmã? — indago, à queima-roupa, mantendo a compostura, mesmo que meu coração esteja prestes a explodir na cavidade torácica.

Jude olha para Riley, que diz:

— Diga a verdade a ela. Você tem que ser honesto conosco. É a única maneira de podermos ajudá-lo.

Ajudá-lo? O caralho. Não vou ajudar esse psicopata. Mas não digo isso a ela. Por outro lado, estreito os olhos e pergunto novamente.

— Eu sou sua irmã?

— Eu... eu acho que sim.

Meus joelhos tremem e todo o ar é sugado dos meus pulmões.

Aí está. A verdade. Seria muita coincidência que mais de uma pessoa me dissesse isso, então não tenho motivos para não acreditar.

— E nosso doador de esperma é Jeremy Beckett?

Jude balança a cabeça e, neste momento, meu mundo desaba.

Kol não é meu pai. O homem que me carregava nas costas e me buscava na escola todos os dias. O homem que construiu fortes comigo quando mamãe teve que trabalhar até tarde e me preparou chocolate quente com marshmallows extras. Era ele quem ficava olhando pela janela, esperando que eu voltasse para casa à noite. Ele me comprou um colar de pérolas no meu aniversário de dezesseis anos e disse: "Não importa quantos anos você tenha, sempre será minha garotinha".

Meu peito treme. Minhas mãos. Minhas pernas. Meus lábios. Tudo treme. Tudo machuca.

Eu tenho que me recompor. Tenho que saber de tudo.

— Quando você descobriu sobre mim?

— Eu sempre soube que você era minha irmã. Jeremy me levava junto sempre que ia te ver. Acho que minha primeira lembrança é de quando eu tinha uns oito anos. Fomos para sua escola. Você estava brincando no parquinho e um garotinho te empurrou. Estava vestindo uma calça preta com buracos nos joelhos e uma jaqueta jeans suja.

— Ele me observava?

— O tempo todo — afirma Jude. — Em cada aniversário. A cada feria...

— Meus aniversários? — Engulo em seco. — Então foi ele. Mas como ele me deixou isso... — coloco o bilhete no colo de Jude — se ele está morto. — Jude desvia o olhar, suspeito, então grito: — Responde, caramba!

— Fui eu. Eu deixei o bilhete.

— Jude — Riley chama, suavemente —, precisamos que você comece do início. Conte-nos tudo. É sua única chance de sobreviver.

O olhar de Jude dança pela sala. Ele lambe os lábios. Mexe as mãos. Faz tudo o que pode para ganhar tempo, mas quando o tempo acaba, ele começa:

— Jeremy pode ser meu pai, mas não foi um pai para mim. Ele olhava para nós dois como peões em seu jogo. Queria nos usar como uma barreira entre os Sangue Azul e os Becketts. Mas, no fundo, eu queria ser um de vocês. Eu me odiava pelo que era. Ainda odeio. — Ele engole em seco, seu pomo de adão balançando. — Ele matou minha mãe.

Riley e eu trocamos um olhar, porque já sabíamos que isso era verdade.

— Então eu o matei.

Algo que não esperávamos.

Riley se agacha ao meu lado, olhando para Jude.

— Você matou Jeremy Beckett?

— Eu precisei. Ele estava trabalhando com alguém que planejava machucar Scar.

Calafrios percorrem meu corpo.

— Me machucar? Quem?

— Não sei — responde Jude. — Mas acho que é quem está me chanteageando e me obrigou a fazer todas essas coisas horríveis. Depois que matei meu pai, fugi, mas de alguma forma ele me localizou. Nunca o conheci, mas ele me deixou bilhetes. Mais do que deixei para você. Bilhetes intermináveis. Em todos os lugares. Ameaçou me denunciar por assassinato se eu não fizesse exatamente o que ele disse, então fiz isso.

A porta se abre e vozes vêm atrás de mim. Viro a cabeça e vejo Neo, Crew e Jagger, todos em pânico.

— Finalmente — Crew suspira, se jogando em mim —, estávamos morrendo de preocupação. O que vocês duas estão fazendo aqui?

— Nós...

— Não importa — Neo corta. — Todos nós temos que ir agora, porra. — Ele agarra minha mão e me puxa enquanto me estico para Riley.

— Ir aonde? O que aconteceu?

Jagger pega um rolo de fita adesiva e arranca um pedaço, em seguida, bate de volta na boca de Jude. Observo-o fazer isso, repassando todas as palavras do meu meio-irmão na cabeça. Riley estava certa. Jude não é um monstro. Ele é igual a mim.

— Tem uma porra de uma equipe de notícias aqui — Neo diz, o tendão em seu pescoço erguido. — Precisamos chegar até Maddie.

— Uma equipe de notícias? — Estou bem confusa. O que diabos está acontecendo?

SEGREDOS DISTORCIDOS

Neo me tira da sala enquanto puxo Riley.

— De alguma forma, eles souberam do desaparecimento de Maddie e estão aqui para relatar isso.

— Ai, merda — grito, acelerando o passo pelos túneis. Olho para trás e vejo Crew e Jagger trancando a sala, então meus olhos caem para minha mão que está sendo segurada por Neo. Ele segue meu olhar antes que seus olhos se arrastem até os meus, então, como se não fosse grande coisa, diz:

— Tenho que ligar para meu pai.

CAPÍTULO VINTE E QUATRO

NEO

Abro a tampa de uma garrafa de cerveja e a bebo de um só gole. Quando abaixo a mão, bato a garrafa na cômoda de Maddie.

— Todos nós temos que ficar aqui. Ninguém sabe de nada além de nós. Eles não receberão uma história de mais ninguém.

— Seu pai vem? — Crew pergunta, e minha resposta é um aceno de cabeça.

Realmente não quero que ele faça isso. É a última pessoa com quem quero lidar, mas esta bagunça é dele, não minha.

Abro outra cerveja.

Então outra.

Quando percebo, duas horas se passaram desde que todos nós estivemos escondidos neste quarto.

— Eles ainda estão lá fora — Scar comenta, de onde ela está escondida atrás da cortina.

— É tudo culpa minha! — Maddie explode. — Apenas diga a eles que estou aqui. Não posso me esconder para sempre.

— Não é culpa sua — gaguejo, apontando um dedo nada firme para Maddie. — É culpa daquele maldito Jude Beckett.

A voz de Riley surge do nada, como uma rata sorrateira.

— Não é! Jude não fez nada disso. Ele está sendo incriminado. Mais ou menos.

Scar lança um olhar torto para Riley, e não posso deixar de me perguntar quais palavras não ditas essas duas estão compartilhando agora.

— Do que ela está falando? — pergunto a Scar, sem saber se ela é a pessoa certa para responder. Provavelmente tenho mais chances de ouvir a verdade de Riley neste momento.

— Jude foi chantageado, da mesma forma que chantageou Melody. Alguém está por trás disso. Ele é apenas mais um peão neste jogo doentio.

Termino meu gole de cerveja e estalo os dedos.

— Eu sabia que ele tinha ajuda.

— Não ajuda! — Riley pressiona. — Não é ele!

— Ah, é? Quem diabos é então?

— Eu... eu não sei.

— Foi o que pensei — murmuro, a boca da garrafa pressionada contra meus lábios.

Scar atravessa a sala e dá um tapa no meu braço.

— Não seja idiota, Neo.

Minhas sobrancelhas se levantam, humor brincando em meus lábios.

— Achei que tínhamos passado da fase de xingamentos.

Ela revira os olhos e se senta na cama com Maddie, encerrando a conversa antes que tenha a chance de ficar boa.

O efeito de toda a cerveja que bebi tomou conta, mas a realidade me dá um tapa na cara quando meu telefone vibra no bolso. Eu o retiro e olho para todos na sala.

— É ele.

Todos ficam quietos e eu respiro fundo antes de responder.

— Olá, pai.

— Traga seu traseiro aqui e destranque essa maldita porta antes que eu arrombe.

— Sim, senhor.

Não digo nada a ninguém antes de sair do quarto de Maddie. Com passos apressados, patino pelo corredor, depois dou dois passos de cada vez na descida. De alguma forma, consigo manter o equilíbrio, mas, quando abro a porta da frente e vejo meu pai, meu estômago fica embrulhado.

Com um olhar severo, ele passa por mim, seguido por outro cara, que considero ser seu segurança. Antes de fechar a porta, olho para fora e vejo a equipe de reportagem, junto com o assessor de imprensa do meu pai, que está contando uma história — ou uma mentira. O que quer que os acalme.

Assim que a porta é fechada, papai franze os lábios.

— Se eu descobrir que você sabe onde sua irmã está... — Ele levanta a mão rígida, rosnando. — Então, Deus me ajude, você sentirá minha ira.

RACHEL LEIGH

— Como diabos eu saberia onde Maddie está?

— Não use esse tom comigo. — Ele se aproxima, respirando de forma curta e fraca. — Você andou bebendo?

Meus ombros recuam, queixo erguido.

— Eu tomei uma cerveja.

Narinas dilatadas, ele se endireita.

— Sua irmã está desaparecida e você tomou uma cerveja?

— Tenho certeza que ela está bem. Maddie é uma garota durona.

— Maddie deveria estar em coma! Ela está tudo menos bem!

Scar desce lentamente os degraus, mas para antes de chegar ao final. Nego com a cabeça lentamente para ela, alertando-a para não descer. Mas é muito tarde. Meu pai a vê antes que ela tenha a chance de voltar.

— Sinto muito — diz suavemente —, eu não queria interromper. Só estava me perguntando se você conversou com meus pais.

— Você sente muito — meu pai bufa, virando todo o corpo para encará-la. Scar sobe dois degraus para trás. — Sabe, você deveria se arrepender. Se não fosse por você, nenhum de nós estaria nessa bagunça. — Ele se vira para me olhar, mas estou muito focado em Scar, que parece estar à beira das lágrimas. — Pensei ter dito para você ficar longe daquela cobra.

Scar continua subindo as escadas para trás e seu peito sobe e desce rapidamente.

Depois que ela se vai, saio em sua defesa.

— Não a chame assim!

— Não a chamar assim? — Ele ri. — Mas isso é o que ela é, Neo. Uma maldita cobra. E, deixe-me adivinhar, você deixou aquela puta se envolver em você, não foi?

— Cale a boca! Eu contei a verdade para Scar, então agora você não tem nada para usar contra eles. Como isso faz você se sentir? — disparo, imediatamente desejando poder voltar atrás.

Nunca enfrentei meu pai. Nem uma vez. E quando a palma da mão aberta estala em meu rosto, deixando uma ardência com a qual estou muito familiarizado, lembro-me do motivo pelo qual não o faço.

Mas eu nem sequer recuo. Apenas seguro os braços ao lado do corpo, de cabeça baixa. *Não olhe nos olhos dele. Isso apenas o irrita ainda mais.*

— Parabéns. Você acabou de arruinar a vida daquela garota. Como isso faz você se sentir? — Ele faz uma careta, girando, incapaz de olhar para mim, porque sou desprezível para ele.

Minha voz cai para um quase sussurro quando a realidade da minha explosão me atinge com força total.

— Não era isso que você queria? Machucar os Sunders?

— No meu tempo, mas você... — Ele rosna, agora me encarando novamente. — Você me roubou esse prazer. Sabe, é uma pena que sua irmã seja quem esteve dormindo todo esse tempo. Este lugar poderia não estar desmoronando se tivesse sido você quem caiu daquela montanha.

Posso ouvir o ranger de seus dentes. Cada inspiração. Cada expiração. O silêncio torna cada barulho que ele faz muito mais alto.

— Vá dizer aos seus amigos idiotas que os pais deles estão no centro comunitário. Não os deixe sair de casa até que minha equipe tire os repórteres daqui. — Ele aponta um dedo para mim. — Se eu perder esta eleição por sua causa, você estará morto para mim. Está me ouvindo, Neo? Morto.

Concordo com a cabeça e respondo em voz baixa:

— Sim, senhor.

RACHEL LEIGH

CAPÍTULO VINTE E CINCO

SCAR

— Vão na frente — digo para Crew, Jagger e Riley. — Eu alcanço vocês.

Jagger me lança um olhar de desaprovação, mas eu ignoro. Ele me deu um ultimato mais cedo, o que foi muito gentil, considerando o que fiz, mas agora, todos nós precisamos uns dos outros, incluindo Neo.

— Vamos esperar aqui — Crew me avisa, posicionando-se de costas para a porta da frente, bloqueando a oportunidade de Riley e Jagger de saírem. — Vá cuidar do que precisa, então iremos todos juntos.

Forço um sorriso no rosto e digo:

— Obrigada. — Então me viro e volto para cima.

Quando chego ao quarto de Neo, bato na porta, mas ela não deve estar trancada porque se abre. Enfio a cabeça pela porta e o vejo sentado no chão, encostado na cama, com uma garrafa de cerveja entre as pernas.

— Ei. Você está bem?

— Como se você se importasse. — Ele nem levanta a cabeça. Apenas passa o dedo pela boca da garrafa meio vazia.

— O que posso dizer, tenho muita empatia no coração.

— Besteira.

— Quando se trata de pessoas que eu... — Minhas palavras desaparecem porque eu ia dizer que me importo. Mas dizer isso em voz alta para Neo torna tudo muito real.

— Pessoas que você odeia. Pessoas que você prefere ver mortas do que vivas. Qual delas, Scar?

— Não é nada. — Entro no quarto. — Olha, se quiser conversar...

— Não quero. — Seus olhos se voltam para os meus e ele pega a garrafa, usando-a como um indicador para a porta. — Agora, se você não se importa, prefiro ficar com cara de merda e esquecer os últimos dezoito anos da minha vida.

Nunca vi Neo tão vulnerável. Tão triste. Literalmente parte meu coração ver alguém tão durão desmoronar do jeito que está agora.

— Tudo bem, Maddie já recebeu o jantar. Vou trancar a porta da frente atrás de mim. — Faço uma pausa antes de dizer: — Acho que te vejo mais tarde.

Ele toma um longo gole de cerveja antes de me responder, rosnando:

— Por quê?

— Por que o quê?

— Por que você me veria mais tarde? Você não disse aos seus namorados que ficaria longe de mim?

Lambo meus lábios e encho meus pulmões de ar.

— Foi um curativo temporário para um grande problema.

Ele termina sua cerveja e a segura com força com uma das mãos.

— Vou poupar alguns problemas para você. Dê o fora do meu quarto.

— Neo, por favor, não seja assim.

— Assim como? Como sempre fui? Este sou eu. É pegar ou largar. Agora saia.

Quando não vou, ele joga a garrafa na parede. Meu corpo estremece, os olhos arregalados de surpresa.

— Saia! — manda, fervendo. Pedaços marrons de vidro se espalham pela madeira, uma mancha molhada na parede escorre até o chão. — Dê o fora, porra! — ele uiva, não me dando escolha, então faço o que exige. Eu saio.

— Pronta para falar sobre isso? — Crew pergunta, ao mesmo tempo que me entrega um capacete.

— Ainda não. Vamos ver nossos pais e ver o que eles têm a dizer. Conversamos depois. Prometo. — Quando voltarmos desta reunião, terei que contar a Crew e Jagger a verdade sobre quem eu sou. Não posso esperar mais, agora que o pai de Neo sabe que eu sei. Eles me dirão que isso não muda nada ou que muda tudo.

Satisfeito com minha decisão, Crew abaixa o capacete e joga uma perna por cima do assento antes de cair. Sigo o exemplo e fico atrás dele, passando meus braços em volta de sua cintura.

A neve não parou de cair desde ontem à noite e parece que temos uns bons quinze centímetros. Com alguma sorte, vai parar logo, porque a última coisa que precisamos é de nossos pais ficando presos na Academia. Precisamos que eles desapareçam e que desapareçam agora.

Meus nervos estão em alta quando chegamos ao centro comunitário. A última vez que vi minha mãe e meu pai, eu era uma pessoa diferente. Agora, quando olho nos olhos deles, tenho que mentir. Da mesma forma que minha mãe mentiu para mim nos últimos dezoito anos da minha vida. Nem tenho certeza se meu pai sabe que não sou filha biológica dele. Não posso imaginar que ele não saiba, se Sebastian sabe.

Crew me oferece a mão coberta pela luva preta e me ajuda a descer do trenó. Depois de pendurarmos nossos capacetes, encontramos Jagger e Riley no meio do caminho.

— Argh. — Riley estremece, cruzando os braços sobre o peito.

Jagger zomba, olhando para os flocos que caem.

— Essa neve precisa parar, porque, se eu for forçado a passar uma noite com meu pai neste lugar, vou perder a cabeça.

— Exatamente o que penso — digo a ele.

Jagger estampa um sorriso no rosto, finalmente. Esse simples olhar me oferece um momento de felicidade. Eu estava tão preocupada que não veria isso direcionado a mim novamente. Quando ele pega minha mão, meu estômago se enche de calor.

Eu me enrolo em seu braço, segurando-o com a outra mão enquanto caminhamos juntos até o centro comunitário. Riley está conversando com Crew sobre seu pai, dizendo que tem certeza de que ele não está aqui porque nada disso pertence a eles. Também não estou esperando por ele, já que esta reunião é sobre Maddie e a Seção Aima da Sociedade, da qual Riley não faz parte.

Independentemente disso, estou feliz que ela esteja aqui para dar apoio moral. Meus pais também ficarão felizes em ver que fiz uma amiga que seja menina. Por muito tempo, desde sempre, Maddie tem sido minha única amiga menina — menina ou menino, aliás. Nunca gostei muito de pessoas e, embora ainda não goste da maioria, essas que estão aqui comigo agora são alguns que gostaria de manter. Principalmente os garotos fofos.

Olho para Jagger e encontro seus suaves olhos cor de mel já nos meus.

— Devemos parar com isso antes que eles nos vejam? — Estou me referindo ao domínio dele sobre mim, ou melhor, ao meu domínio sobre ele. Mas não preciso dizer isso, porque ele sabe. E quando ele responde com um "não" sólido, isso reafirma tudo o que temos.

Por razões óbvias, eles ainda não podem saber sobre mim e Crew. Sempre há uma chance de Maddie saber disso e preciso ser eu a contar a ela antes que ouça isso de outra pessoa.

Crew abre uma das portas duplas e a mantém assim para todos nós. Uma vez lá dentro, todos nós batemos a neve das botas e sacudimos os flocos dos casacos.

Riley estremece.

— Calor. Meu velho amigo.

Não estamos nem a um metro do corredor quando nossos pais saem de uma das salas maiores à direita.

— Ah, Scarlett — minha mãe diz, me atacando com um abraço. Papai está logo atrás dela, bem sério, com as mãos nos bolsos. Ele nem sempre é assim, mas, quando está perto desses caras, finge uma fachada de durão. Em casa, ele é um ursinho de pelúcia.

Meu primeiro instinto é puxar minha mãe em um canto e exigir a verdade, mas a alegria de vê-la supera minha raiva por suas mentiras. Nós vamos lidar com isso, mas agora não é o momento. Isto é sobre Maddie, e eu e os rapazes precisamos garantir aos nossos pais que todos estão seguros aqui e que Maddie não está na propriedade da BCA.

Então, por enquanto, deixo ela me abraçar o tempo que quiser, porque ela dá os melhores abraços. Depois que dá um passo para trás e me observa, certificando-se de que estou saudável e segura, ela deixa meu pai intervir.

— Sentimos sua falta, menina. — Ele passa um braço em volta do meu pescoço e me puxa para perto.

— Senti sua falta também, pai. — Meu coração está despedaçado. É uma luta apenas mantê-lo unido. Como é possível que esse homem não seja meu pai? Não é. Não consigo nem imaginar a possibilidade.

— Nós vamos encontrá-la — meu pai afirma, assumindo que meu estado emocional é por causa do desaparecimento de Maddie. Ele me abraça

RACHEL LEIGH

com mais força e, quando dá um passo para trás, eu o puxo de volta, sem estar pronta para soltá-lo.

Depois de alguns momentos, afrouxo meu aperto sobre ele, que beija o topo da minha cabeça. Não importa o que alguém diga, ou que sangue esteja em minhas veias, *este* é meu pai.

Todo mundo está conversando e dizendo olá quando olho para Jagger, que está a um metro de distância de seu pai, sem dizer uma palavra. Sempre senti tensão entre os dois e, agora, está mais densa do que nunca.

— O que está acontecendo entre você e o filho de Cole? — meu pai pergunta, percebendo meu olhar para Jagger. — Vi vocês dois subindo juntos. Pareciam bem próximos.

— Pai — falo, lentamente, batendo em seu braço. — Você estava me espionando?

— Sempre. E agora que sei que o garoto Cole está de olho em você, vou espioná-lo também.

É melhor conferir se está tudo bem com esses olhos, porque você precisará observar mais do que apenas Jagger e eu.

Crew e seus pais interrompem as conversas com uma forte gargalhada, e é um bom alívio dos dias tristes que tivemos aqui na Academia esta semana. Os Vance são pessoas muito engraçadas e pé no chão, assim como minha família. O pai de Jagger, nem tanto. E a mãe dele, que é fotógrafa de alta moda, está sempre viajando, então raramente a vemos, mesmo em reuniões. Não estou surpresa que ela não esteja aqui.

— E quem é essa? — minha mãe pergunta, referindo-se a Riley.

— Ah, sim! Sinto muito, Ry. — Agarro seu braço e a puxo. — Esta é minha amiga e colega de quarto, Riley Cross. — Meus pais não sabem que estou hospedada na casa dos Ilegais e isso é outra coisa que pretendo esconder deles.

— Cross de Nel Cross e Anna Cross? — meu pai questiona.

— Isso mesmo, senhor — Riley responde, respeitosamente. É estranho vê-la interagir com adultos. É um novo lado dela e sua compostura é extremamente profissional.

— Pensei que o nome do seu pai fosse Samson? — interrompi, me perguntando quem é Nel.

— É sim. Samson Nel Cross, Jr. Aqueles que o conhecem pessoalmente o chamam de Nel, e outros se referem a ele como Samson.

Meus olhos passam do meu pai para minha mãe.

SEGREDOS DISTORCIDOS

— Então vocês conhecem o pai de Riley?

Eles compartilham um olhar. Um olhar realmente estranho, então ambos acenam com a cabeça.

— Uuuhummm — dizem, em uníssono.

Pais são tão estranhos.

— Vamos entrar e começar esta reunião? — a mãe de Crew pergunta. Ela está segurando uma pequena bolsa de couro preta contra a barriga com as unhas sem pintar. Quando penso na mãe de Crew, penso em alguém que passa os dias cozinhando e fazendo mantas de crochê para seus futuros netos. Ela cheira a pão de banana quente e canela, e tem um sorriso que simplesmente leva embora todas as suas preocupações.

— Vamos — minha mãe retruca, pegando minha mão antes de hesitar por um momento. — Riley. Docinho. Estamos muito felizes pela sua amizade com nossa filha — fala, por si e por meu pai, como sempre faz —, mas esse encontro é um assunto pessoal. Você entende, certo?

— Absolutamente — Riley retruca. — Na verdade, tenho algo para resolver. — Ela olha para mim. — Te encontro mais tarde?

Meus olhos se arregalam e ela abre um sorriso duro. Sei exatamente para onde ela está indo. Ela planeja ir ver Jude.

— Tudo bem — torço os lábios para ela e os fecho —, até mais.

Minha mãe me leva até a sala de reuniões, mas congelo na porta quando vejo Sebastian Saint sentado na cabeceira de uma longa mesa com uma pasta aberta na frente de si. Ele levanta a cabeça, os olhos pousando diretamente em mim. Sua carranca é tão proeminente que tenho certeza que ele acabou de fazer três rugas permanentes na testa, simplesmente para provar o quanto me detesta. Eu o ouvi conversando com Neo mais cedo. Ele não sabe, mas ouvi tudo o que disse sobre eu ser uma cobra, que ele acha que está tentando estrangular seu filho. Ou morder. Não consigo me lembrar. Tenho quase certeza de que ele afirmou que pretendo fazer as duas coisas.

Em vez de me curvar diante de sua alteza real, abro um grande sorriso e digo:

— Olá, senhor. Que bom vê-lo de novo.

Ele zomba, lambe a ponta do dedo e depois vira uma página da pasta aberta, sem sequer olhar para ela.

Minha mãe aperta minha mão, roubando minha atenção. Quando olho, ela está com o mesmo olhar presunçoso que eu. Estou tão feliz que minha mãe compartilha da minha aversão por aquele filho da puta.

— Queridas — meu pai sussurra, aproximando-se —, mostrem respeito pelo governador.

Finjo passar um zíper pela boca e ele me lança um olhar severo.

Sebastian limpa a garganta e desliza a cadeira para trás, e todos nos reunimos como se ele fosse um deus. Ele abotoa o paletó novamente, pressiona as duas mãos na mesa e se inclina ligeiramente para a frente.

— Obrigado a todos por terem vindo em tão pouco tempo. Como sabem, a minha doce Maddie foi tirada de casa há algumas semanas. Tenho trabalhado discretamente com nossa polícia interna para trazê-la de volta em segurança. Mas, sem essa sorte, fomos forçados a recorrer à ajuda do público. — Ele olha meu pai nos olhos. — Graças à sua esposa.

Meu pai dá um passo à frente, o queixo travado, mas minha mãe o puxa de volta. Ele abre a boca para falar, mas tudo o que sai é um resmungo rouco.

— Com todo o respeito, Sebastian, enquanto sua filha, uma jovem e membro inocente da Sociedade, estava desaparecida, você estava ocupado viajando e reunindo votos. Era dolorosamente óbvio que você não tinha interesse no retorno dela até depois das eleições. Alguém que se importa teve que intervir.

— Mãe — suspiro baixinho —, foi você quem ligou para a equipe de reportagem?

Minha mãe me silencia com um olhar duro e espera por uma resposta de um Sebastian muito abalado.

— Como você ousa! — Ele levanta a voz e bate com o punho pesado na mesa, sacudindo-a. — Minha filha é problema meu e somente meu. Já é hora de você se preocupar com sua própria filha antes que ela desonre esta Sociedade da mesma forma que você.

— Do que ele está falando, mãe?

— Vá em frente, Luna. Diga à sua filha exatamente do que estou falando. E já que estamos no assunto, que tal se você informar seu marido?

Minha garganta se aperta, respirando com dificuldade.

— Parem! — eu grito, antes que alguém possa dizer outra palavra. A última coisa que preciso é que os problemas da minha família sejam transmitidos a duas famílias próximas: os Vance e os Coles. — Eu já sei! — Viro-me para mamãe, pego a mão dela e puxo-a para fora do quarto; o tempo todo, com lágrimas nos olhos.

A mão da minha mãe treme na minha.

— Scarlett. Do que diabos você está falando? O que você acha que sabe?

Meu pai nos segue, fechando a porta atrás de si.

— Tudo. — Meus olhos deslizam para frente e para trás entre os deles. — Sei o que você fez nesta Academia, mãe. Sei que não sou...

— Não — mamãe deixa escapar, com um tremor na voz. — Pare aí. Ela olha para meu pai, suas próprias lágrimas ameaçando cair. — Kol — ela murmura, em um tom simpático —, sempre temi que esse dia chegasse.

Meu pai estende a mão, agarra a da minha mãe, depois a minha, e aperta a de nós duas.

— Eu também.

Sobrancelhas apertadas, eu viro a cabeça.

— Espere. Você sabe?

— Eu sei que você é minha filha em todos os aspectos que importam. Isso é tudo que alguém precisa saber. E nem por cima do meu cadáver Sebastian Saint vai machucar nossa família.

— Mas... — Eu fungo e resmungo: — Eu não sou uma Sangue Azul. Eu não posso ficar.

— Prove — ele brinca. — Isso é o que direi a qualquer um que tentar nos dizer o contrário. Prove que não sou seu pai. Que você não é Sangue Azul. Porque eles não podem. Eles teriam que fazer um teste de DNA em cada membro da Sociedade durante gerações para provar que seu sangue não é puro.

— Mas Jeremy Beckett...

— Está morto. E ele nunca mais vai voltar.

— E se eles estiverem todos errados? E se eu realmente for *sua* filha?

Meu pai coloca as mãos em meus ombros e me olha nos olhos ao dizer:

— *Você é minha filha* e um teste de DNA não vai me dizer o contrário. É por isso que eu nunca quis um. Porque, por um lado, isso não importa. E segundo, não precisa haver nada por aí que alguém possa usar contra nós um dia.

Minha mãe desaba, soluçando baixinho na manga de sua jaqueta bege com enchimento de penugem.

— Eu sinto muito. Nunca quis que isso visse a luz do dia. Estou tão envergonhada do que fiz naquela época.

— Não estou — afirma meu pai. — Na verdade, estou grato, porque nos deu a nossa filha. Se não fosse esse relacionamento proibido, não teríamos filhos. Então, todos nós manteremos esse segredo, e eu garantirei que Sebastian também o faça. Não se preocupe com ele.

Minha mãe e meu pai uma vez me disseram que tentaram ter mais filhos, mas não conseguiram, porém isso não importava, porque eles me tiveram e eu completei nosso círculo. Nunca questionei como fui concebida; ainda assim, eles não poderiam ter outro. Presumi que fosse por causa do tempo que passou à medida que envelheci.

— Então continuamos com nossas vidas como se a verdade não existisse?

Antes que qualquer um deles possa responder, a porta da sala de reuniões se abre e Sebastian sai. Com um dedo rígido apontado para mim, ele sussurra:

— Você não pertence a este lugar.

Meu pai dá um tapa no dedo de Sebastian, depois o agarra pelo pulso, torcendo e dobrando, até que sua única opção de se libertar seja implorar por misericórdia.

— Eu aguentei suas merdas por muito tempo, Sebastian, e isso acaba agora. Deixe minha família em paz ou será a sua quem pagará o preço, porque meus segredos podem ter sido revelados, mas os seus ainda estão escondidos e eu sei exatamente onde encontrá-los.

— Boa sorte com isso. Eu administro todo este maldito estado e tenho o poder, Kol. Você não. Nem sua esposa. E com certeza nem a sua filha mestiça e cobra. — Sebastian me olha bem nos olhos e sibila como uma cobra. — Você fique longe do meu filho e, quando Maddie voltar para casa, fique bem longe dela também.

Reviro os olhos, sorrindo, minha maneira de dizer a ele que *não existe chance de isso acontecer.*

Meu pai empurra Sebastian para longe e depois ajeita a jaqueta quando os outros se juntam a nós.

— Bem — diz a senhora Vance —, vejo que fizemos pouco progresso. Sugiro para todos irmos para casa e deixarmos as crianças em paz. Crew garantiu que todos os alunos estão seguros aqui. Liguei para o diretor, que disse que não houve relatos de nenhum incidente. — Ela dá um tapinha no ombro de Sebastian, depois curva o lábio na mão, mostrando seu próprio desgosto pelo cara. — Luna e eu continuaremos nossa busca por Maddie. Boa sorte com a eleição. Todos nós esperamos que você consiga tudo o que sempre quis neste semestre.

A senhora Vance dá um beijo casto em minha bochecha.

— Vejo você no Dia de Ação de Graças, querida. — Depois a da minha mãe. — Café neste domingo?

Minha mãe acena em resposta.

Os Vance partem, junto com Crew, que os acompanha, seguido por Sebastian. O pai de Jagger aperta a mão do meu pai e depois se despede de mim e da minha mãe. Jagger, no entanto, fica.

Meu pai muda sua atenção para Jagger.

— Essa é minha garotinha. — Ele aponta para mim, sorrindo antes de rapidamente desfazer a expressão. — Machuque-a e você responderá para mim.

Jagger engole em seco e então acena com a cabeça.

— Sem chance.

Depois de um abraço longo e apertado, meus pais saem com a ideia de que conversaremos mais sobre tudo quando eles me buscarem no feriado de Ação de Graças, em algumas semanas.

Somos apenas Jagger e eu quando a porta se abre e Crew entra. Suas bochechas estão vermelhas de frio e ele sacode a neve das botas.

— Está caindo com mais força.

Ele fecha a porta atrás de si e entra em nosso círculo.

— Então — começa —, o que diabos foi isso?

Mordo meu lábio inferior e pego a mão fria de Crew, depois a quente de Jagger.

— Eu tenho que contar uma coisa para vocês. E isso vai mudar tudo.

Eles se entreolham interrogativamente, antes de voltarem para mim.

— O que é?

Aceno em direção à sala de reuniões aberta.

— Tudo bem se entrarmos lá? Vocês podem querer se sentar para isso.

A respiração pesada escapa deles, e tenho certeza de que estão se preparando para algo que envolve Neo. De certa forma, envolve, mas não da maneira que eles pensam.

Crew puxa a primeira cadeira da primeira mesa da sala e se senta. Jagger não se senta; em vez disso, pressiona as mãos na mesa, assumindo a mesma postura que Sebastian fez do outro lado.

— Isso é sobre o quê? — Jagger levanta a cabeça, olhando para mim.

— Lembram como eu contei para vocês que Neo sabia um segredo sobre mim?

— Sim. Foi assim que ele te forçou a ir para a cama. Entendi. — O sarcasmo de Jagger é denso e cheio de desprezo.

— De qualquer forma — continuo —, descobri o segredo dele, e é um grande problema. É uma mudança de vida, se permitirmos.

Crew deve notar o tremor em minhas pernas, porque desliza a cadeira para trás e dá um tapinha no colo.

RACHEL LEIGH

Sento-me em seu joelho e ele passa um braço em volta da minha cintura.

— Seja o que for, nós estamos com você. — Ele olha para Jagger. — Não é?

Jagger endireita as costas e passa os dedos pelos cabelos.

— Sim. Sim, claro.

Quando o questiono com os olhos semicerrados, seus ombros caem.

— Olha, estou chateado com tudo, Scar. Mas nada mudou. Não quero te perder e pretendo ficar com você a qualquer custo. Então, sim, estamos com você.

Estendo a mão e agarro a dele, enquanto uma lágrima desliza pela minha bochecha. Aquece meu coração saber que tenho esses caras ao meu lado, junto com Riley e Maddie.

— Obrigada, pessoal.

Inspiro fundo e, ao expirar, conto a verdade da melhor maneira que posso. Através das cordas vocais quebradas, eu digo:

— Kol não é meu pai.

Crew se move abaixo de mim e Jagger vai falar, mas levanto a mão.

— Minha mãe teve um caso durante seu último ano aqui, engravidou e eles fingiram que eu era filha de Kol porque... porque ela teve um caso com Jeremy Beckett. Ele é meu pai biológico e Jude Beckett é meu irmão. — Sopro todo o ar dos meus pulmões, esvaziando-os. Meu corpo está ansioso demais pela resposta deles, então me levanto, balançando as mãos ao lado do corpo e observando os dois.

— Uau — Crew diz primeiro. Sua mão passa pelos cabelos, os olhos baixos. — Eu, hum... não sei o que dizer.

— Você tem certeza? — Jagger pergunta em seguida. — Neo não tem o melhor histórico para dizer a verdade.

— Tenho certeza. — Fungo e uso a manga do casaco para enxugar os olhos. — Eu ouvi Neo e seu pai conversando sobre isso mais cedo e aquela explosão aqui hoje foi Sebastian tentando controlar a situação antes que seu filho pudesse colher os benefícios. Não que Neo queira mais. Depois, meus pais admitiram. Então, sim. É verdade.

A sala fica em silêncio. Muito silenciosa, e meu coração está acelerado na expectativa de que alguém diga alguma coisa. Qualquer coisa para abafar esses pensamentos na minha cabeça.

Será que algum dia eles conseguirão me olhar da mesma forma novamente? Eu sou Beckett para eles agora? Eles me expulsarão de toda a Sociedade?

SEGREDOS DISTORCIDOS

— Quem mais sabe? — Jagger finalmente pergunta.

— Apenas meus pais, Sebastian, Neo, Jude e Riley. Eu acho. Bem, Jeremy Beckett, obviamente, mas ele está morto.

Crew se levanta e dá a volta na mesa, com as mãos firmemente enfiadas nos bolsos.

— E temos certeza de que aquele bastardo está morto?

— Sim — eu aceno —, Jude confessou tê-lo matado.

— Que porra é essa? — Jagger resmunga. — De onde diabos vem toda essa informação?

— Riley e eu conversamos com Jude hoje e, honestamente, pessoal, acho que ele está nos dizendo a verdade.

— Foda-se Jude — Crew sussurra. — Não importa o que aquele canalha diga. Ele está nos provocando há muito tempo. Finalmente tivemos um pouco de paz aqui com aquele filho da puta amarrado. Eu digo que simplesmente devemos matá-lo e continuar com nossas vidas.

A teimosia toma conta e estou ficando muito cansada de ninguém ouvir o que tenho a dizer.

— Vocês não estão me ouvindo. Se ele está dizendo a verdade, isso significa que outra pessoa está no controle. Então, de que adiantará matá-lo?

— Reparação. Vingança. Castigo — sugere Jagger, concordando com Crew. — Posso pensar em muitas palavras e nenhuma delas teria o significado de *arrependimento*.

Este não é o caminho que eu queria que esta conversa tomasse.

— Ok. Estamos nos adiantando aqui. Meu segredo, meu sangue, muda alguma coisa entre nós?

— Não — Crew diz, e Jagger nega com a cabeça. — E eu concordo com seus pais, ninguém mais precisa saber disso.

Jagger fica sério, colocando as mãos nos meus ombros, enquanto se curva.

— Você não pode contar a mais ninguém, porque se isso chegar à pessoa errada, a vida como você a conhece acabará.

A realidade de suas palavras me atinge como uma faca afiada no peito.

— E o pai de Neo?

— Algo me diz que seu pai vai lidar muito bem com Sebastian.

Concordo com a cabeça em resposta, esperando que ele esteja certo.

— Podemos ir para casa agora?

Jagger puxa minha cabeça para seu peito, embalando-a.

— Sim. Vamos para casa.

RACHEL LEIGH

CAPÍTULO VINTE E SEIS

JAGGER

No momento, Scar tem muita coisa acontecendo. Ela está confusa sobre seus sentimentos. Lutando com sua identidade. E nos ajudando a resolver o mistério que nos rodeia. Temos um cara, que poderia ser o irmão dela, amarrado nos túneis. Temos Maddie escondida em um quarto no andar de cima. Não creio que as coisas possam piorar para nenhum de nós. O bom é que Scar concordou em ficar longe de Neo o máximo possível, então Crew e eu temos isso a nosso favor.

Mas a que custo? O que teremos que pagar? Sua felicidade? Quero dizer, vamos lá. De jeito nenhum que Scar pode pensar que Neo é algo diferente de um idiota egoísta. Ele é meu melhor amigo e até admito isso. Inferno, Neo admitiria isso ele mesmo. Depois de tudo que o cara fez com Scar, deveríamos odiá-lo. Na verdade, já deveríamos ter nos livrado dele há muito tempo. Nós o deixamos ficar, no entanto. Nós o mantivemos em nosso círculo porque, um, fizemos um pacto, e dois, Crew e eu sabemos quem era Neo antes de sua vida ir para o inferno. Ele teve uma vida difícil e, quanto mais pessoas o afastarem, pior será sua situação.

Olhando para Scar agora, com a cabeça dela apoiada no meu peito, as pernas jogadas sobre as de Crew enquanto ele ronca, não posso deixar de me sentir mal por fazê-la escolher. Quem sou eu para negar a felicidade dela se Neo pode dar isso a ela da mesma forma que nós? Nós três sempre fomos próximos. Não tenho certeza se já passei um único dia sem falar com um deles.

O que diabos estou pensando? Scar nem quer Neo. E, mesmo que quisesse, isso não significa que ele a quer também

Com o queixo no peito, miro seus olhos arregalados e cansados, enquanto ela olha para o lado, perdida em pensamentos.

— Ei — chamo, inclinando levemente seu queixo com o polegar —, no que você está pensando?

Ela me dá um sorriso torto e diz:

— Tudo.

— Quer conversar sobre isso?

Sua cabeça repousa novamente e ela se enrola mais perto, me apertando com mais força. Quando as pernas dela se movem alguns centímetros, deslizando sobre as de Crew, que está do outro lado, ele bufa durante o sono. Juro que nunca ouvi ninguém roncar tão alto quanto esse filho da puta. Não tenho certeza de como Scar lida com essa merda algumas noites por semana.

Scar ri e, de repente, seu ronco não é tão ruim. Não pode ser, se isso lhe traz um pouco de felicidade.

— Você realmente acha que meu segredo estará seguro? Que ninguém vai descobrir?

— Amor — inclino seu queixo novamente, desesperado para olhá-la nos olhos —, é com isso que você está preocupada?

Ela pisca para afastar as lágrimas que caem em seus cílios.

— É uma grande coisa. Se isso chegasse aos Anciãos em outras Seções, não haveria como eu não ser abolida. Sou um produto da vingança.

— Pense nisso, Scar. Se os Becketts tiveram esse plano mestre durante todos esses anos para quebrar nossas linhagens, você realmente acha que eles só tiveram sucesso com você? Provavelmente há dezenas de membros que não são quem pensam que são, ou quem dizem ser. Você ainda é você. Ainda é Scarlett Sunder.

Scar levanta a cabeça, o queixo pressionado firmemente no meu peito.

— Você tem razão. Nunca pensei nisso dessa forma. — Eu me inclino para frente, pressionando os lábios nos dela, grato por poder lhe dar um pouco de paz de espírito.

— Sem mencionar — continuo — que Sebastian odeia os Beckett tanto quanto todos nós. Ele não compartilhará seu segredo, porque não quer dar esse poder a eles. Na verdade, ele só quer usar isso para prejudicar sua família. Você não precisa se preocupar. Ele teve anos para te expor. Se não fez isso até agora, não pretende fazer mais.

O sorriso parcial em seu rosto me diz que minhas palavras ajudaram a acalmá-la.

— Eu te amo — declara suavemente contra meus lábios.

RACHEL LEIGH

— Eu também te amo. E quero que saiba que eu nunca te deixaria ir quando você afastou a mim e a Crew.

Seu queixo se move contra meu peito a cada palavra que ela diz, seu coração batendo ao meu lado.

— Eu nunca planejei deixar vocês irem também. Mal consigo respirar sem você.

— Mas chega de lutar boxe com o meu coração. Ok? Essa merda dói. Suas feições suavizam com uma carranca.

— Nunca mais. Eu prometo. Sinto muito por ter te machucado.

— Nada disso importa agora. Estamos de volta ao lugar ao qual pertencemos e posso dizer com certeza que essa bagunça está quase acabando. Um suspiro pesado escapa dela.

— Espero que você esteja certo. Então, qual é o plano com Jude? Encolho os ombros contra o travesseiro.

— Se o que você diz é verdade, e ele não é realmente o mestre das marionetes por trás desse esquema, então precisamos que ele comece do início, para que possamos rastrear cada movimento que esse cara possa ter feito.

— Ele disse que matou o próprio pai. Acha que ele está mentindo?

— Neste ponto, tudo é possível.

Beijo a testa de Scar e ela desliza mais para cima de mim. Seus seios pressionam minhas costelas e eu levanto, deixando-a sentir minha ereção. Ela ri.

— Crew está aqui dormindo.

Agarro suas nádegas com as duas mãos e aperto.

— E daí? — Com apenas uma regata branca com rasgos e uma calcinha preta, ela está gostosa demais para não devorar. Puxo seu rosto para baixo, trazendo sua boca para a minha. — Vai ser divertido. Arriscado, até.

Ela sorri contra meus lábios e murmura:

— Como um jogo de "não vamos acordar Crew"?

— Exatamente. — Ela quer fazer disso um jogo, então é um jogo. O que for preciso para eu sentir suas paredes apertando meu pau.

Scar se senta, endireitando as costas, as pernas envolvendo meu corpo. Com um sorriso malicioso nos lábios, ela agarra a barra da camisa, cruza os braços e a levanta. Seus seios empinados se libertam e eu imediatamente encho minhas mãos com eles.

— Porra, amor. — Corro os dedos ao longo da barra de sua calcinha e arranco o elástico. — Esta é a próxima.

Ela se inclina para frente, com as costas arqueadas, e seus mamilos roçam os pelos do meu peito.

— Tire de mim.

— Eu ficaria honrado. — Com uma mão, pego sua calcinha de algodão e dou um puxão rápido. Ela manobra para sair dela, até que fica pendurados em seu tornozelo. Com um chute, ela voa, caindo em algum lugar do chão.

Sua mão repousa sobre meu pau e ela dá um aperto sutil. Meus quadris sobem e eu rosno.

— Vê o que você faz comigo, Scar?

— Sua vez — ela diz, a luxúria em seus olhos me excitando mais e mais a cada segundo que passa. Eu a absorvo. Ela é tão linda, tão sedutora. Todos esses anos isso poderia ter sido meu, mas eu era muito tolo para perceber.

Agarro seus quadris, apertando-a contra minha ereção que ameaça romper o tecido da minha calça de moletom.

— O que você vai fazer com meu pau quando eu ficar nu?

Ela mordisca o lábio inferior sedutoramente.

— O que você quer que eu faça?

— Mostre a ele o quanto você sentiu saudade. E pode deixar bem molhado.

Sua boca se abre e ela lambe os lábios.

— O que você vai fazer por mim?

Dou um tapa na bunda dela, com força, e ela pula.

— Vou fazer você gozar na minha cara. — Quando ela puxa minhas calças em desespero, inclino seu queixo com o dedo. — Você quer isso, amor? — Ela acena contra o meu toque, então me sento, suas pernas agora dobradas em volta de mim como um pretzel. Meus lábios pressionam os dela e eu digo: — Essa é minha garota.

Agarrando-a pela cintura, levanto seu corpo leve, antes de sair de baixo dela e colocá-la de volta na cama. Ela se deita, a cabeça apoiada em uma pilha de travesseiros. Uma vez de pé, tiro a calça de moletom e envolvo a mão em meu pau, bombeando-o algumas vezes antes de montá-la.

Ela observa atentamente enquanto eu continuo a me acariciar, molhando seus lábios cada vez mais.

— Quer isso? — pergunto a ela, que acena com a cabeça, a respiração ofegante. — Você gosta de chupar meu pau, não é, Scarlett?

— Uhummm .

Eu sei que ela gosta. Assim como sei que adora quando a chamo de Scarlett.

RACHEL LEIGH

Suas unhas percorrem seu peito como penas enquanto ela fica arrepiada. Ela para nos seios, colocando-os nas mãos e depois massageando-os. É a coisa mais sexy que já vi há algum tempo, além de uma visão frontal de suas pernas abertas.

— Quer que eu goze em seus peitos?

Ela engole em seco, gostando da ideia.

— Sim — choraminga. — Por favor. Apenas venha aqui. — O desespero em seu tom é altamente excitante. Nunca conheci uma garota tão desesperada para chupar um pau. Mas Scar gosta de me agradar, tanto quanto gosto de agradá-la.

Um dedo desliza por sua fenda e suas pernas se abrem instintivamente. Usando a ponta do meu dedo, massageio seu clitóris, provocando-a um pouco. Quando seus quadris empurram, paro e vou até seu rosto, arrastando meu dedo ao longo de seus lábios carnudos e molhados. Depois faço-o novamente, obtendo mais da sua umidade.

— Preciso desses lábios bem molhados.

Sua língua sai, saboreando o que estou colocando nela, e aproveito esta oportunidade para enfiar a parte rasa do meu pau em sua boca. Ela agarra meus quadris, virando ligeiramente a cabeça para conseguir um ângulo melhor.

Ainda bombeando a base, eu me guio para dentro e para fora de sua boca, bem devagar. Meus quadris balançam para frente e para trás, e uso uma das mãos na parte de trás de sua cabeça, para me apoiar, e a outra em seu seio. Sua língua circula minha cabeça e seus olhos selvagens se levantam para os meus. Só o olhar é suficiente para incendiar minha alma, sem falar dela deitada nesta cama, toda aberta para mim.

— Porra, Scar. — Diminuo meus movimentos, tentando prolongar isso o máximo possível.

Crew se mexe um pouco, mas Scar nem percebe, apenas continua chupando meu pau como se fosse o paraíso. Seus lábios se abrem, envolvendo lindamente minha largura. Meus dedos se enroscam na bagunça de cabelo na parte de trás de sua cabeça.

Quando Crew se move novamente, desta vez encostando em seu lado, ela levanta ligeiramente a cabeça para olhar. Agarro seu cabelo com mais força, voltando-a para mim. Se ele acordar, há uma boa chance de ela parar, e estou prestes a explodir em seus seios, como prometi a ela que faria.

Scar se afasta um pouco, tirando minha cabeça da boca, mas não para. Sua língua percorre meu comprimento e, quando volta para minha cabeça, arrasta os dentes por ela. Meu corpo sacode quando sua língua envolve meu eixo, atingindo meus nervos.

Agarro a mão dela, que agora está apoiada em seu peito, e a posiciono entre minhas pernas.

— Brinque com minhas bolas, amor. — E ela brinca. Segurando as duas em uma das mãos, ela flexiona os dedos e amassa meu saco. — Porra, sim.

Ela coloca meu pau na boca novamente, cobrindo-o com sua saliva, enquanto acaricia minha metade inferior e chupa a ponta.

Meus olhos passam dos olhos grandes e pesados para a boca, para os seios e depois para as pernas bem abertas. Com um ligeiro estiramento do braço, corro os dedos para cima e para baixo na sua boceta, deixando-a bem molhada, para que possa lamber tudo mais tarde.

— Você está encharcada, Scarlett. O que vai fazer sobre isso? — Uma descarga elétrica percorre meu corpo. Meu estômago se enche de calor e minha respiração fica presa. Dou um tapinha em sua boceta e depois circulo meus dedos em sua entrada, brincando com sua umidade.

Rosno um som inebriante, e minha reação faz com que ela me chupe com mais força e mais rápido. Minhas bolas apertam e eu puxo para fora, bombeando-me febrilmente enquanto gotas de esperma disparam pelos seus seios, cobrindo seus mamilos e escorrendo pelas laterais. Se eu pudesse tirar uma foto, eu me masturbaria diariamente, porque é uma visão com a qual muitos sonham. O meu único arrependimento é não ter conseguido ver a minha excitação a pingar da sua boca, por isso corro os meus dedos pelos seus seios, esfregando um pouco do meu esperma e depois arrastando-o à volta dos seus lábios.

— Você fica tão bem com meu esperma em seus lábios, amor.

Ela lambe e diz:

— Me beija.

Eu me inclino para frente, enfio dois dedos dentro de sua boceta e sussurro:

— Prefiro provar você.

A resposta dela é um inebriante:

— Sim, por favor.

Puxo meus dedos para fora e giro seu corpo de modo que sua bunda fique pendurada na beirada da cama e a base de sua crânio repouse ao lado da perna de Crew. Ainda estou de pé quando empurro suas pernas até que seus joelhos quase toquem seus ombros. Ela agarra os tornozelos,

RACHEL LEIGH

mantendo-os no lugar. Ela não tem vergonha de exibir sua boceta pingando para mim. Uma das coisas que sempre amei em Scar é sua confiança e sua personalidade como quem diz "eu não dou a mínima".

Deixando cair minha cabeça entre suas pernas, agarro cada um de seus quadris, meus dedos apertando com tenacidade suficiente para machucar sua pele delicada. Ela choraminga um som que me deixa ainda mais faminto pelo que está na minha frente.

Quando suas pernas me envolvem, eu digo:

— Relaxe, amor. — Eu a espalho mais. — Vou fazer você se sentir muito bem.

Começando pelo clitóris dela, provoco um pouco com a ponta da língua. Então empurro dois dedos dentro de sua entrada e deslizo minha língua entre suas dobras. De vez em quando, paro novamente em seu clitóris. Quando ela se acalma um pouco, deixando seu corpo relaxar, eu retiro meus dedos e arrasto minha língua de seu clitóris até seu cu.

Há uma mudança no colchão que me faz levantar os olhos, e é quando vejo Crew curvado sobre Scar, beijando-a com a mão em volta do pescoço.

Minhas bochechas ficam vermelhas com uma raiva carmesim. *É melhor aquele fodido não estragar isso para mim.*

Mas quando vejo que ele está com o próprio pau para fora, sei que sua única intenção é participar.

CAPÍTULO VINTE E SETE

SCAR

Cada nervo do meu corpo se eriça quando Jagger gira a língua na minha entrada. Jagger nunca hesita em me fazer sentir bem. Meu prazer é o prazer dele. E é isso que ele está fazendo. Ele está me fazendo sentir muito bem. Mas não é suficiente. Eu preciso de mais. Preciso sentir seus dedos dentro de mim. Sua língua se contorcendo contra meu sexo. Quero a barba por fazer em seu queixo raspando na parte interna das minhas coxas. Todo o meu corpo treme e coça por mais.

Meus olhos se fecham quando ele chupa meu clitóris. Ele empurra minhas pernas para cima, me achatando como uma panqueca.

O som de Crew limpando a garganta faz meu coração disparar. Quando ele aparece, com seus olhos cansados nos meus, o pânico se instala. Só quando vejo o brilho de um sorriso em seu rosto é que consigo me acalmar. Ele está sem camisa e, quando se aproxima, vejo que se livrou da cueca boxer com a qual estava dormindo. Ele se inclina para frente, pressionando seus lábios nos meus.

— Uma visão e tanto para acordar. — Sua mão envolve minha garganta com pouca força e eu ofego em sua boca.

Jagger para o que está fazendo momentaneamente e sei que viu Crew. Quando ele recomeça, solto um suspiro de alívio. Estou tão excitada agora. Estendo a mão em busca do pau de Crew. Quando ele percebe o que estou fazendo, coloca na palma da minha mão. Esfrego sua pele sedosa e suas veias salientes, tirando uma gota de pré-sêmen de sua cabeça, depois envolvo meus dedos em torno dele por baixo. Ele balança os quadris em sincronia com meus movimentos de carícia.

Depois de algumas bombadas, Crew posiciona a cabeça de seu pau na frente da minha boca e depois o arrasta pelos meus lábios, com a mão ainda firmemente enrolada em minha garganta. Minha mandíbula já está dolorida por causa de Jagger, mas abro a boca, disposta a sentir a dor por Crew. Eu gemo em torno de seu pau, porque qualquer que seja a magia que Jagger está fazendo lá embaixo me faz subir a novos patamares.

Seus dedos trabalham minha boceta, enquanto sua boca chupa ansiosamente meu nó sensível. Ele abre mais minhas bochechas, enterrando o rosto entre elas.

A eletricidade corre através de mim e meu corpo reage apertando o pau de Crew com mais força enquanto chupo sua cabeça. Meus olhos rolam e estou encarando a escuridão antes que eles voltem e se abram. Olho para Crew, que está observando cada reação minha, com a boca aberta e o peito se movendo rapidamente.

Ele geme. Eu gemo. E Jagger geme. *Foda-se*. Eu vou explodir.

A barba por fazer no queixo de Jagger irrita meu sexo e eu olho para ele, o pau de Crew está enfiado na lateral da minha bochecha. Minhas paredes apertam os dedos de Jagger, ameaçando engoli-los inteiros.

— Você gosta disso, amor? — Jagger pergunta, e o recompenso com um gemido inebriante.

Crew aperta minha garganta com mais força, cortando um pouco do meu suprimento de ar. Minha cabeça fica tonta, mas com ela vem um êxtase que nunca imaginei ser possível. Grito em volta do pau dele, nunca parando meus movimentos de sucção. Meu corpo inteiro está cheio de alfinetes e agulhas impalpáveis. Minha boceta lateja e eu entro em combustão, prova do meu orgasmo arrastando-se entre as nádegas. Jagger move sua língua para cima e para baixo rapidamente, me lambendo até secar.

Crew afrouxa a pressão na minha garganta, depois sai da minha boca e substitui seu pau pelos lábios. Ele se acaricia rapidamente. O líquido quente atinge minha barriga, misturando-se com o esperma seco de Jagger de antes.

Assim que ele se afasta, Jagger sai do meio das minhas pernas e eu as deixo cair juntas.

Estou em estado de euforia, ali deitada, recuperando o fôlego.

Crew cai de um lado meu, Jagger do outro. Há um longo silêncio antes de eu murmurar:

— Puta merda.

O rosto de Jagger é o primeiro que vejo quando ele se inclina sobre mim e dá um beijo casto na minha testa.

— Acho que perdemos aquele jogo.

Eu rio, sabendo exatamente do que ele está falando.

Em seguida, vejo o rosto de Crew ao meu lado.

— Que jogo? — pergunta, sem saber.

— Ah, nada. Estávamos apenas tentando não te acordar, mas não me arrependo.

Todos nós nos deitamos, olhando para o teto em silêncio por alguns minutos. Quando tenho certeza de que minhas pernas não vão falhar, levanto-me e vou ao banheiro para me limpar, com a promessa de que Crew e Jagger ainda estarão aqui quando eu voltar.

Assim que o faço, fico feliz em ver que eles cumpriram essa promessa. Ambos estão de volta às suas roupas. Bem, Crew de cueca boxer preta e Jagger de calça de moletom cinza. Há um grande espaço entre eles, só para mim.

Eu me acomodo, meio sentada, meio deitada, com a cabeça apoiada na cabeceira da cama, vestindo camiseta regata e calcinha. Os dois caras gravitam em minha direção. A mão de Crew repousa na parte superior da minha coxa e a de Jagger na minha barriga, enquanto ele está deitado de lado.

Há um silêncio constrangedor, então decido quebrá-lo:

— Bem, rapazes — estalo os lábios —, esta noite foi divertida.

— Qualquer coisa por você, amor — afirma Jagger, e eu sei que ele está falando sério. Ambos colocam todo o foco em mim, o tempo todo, e isso me faz sentir muito especial e amada.

— Estou feliz que isso não seja estranho — digo a eles, embora saiba que é. Pelo menos para mim. Eu tento o meu melhor para separar nossos relacionamentos e, esta noite, fiquei com os dois à vista de ambos.

— Não — Crew murmura —, por que seria estranho?

— Que bom. — Bato as mãos nas pernas. — Então não será nada estranho para todos nós dormirmos aqui juntos esta noite. Eu me sinto tão satisfeita quando vocês dois estão aqui.

— Seu desejo é uma ordem — garante Jagger, fechando os olhos lentamente.

Mais tempo passa e Jagger começa a cochilar. Estou olhando para a parede, pensando profundamente em Neo. Eu não deveria estar pensando nele agora. Principalmente quando tenho meus namorados aqui comigo. Ou no geral, aliás. Mesmo assim, não consigo tirá-lo da cabeça. Todo esse ultimato com Jagger está pesando em meu coração e sinto que, se não resolver isso logo, ficarei ressentida e com raiva. A última coisa que quero é machucar Jagger, mas não consigo ficar longe de Neo. Simplesmente não posso.

— O que está errado? — Crew pergunta, sentindo minha apreensão. Enquanto eu estava olhando para a parede, ele estava olhando para mim.

Rolo para o lado para encará-lo, deixando a mão de Jagger cair, já que ele agora está dormindo.

— Posso ser honesta com você? — pergunto a Crew, meu rosto pressionado firmemente contra o mesmo travesseiro em que sua cabeça está apoiada. É uma pergunta boba, porque sei que posso ser honesta com Crew. Ele nunca me julga.

— Sempre, amor. O que foi?

— Não quero machucar você e Jagger ou irritá-los mais do que já fiz, mas não acho que posso ficar longe de Neo.

— É isso que está te incomodando? — Seu discurso me diz que ele está surpreso por isso estar em minha mente. — Não se preocupe com isso, Scar. Jagger estava apenas irritado. Ele sabe que não há como evitar Neo para sempre.

Suas palavras, embora tranquilizadoras em alguns aspectos, ainda não acalmam a dor em meu coração.

— A questão é que não estou falando apenas de evitar Neo. Estou falando sobre estar perto dele. Fazer parte da vida dele e ele fazer parte da nossa.

— Neo não vai a lugar nenhum, e nós também não. Nós lidamos com esse filho da puta há anos e continuaremos a fazê-lo até que estejamos todos debaixo de terra. Inferno, do jeito que o destino joga suas cartas, provavelmente morreremos todos ao mesmo tempo. Somos caras. Nós brigamos e fazemos as pazes.

— Não me surpreenderia. Vocês todos passaram por muita coisa juntos e tenho certeza de que há mais por vir.

Seus dedos deslizam levemente pelo meu braço, os olhos fixos nos meus.

— Agora preciso que seja honesta comigo.

— Ok. — Lambo meus lábios. — Chega de segredos. Eu vou te contar qualquer coisa.

— Você gosta dele? — ele brinca, sua expressão sombria nunca vacilando.

— Gosto. — Não preciso nem pensar antes de responder. Sem bobagem. Eu digo a ele a verdade: — Eu o entendi errado, Crew. Acho que todos nós entendemos.

— Olha. Jagger e eu sabemos melhor do que ninguém como Neo é idiota, mas também sabemos a merda pela qual ele passou. E, cá entre nós, somos os únicos que já viram o cara chorar. Ele não é tão cruel quanto gostaria que todos pensassem que é. É por isso que o mantemos por perto.

Só de pensar em Neo chorando, sinto arrepios na pele. Isso também me deixa muito triste. Quase posso imaginar na minha cabeça e é uma visão comovente. Às vezes esquecemos que aqueles que agem de forma dura são realmente os que mais sofrem por dentro.

— Mas ele ainda é um idiota. — As palavras de Jagger atingem meus ouvidos e meu corpo estremece, virando a cabeça para olhar para ele.

Ele está com um olho aberto em mim.

— Às vezes temos que odiá-lo, às vezes temos que amá-lo. Mas ele sempre será um idiota.

Quando Jagger abre um sorriso e fecha os olhos novamente, sei que está sendo solidário com a situação, e admiro isso nele. Ele é capaz de deixar de lado seus sentimentos em prol da minha felicidade. Haverá momentos em que terei que fazer o mesmo, e é assim que os relacionamentos funcionam. É tudo uma questão de compromisso.

Só posso presumir que ele ouviu toda a conversa e não argumentou que eu não conseguiria cumprir minha parte no acordo, então agora vou me enrolar em seu peito, enquanto Crew me segura do outro lado, e dormir com paz de espírito esta noite.

RACHEL LEIGH

CAPÍTULO VINTE E OITO

SCAR

Ontem à noite foi tudo que eu precisava. Acordei me sentindo esperançosa e feliz por ter meus rapazes de volta em casa e na minha cama. Pela primeira vez em muito tempo, vejo a luz no fim do túnel.

A fisioterapia de Maddie é hoje, então vou faltar à escola para ficar com ela. Ela está animada para me mostrar o progresso que fez. Estou tão impressionada com o quão longe ela chegou tão rapidamente. Estou ansiosa pelo dia em que estará passeando, dançando, indo à escola e às festas. Todas as coisas que perdeu.

Hoje também é o dia em que começo a explicar a Maddie a verdade de que Crew e eu estamos juntos. Será um processo lento. Mas, eventualmente, espero que ela encontre em seu coração o desejo de ficar feliz por nós. Por todos nós.

É hora de ser honesta. Não apenas com Maddie, mas comigo também.

Maddie está hospedada no quarto de Crew. Ele não ficou muito feliz com isso até que eu disse que ele poderia dividir a cama comigo por enquanto. Então ele se ofereceu para deixá-la ficar o resto do ano letivo.

— Trouxe o almoço — digo a ela, abrindo a porta do quarto com o pé, uma bandeja apoiada em ambas as mãos.

— Ah, que bom. Estou morrendo de fome.

Coloco a bandeja com cuidado na mesa de cabeceira e depois me acomodo ao pé da cama. Com as pernas dobradas como um pretzel, enrolo as mãos dentro das mangas.

— Se importa se conversarmos enquanto você come?

Ela leva uma colher de chili à boca e sopra.

— De jeito nenhum.

Limpo a garganta, quebrando o contato visual.

— Há algo que preciso te contar, Mads.

— Isso não parece bom.

— Não é terrível, mas você pode não gostar.

O som da colher dela batendo na tigela de cerâmica me faz levantar a cabeça.

— Honestamente, Scar. Não acho que haja muito que você possa dizer para me chatear agora. Estou muito feliz por estar viva e bem. Então, seja o que for, diga.

Sempre adorei seu otimismo. Maddie tem um jeito de melhorar o humor de todos. Ela é a alegria da festa. A idiota que não tem medo de fazer papel de boba. E aquela que sempre fala o que pensa. Ela é basicamente Riley em um corpo diferente.

Quando não digo nada, ela pressiona com mais força.

— Solta logo isso, Scar. Não pode ser tão ruim assim.

— Estou namorando Jagger.

Não foi o que planejei dizer, mas também era algo que ela precisava saber.

Seu pescoço se puxa para trás, as sobrancelhas franzidas com força.

— Jagger Cole?

Eu rio.

— Existe outro Jagger?

— Mas espere. E Neo? — ela resmunga. — Não me diga que você o está traindo.

— Não. — Balanço minha cabeça rapidamente. — Não, não o estou traindo... porque Neo e eu não estamos realmente juntos. Bem, na verdade não. Quer dizer, eu gosto dele. Eu acho. — Minha palma planta na minha testa. — Porra, Mads. Não sei. Jagger e eu estamos juntos. Acho que gosto do Neo. E sei que tenho uma queda por Crew.

Pronto, eu disse. Está dito e não há como voltar atrás.

Falar tudo em voz alta me faz parecer absolutamente ridícula. Como alguém que não tem ideia do que quer. Talvez eu não tenha.

— Crew? — gagueja. — Meu Crew?

Mordo meu lábio inferior e torço o nariz.

— Existe outro Crew?

— Não. Mas sério, Scar? Você gosta de Crew?

Eu fecho meus olhos e aceno em resposta.

RACHEL LEIGH

— Eu sabia.

Meus olhos se abrem.

— Você sabia?

Ela pega a colher de volta e dá uma mordida no chili antes de continuar:

— Sim. Eu sabia que você gostava dele desde que éramos crianças. E mesmo quando ele e eu estávamos namorando, eu sabia disso. Também sabia que ele gostava de você.

— Mas você disse a mesma coisa sobre Neo, que você sempre soube que ele tinha uma queda por mim?

— Disse. E falei de verdade. Também sabia que você gostava de Jagger. Eu praticamente sabia que você estava apaixonada pelos três desde, tipo, sempre.

Sua calma na situação é muito reconfortante. Tive a sensação de que ela não reagiria precipitadamente comigo. Maddie não se chateia facilmente e sempre tenta ver o melhor em cada situação.

— Ok, Vidente Maddie. Então, o que você tem a dizer sobre tudo isso?

— O que eu sempre digo em qualquer situação. Siga seu coração.

Abaixo a cabeça, escondendo meu rosto vermelho e me preparando para fazer a próxima pergunta.

— E se meu coração me levar a todos os três? — Espreito um olho, depois o outro.

Sua língua estala e ela coloca a colher de volta na mesa.

— Eu não posso ajudá-la nisso. Só você sabe como se sente.

Novamente, assim como Riley. Pela primeira vez, eu só queria que alguém me dissesse exatamente o que fazer, porque, se eu for deixada sozinha, posso foder minha vida e a de todos eles.

O assunto muda para Riley e Jude, e eu conto tudo a Maddie sobre eles, bem como sobre nossa conversa com Jude na noite passada. Maddie não parece achar que Jude está dizendo a verdade e ela tem a ideia de que, se o vir, isso poderá refrescar sua memória. Agora só temos que ver se os caras concordam.

Estou andando pelo corredor, voltando para o meu quarto, quando parece que alguém está batendo na parede atrás de mim. Eu giro e recuo, até que o som se aproxima cada vez mais. Quando percebo, estou do lado de fora do quarto de Neo.

A porta está entreaberta, então me inclino e ouço.

— Estúpido filho da puta. — *Bang.* — Você me chama de inútil. — *Bang.* — Você me criou, então o que isso faz de você? — *Bang.*

Ai, meu Deus. Parece que Neo está destruindo sua parede. Enfio a cabeça um pouco para dentro e, com certeza, ele está. Talvez haja cinco, seis buracos na parede. O sangue escorre pelos seus braços, caindo no chão, mas ele não para.

— Eu deveria te matar, porra. — *Bang.* — Você a chama de cobra...

— Neo! — ofego, abrindo a porta. — Pare com isso. — Pego uma camiseta do chão e corro ao seu encontro. Ele olha para mim, mas seu olhar é vazio, como se estivesse vendo além de mim. Pego sua mão direita e enrolo a camisa em volta dela. — O que você está fazendo?

Ele não diz nada, apenas me observa com olhos redondos e atordoados. Eu odeio vê-lo assim. Tão quebrado. Tão bravo. Tão magoado.

Levando-o até a cama, enquanto seguro sua mão com força na camisa, peço:

— Sente-se.

Para minha surpresa, ele não discute nem me afasta. Ele se senta e me deixa desenrolar a camiseta encharcada de sangue.

— Esperemos que você não tenha quebrado nenhum osso.

Uma vez solta, uso uma ponta da camisa para limpar as feridas abertas nos nós dos dedos. Neo geme, e eu estremeço, esperando não tê-lo machucado muito.

— Desculpe.

Continuo esfregando delicadamente, limpando o sangue que continua escorrendo dos vários cortes.

— O que aquela parede fez com você, afinal? — É uma piada e espero que ele veja humor nisso. Olho para ele, sorrindo, mas rapidamente desaparece quando vejo seu olhar atento. — O quê?

Ele ainda não diz nada, e estou começando a me perguntar se está em algum tipo de choque agora. Está começando a me assustar.

Enquanto me observa, olho para sua mão, continuando a limpá-la.

— Você tem um kit de primeiros socorros? — É uma pergunta estúpida, afinal, por que Neo teria um kit de primeiros socorros. — Fique aqui, ok? Vou pegar alguns band-aids no banheiro de Jagger. — Tenho quase certeza de que vi alguns ali uma vez, junto com um creme antibiótico.

Enrolo sua mão de volta e coloco-a em seu colo, então fico de pé, mas ele me impede. Com a mão livre na minha coxa, ele me abaixa novamente.

— Não vá.

— Mas você precisa de curativos...

Ele engole em seco, levantando a mão saudável. As pontas dos dedos dele roçam suavemente minha bochecha e ele observa a ação atentamente. Deslizando os dedos atrás da minha orelha, prende meu cabelo.

RACHEL LEIGH

— Neo — sussurro, minha voz rouca, meu coração batendo forte no peito —, eu não quero ficar longe de você. E eu não quero ir.

Os momentos passam. Não tenho certeza de quantos, porque também parece que o tempo parou.

Neo abaixa a mão, apoiando-a sobre a minha no colo. Ele olha para seus dedos inquietos.

— Me desculpe por machucar você.

Suas palavras me pegam em completa surpresa. Nunca, em todos os anos que conheço Neo, o ouvi pedir desculpas por alguma coisa. É por isso que não considero isso uma coisa pequena. Eu absorvo isso, deixando as palavras envolverem meu coração completamente.

Mas ele não para por aí. Ele se vira para mim, levantando ligeiramente uma perna dobrada sobre a cama. A camisa em volta de sua mão ensanguentada cai no chão, e ele levanta a mesma mão até meu rosto, colocando-a na palma da mão.

— Eu não quero mais machucar você.

— Eu... eu também não quero que você me machuque mais.

Não tenho certeza do que é isso. O que significa esse sentimento dentro de mim. Ver Neo tão exposto me dá uma necessidade avassaladora e desesperada de agarrá-lo e nunca mais soltá-lo. Meu estômago se enche de calor, meu coração dói de desejo. Cada centímetro do meu corpo parece que foi incendiado e a única maneira de acabar com isso é...

Minha linha de pensamento se perde quando Neo me abraça, nossas bocas colidindo ao mesmo tempo. Caímos de lado no colchão. Seus olhos selvagens pousam nos meus, arregalados e lascivos. Ele se afasta momentaneamente, boquiaberto, antes de me devorar de novo — o gosto de cerveja velha em seus lábios. Nossas línguas se enroscam, os dentes batem e nossos corações batem no peito um do outro.

Neo desliza a mão pela minha camisa e eu estremeço ao seu toque.

— Não quero mais jogar esses jogos, Scar. — Suas palavras saem roucas e grosseiras. — Não me importa de onde você veio ou para onde vai, só quero estar lá. Estar com você.

— Neo... — começo, mas ele me silencia com os lábios. Ele geme em minha boca e eu engulo, junto com as palavras que ia dizer: *preciso de você*.

Alguém já disse isso a Neo antes, que precisa dele? Eu quero que ele saiba. Ele precisa perceber que vale a pena e não é a escória que seu pai continua a fazê-lo acreditar que é. Quero beijar cada ferida, cada cicatriz, e mostrar que ele merece ser amado. Que ele é digno.

SEGREDOS DISTORCIDOS

Seu corpo é como um cobertor pesado sobre o meu. Seu batimento cardíaco irregular é um lembrete de que ele é humano e não o robô que finge ser.

Uma de suas mãos segura meu peito, a outra contorna a bainha da minha calça de moletom. Não estou usando calcinha, o que ele logo descobre quando sua mão desliza para baixo.

Com a cabeça erguida, seus olhos cansados e doloridos nos meus, ele diz:

— Você é tão quente. Tão molhada. Você me quer, Scar?

Concordo com a cabeça em resposta, meus dentes cavando meu lábio inferior.

— Sim. — Preciso que ele acredite. Ele precisa saber que eu o quero.

As pontas dos seus dedos empurram dentro de mim e abro as pernas para ele. Minha mão encontra sua bochecha, colocando-a suavemente contra ela, e guio sua boca até a minha. Não é difícil, nem forçado, é gentil e doce, um lado de Neo que nunca vi antes.

— Você é tão linda, Scar. — Suas palavras acendem uma nova chama dentro de mim.

Tenho quase certeza de que sou a primeira a entender essa parte dele e a ideia aquece meu estômago.

— E você está tão lindamente quebrado.

Ele me beija novamente, nossas línguas dando voltas dentro da boca um do outro.

— Tente me consertar. Eu te desafio — demanda, mas suas palavras são mais um apelo do que qualquer outra coisa, e é um apelo que aceito de bom grado.

Minha mão desliza por sua camisa, passando sobre as cicatrizes e o abdômen rígido. Continuo me movendo, até puxar a camisa dele pela cabeça. As bordas de suas tatuagens nas costas correm para os lados e passo meus dedos sobre elas, me perguntando o que cada uma significa. É uma história com tinta que quero que ele leia para mim. Quero toda a sua dor. Todos os seus segredos. Quero tudo o que ele está disposto a me dar.

Neo tira a mão da minha calça e levanta, antes de me puxar pela mão. Meus olhos dançam em sua forma perfeita. Ele levanta minha camisa pela minha cabeça, agora vendo que não estou usando sutiã. Ele admira meus seios como uma obra de arte inestimável, captando cada detalhe, cada curva, cada veia.

Ele lambe os lábios e me pego fazendo o mesmo.

Enquanto ele me observa, desço as calças, mostrando a ele o quanto estou falando sério sobre isso. Ele levanta uma sobrancelha, curioso, mas então segue o exemplo e tira o short. Paro, dando uma boa olhada em seu pênis inchado.

Ele está deitado de lado, com os ombros levantados da cama, enquanto deito de costas com as pernas abertas para ele. Pego sua mão, colocando-a no meu sexo.

— Eu preciso de você — choramingo, sem fôlego.

Dois dedos em volta da minha entrada, antes de deslizar para dentro. Minha respiração falha, costas arqueadas. Fecho os olhos, apenas para abri-los rapidamente de novo, com medo de perder uma única expressão em seu rosto.

Nunca, em meus sonhos mais loucos, pensei que estaríamos aqui. Todos os empurrões, as brigas, o ódio e os anos de tensão sexual reprimida... e aqui estamos nós, trazendo todas as emoções à tona de uma forma não combativa.

A gentileza de seus dedos dentro de mim é uma provocação. Estou desesperada por mais. Agarro sua mão — sua mão machucada que está entre minhas pernas — e ele estremece. Mas eu não paro. Eu o forço mais profundamente dentro de mim, e quando seus dedos flexionam, mantenho minha mão sobre a dele.

Neo desce seus lábios pela minha clavícula, chupando e beijando, sem perder um centímetro da minha pele. Quando ele chega ao meu seio, seus dentes roçam meu mamilo. Minhas costas se levantam da cama e acaricio sua nuca, passando os dedos por seu cabelo escuro e bagunçado.

Ele passa para o outro seio, dando-lhe a mesma atenção.

Quando seus dedos se curvam, mergulhando cada vez mais fundo, atingindo os nervos certos, eu grito:

— Ai, Deus.

Ele continua, cavando mais fundo dentro de mim, e adiciona um terceiro dedo. Meus quadris se levantam, buscando fricção, gemidos e choramingos escapando pelos meus lábios. Sua boca se move até a minha, nossos lábios se misturando, e encho meus pulmões cada vez que ele solta o ar.

Seus dedos bombeiam mais rápido, com mais força, os nós dos dedos machucados e sangrentos raspando contra meu sexo.

Meu corpo fica vermelho com o calor, cada célula em chamas, e grito quando chego ao auge do meu orgasmo. Neo me silencia com um beijo ardente, e mesmo quando volto à realidade, com o corpo relaxado, ele não para de me beijar. Os minutos passam, intensificando esse momento, e é agora que percebo que não vou deixá-lo ir de jeito nenhum.

Só a ideia de ele estar com outra garota desperta ciúme dentro de mim. A ideia de alguém mais compartilhando um momento como este com Neo faz meu coração bater no estômago. Não consigo imaginá-lo se entregando a outra pessoa do jeito que fez comigo. Seu coração aberto e ferido está à minha disposição.

Neo desliza em cima de mim, nosso beijo nunca se interrompe e, inspirando profundamente, ele desliza seu pau dentro de mim. Minhas pernas se afastam, abrindo espaço para ele se acomodar entre minhas coxas.

Assim que faz isso, ele afasta a boca e levanta a cabeça.

— Eu quero que você seja minha, Scar. Deixe-me proteger você e seus segredos. Só eu. Ninguém mais.

É irônico que essas palavras estejam saindo de sua boca depois dos pensamentos que acabei de ter. Ele estava pensando a mesma coisa? Que a ideia de eu estar com outro cara é incompreensível.

Mas assim como não poderia me comprometer a ficar longe de Neo, não posso prometer que serei dele e somente dele.

Seu corpo desliza para cima e para baixo no meu, seu pau me enchendo e depois me deixando, apenas para repetir o processo uma e outra vez.

— Não posso — respondo, com honestidade. Seus movimentos ficam lentos e eu elaboro minha resposta. — Eu quero você, Neo, mas os quero também.

Sua língua separa seus lábios, os olhos dançando pela minha boca.

— Esta noite, somos só nós. Ninguém mais.

Eu aceno, porque posso concordar com isso.

Ele fica de joelhos e coloca minhas pernas sobre seus antebraços, mantendo-as no lugar, então aumenta a velocidade novamente. Cada segundo que passa faz com que se mova mais rápido. Sua boca se abre e nossos olhos se encontram. Observo cada expressão e ouço cada gemido que sai de sua boca, absorvendo tudo. E quando ele sai e se ordenha na minha barriga, cobrindo o esperma seco de Jagger e Crew da noite passada, me sinto contente.

Há um leve momento de pânico. Um sentimento de desconfiança quando aceito a possibilidade de que isso seja um jogo para ele. Neo poderia sair de cima de mim e me expulsar de seu quarto, rindo de mim e de meus modos indecentes. É algo que Neo faria. O medo ondula através de mim, revirando meu estômago em nós apertados. Mas quando ele se

RACHEL LEIGH

inclina para frente, com as mãos pressionadas no colchão de cada lado de mim, e um sorriso surge em suas bochechas, finalmente solto o longo suspiro que estava prendendo.

Ele beija meus lábios suavemente e diz:

— Quero melhorar e isso começa com você.

CAPÍTULO
VINTE E NOVE

SCAR

Satisfeita. É assim que me sinto saindo do quarto de Neo esta manhã. Finalmente, vejo tudo com clareza. Pela primeira vez, eu sei exatamente o que quero.

Eu quero os três.

Crew: minha paixão de infância cujos abraços me fazem sentir em casa. Ele é aquele que eu sei que sempre estará ao meu lado, não importa o que aconteça.

Jagger: meu primeiro beijo, que me faz sentir adorada e querida. Ele tem um sorriso que ilumina todo o ambiente e olhos que derretem minha alma.

Neo: meu vilão. O cara machucado e espancado que odeia todo mundo, mas por algum motivo decidiu que não me odeia. Eu quero consertá-lo. Mostrar-lhe como pode ser o amor. Então quero ficar com ele, do jeitinho que é. Com as partes sombrias, cicatrizes e tudo mais.

Sim. Eu quero todos os três e não tenho certeza se posso me contentar com menos. Nunca, em um milhão de anos, pensei que Neo faria morada em meu coração, mas hoje acho que fez. Eu finalmente o vi como ele realmente é. Sem máscaras. Sem bobagem. Sem fachada. Vi um cara que passou pelo inferno. Que viveu a vida tentando agradar o pai e, finalmente, disse foda-se. Na verdade, estou muito orgulhosa dele. Agora só espero que esteja falando sério quando diz que está pronto para retomar sua vida. E mais ainda, sou grata por ele acreditar que tudo começa comigo. Não tenho intenção de decepcioná-lo.

Uma vez que estou toda vestida com minhas roupas de inverno, desço para encontrar todos, incluindo Maddie. Quando chego, vejo-a sentada em sua cadeira de rodas, Neo parado atrás dela segurando as alças. Seus olhos imediatamente pousam nos meus, e ele reprime um sorriso, vira o pescoço e olha para baixo... então lança outro olhar.

— Você parece aquecida — Jagger diz, dando um beijo na minha bochecha.

— Agora estou. Não tenho certeza se posso dizer que estarei quando estivermos lá. — Aceno com a cabeça em direção às portas de vidro deslizantes da varanda que está coberta por uns bons sessenta centímetros de neve.

— Sem brincadeira. Está uma loucura. Mas é um bom passeio de trenó.

— Victor deve chegar com o transporte a qualquer minuto — avisa Neo. — Vou levar Maddie até lá, para que possamos trazê-la assim que ele chegar.

Os caras fizeram algumas ligações de última hora para encontrar uma maneira de levar Maddie até Jude. Crew e Riley já partiram e estão tirando Jude dos túneis. Estamos todos esperançosos de que ver Jude desperte algum tipo de memória para Maddie, e possamos finalmente conseguir algum encerramento.

No fundo, espero muito que ele seja inocente, mas, mesmo que seja, não estou pronta para perdoá-lo por toda a merda que me fez passar.

— Estaremos logo atrás de vocês — aviso a Neo e Maddie.

Neo a empurra pela cozinha até a sala, e dou toda a atenção a Jagger. Meus braços envolvem seu grande casaco de inverno e levanto o queixo.

— Bom dia.

— Bom dia, linda — diz ele. — Senti sua falta ontem à noite.

Mordo o lábio, desviando o olhar.

— Sim. Sobre isso.

— Eu sei — fala, me pegando desprevenida.

— Mas como...

— Crew foi verificar você ontem à noite e você não estava no quarto. Ele veio ao meu pensando que você poderia estar lá e, quando percebeu que não estava, nós dois sabíamos onde te encontrar. Com certeza, abrimos a porta de Neo e lá estava você, dormindo na cama dele.

Prendendo a respiração, pergunto:

— Você está bravo?

Seus lábios se pressionam e ele nega com a cabeça, ainda olhando para mim.

— Não. Você foi honesta conosco. É tudo que podemos pedir.

— Olha. Eu sei que toda essa situação é estranha...

— Você está feliz?

SEGREDOS DISTORCIDOS

— Sim — concordo. — Sim, estou.

— Então isso é tudo que importa.

Desta vez, minha cabeça balança, negando.

— Não, não é. Vocês sempre dizem isso, mas a minha felicidade não é tudo que importa, a sua também.

O som de alguém tocando a buzina do transporte nos interrompe e nós dois caímos na gargalhada.

— Neo? — Jagger diz.

— Ah, com certeza. Definitivamente não é Maddie.

Jagger pega minha mão e saímos de casa juntos. Lá fora, nós dois rimos de Neo, que está nos xingando do banco do motorista para nos apressarmos.

— Não temos o dia todo! Venham aqui! — grita.

Algumas coisas nunca mudam.

Depois de uma rápida parada na escola para deixar Victor — o que é uma surpresa por si só, já que Neo normalmente o faria voltar andando — nós paramos nas Ruínas. Conforme as instruções, Riley e Crew amarraram Jude a uma cadeira acima do solo. A neve ainda está caindo muito forte, o que significa que temos que fazer isso rápido.

Crew e Jagger tiram a cadeira de rodas de Maddie e observo o rosto de Jude em busca de uma expressão de culpa.

— O que eles estão fazendo? — Jude pergunta, em pânico.

— Você vai ver — digo a ele.

Uma vez lá, sob a beirada, Neo sai da nave carregando Maddie.

— Sabe quem é aquela? — Riley pergunta a Jude.

— É a irmã gêmea de Neo, Maddie Saint.

— Isso mesmo — digo a ele. — E você sabe o que aconteceu com ela?

Neo se aproxima, seu olhar ardente fixado em Jude. Assim que chega à cadeira, ele coloca Maddie no chão. Ela não tira os olhos de Jude enquanto se ajusta. Crew fica parado com um rolo de fita adesiva e Jagger coloca uma haste de metal na palma da mão.

— Alguma coisa? — Neo pergunta a ela.

Ela não diz uma palavra, apenas se aproxima, olhando melhor para Jude, enquanto tenta refrescar sua memória.

— Já vi você antes — diz para Jude, e as sobrancelhas dele se erguem. — Não sei onde, mas seu rosto é tão familiar.

— Onde ela te viu antes, Beckett? — Neo pergunta severamente.

RACHEL LEIGH

Jude abre a boca, gagueja e encolhe os ombros, mas não responde à pergunta.

Neo enfia a mão no bolso interno de sua jaqueta de couro. Quando sua mão volta, segurando uma arma, eu suspiro. Crew e Jagger não estão nem um pouco surpresos e só posso presumir que todos eles conversaram sobre isso antes, mas não fui informada de suas intenções.

— O que você está fazendo? — pergunto a Neo.

Ele levanta a arma ligeiramente, aquela expressão vazia no rosto outra vez.

— Responda a pergunta, Beckett.

O lábio inferior de Jude treme enquanto ele gagueja:

— Eu... eu não sei. Aqui na Academia, talvez? Ou talvez ela tenha visto eu e meu pai em algum lugar de Essex. Eu realmente não sei.

Neo levanta a arma mais alto.

— Você está mentindo para mim, Jude, e não gosto quando as pessoas mentem para mim.

Meu primeiro instinto é pegar a arma dele, mas, quando estendo a mão, Crew me agarra pela cintura, me puxando para trás.

— Você não pode atirar nele, Neo!

Neo me olha com desprezo nos olhos.

— Ele empurrou Maddie. Tentou matá-la. E agora é hora de retribuir o favor.

— Não sei se foi ele — Maddie declara. — Algo não parece certo. Nada certo.

Riley interrompe com um grito.

— Isso é porque ele está dizendo a verdade. — Em desespero, ela implora a Maddie: — Diga a eles. Por favor. Não é ele.

Antes que Maddie tenha a chance de dizer qualquer coisa, somos todos pegos de surpresa pelos faróis baixos vindo em nossa direção.

— Sebastian — murmuro. É o mesmo veículo que ele dirigia no dia em que veio trazer para Neo uma chave para Crew usar na casa dos Ilegais.

— O que diabos ele está fazendo aqui? — Crew pergunta.

Neo abaixa sua arma rapidamente e, na tentativa de escondê-la, ela cai no chão. Jagger o ajuda chutando-o para trás da cadeira de Jude.

— Porra, nenhuma ideia. Mas todos fiquem tranquilos. — Neo se coloca na frente de Maddie, e se está tentando escondê-la, está fazendo um péssimo trabalho. Não que haja algum sentido. Sebastian já a viu.

Todos nós observamos atentamente enquanto Sebastian caminha pela neve com as mãos nos bolsos do casaco, um sorriso crescendo em seu rosto a cada passo.

— Minha garota — diz ele, abrindo bem os braços. — Estou tão feliz em ver que está segura.

Sua falta de surpresa é surpreendente. Me pergunto se ele nos viu antes de virmos para cá e teve tempo suficiente para processar todo o cenário.

Sebastian se inclina e dá um abraço em Maddie, porém, por incrível que pareça, ela não retribui sua empolgação por esse reencontro.

— O que você está fazendo aqui, pai? A eleição não é hoje?

— Nada é mais importante do que garantir que minha filha esteja segura. — Com isso, ele se ergue, enfia a mão no bolso e sua expressão muda ao sacar sua própria arma.

Dou um pulo para trás, acertando Crew, que me abraça. Todos se dispersam, afastando-se de Sebastian, que agora aponta uma arma diretamente para Jude. Riley se agarra a Jagger, enquanto me agarro a Crew.

Neo agarra as alças da cadeira de rodas de Maddie e a puxa até que suas costas batam no alto pilar de cimento.

— Senhor Saint! Por favor! — Riley grita, enquanto Jagger tenta silenciá-la. — Ele não fez isso.

Ignorando o apelo de Riley, Sebastian interroga um Jude petrificado. Todo o seu corpo treme, com lágrimas, sangue e sujeira rolando descuidadamente pelo seu rosto.

— Você tentou matar minha filha?

— Não. Não, juro por Deus, não fui eu.

Meus olhos dançam de Sebastian para Neo, depois para Maddie. Enquanto Sebastian está olhando carrancudo para Jude, vejo Maddie e Neo conversando silenciosamente. Não tenho certeza do que eles estão dizendo, mas, seja lá o que for, o queixo de Maddie treme.

— Você está mentindo. — Ainda segurando a arma, ele chama Neo: — Neo, traga Maddie aqui.

— Não — diz Neo —, se você quer falar com ela, seja homem e dê meia-volta.

Sebastian, pasmo com a resposta, inclina ligeiramente a cabeça.

— É o quê?

— Você me ouviu. Seja homem e vire-se se quiser falar com ela.

Lentamente, ele abaixa a arma e depois se vira para Maddie. Assim que ele está de frente para ela, Maddie solta um gemido:

RACHEL LEIGH

— Foi você.

Sebastian ri.

— Você não sabe do que está falando, querida. Você está doente.

— Não. — Sua respiração fica presa na garganta. — Eu lembro. Scar tinha acabado de descer a montanha e eu estava com raiva. Zangada com Scar e Crew por se beijarem. — Ela olha para mim. — Eu me lembro de tudo. — Sua atenção volta para seu pai. — Eu estava planejando descer e lhes dizer poucas e boas quando ouvi alguém vindo atrás de mim. Assim que virei a cabeça e te vi, você me empurrou.

— Não! — Sebastian grita, apontando sua arma para Jude. — Ele empurrou você!

— Não! — Maddie devolve, histericamente. — Foi você. — Lágrimas deslizam imprudentemente por seu rosto. — Por que você quis me machucar, pai?

Enquanto eles discutem isso, examino o terreno em busca da arma de Neo. Todo o meu corpo está tremendo, e temo que algo muito ruim aconteça, se um de nós não assumir o controle da situação rapidamente.

— Eu nunca quis machucar você, querida.

A admissão de Sebastian surpreende a todos nós. Cubro a boca com a luva, os olhos arregalados de surpresa.

— Achei que fosse ela.

Ele se vira para mim, segurando a arma ao seu lado agora. Meu corpo congela. Tudo está entorpecido.

Ele pensou que era eu?

— Ela não pertence a este lugar — continua. — Essa vergonha em forma de prostituta tentou corromper você e seu irmão. Ela ia te machucar. — Ele está falando com Maddie, o tempo todo olhando para mim. — Ela e Crew iriam machucar você.

— Pai — Neo tenta, em tom baixo —, Scar não é o inimigo.

As palavras de Neo passam por ele enquanto ele engasga.

— Eu nunca quis machucar Maddie. Ela estava no lugar errado na hora errada. Quando vi Crew e Scarlett se beijando, pensei que fosse ela naquela jaqueta. Eu deveria saber que era essa prostituta.

— Pai. — Neo caminha em direção a ele, cada passo lento e cauteloso, seus olhos focados na arma. — Foi você esse tempo todo? Você deixou as anotações?

— Não. Foi Jude.

Eu nem olho para Jude em busca de uma reação. Não consigo tirar os olhos de Sebastian e daquela arma em sua mão. Não há como dizer o que ele poderá fazer.

— Eu sabia que ele era a pessoa perfeita para me ajudar a destruir Scarlett. Afinal, ele é irmão dela. E o filho da puta que arruinou todos os meus planos. Sabe, se você não tivesse matado seu pai, ele cuidaria de toda essa bagunça para mim. Anos trabalhando com ele em um plano para derrubar os Sunder e recuperar sua filha, Scarlett, e você explodiu tudo com uma bala. Sei que você sempre quis ser um de nós e nunca quis ser um deles. Mas isso jamais acontecerá. Você é um cachorro mestiço, assim como Scarlett.

Jude estava certo o tempo todo.

— Esse foi apenas um dos contratempos na estrada. Não vou nem começar a falar sobre sua mãe de merda. Aquela vadia estava sempre na minha cola.

— O que você está dizendo? — Maddie chora. — O que a minha mãe tem a ver com isso?

— Ela ouviu algo que não deveria e eu fiz o que tinha que fazer. Assim como fiz o que tinha que fazer com Maddie. Eu só precisava mantê-la dormindo até que tudo acabasse. Agora sinto muito que ela tenha que ver isso. — Ele levanta a arma e olho diretamente para o cano. Minha mente fica em branco. Congelo sob a imensa pressão do que devo fazer. Se eu me mover, ele vai atirar em mim.

— Então agora meu jogo acabou, mas não vou sair sozinho. Vou levá-la comigo. — Suas palavras são dirigidas a mim, seguidas pelo cano da arma apontado diretamente para meu peito.

Tudo se desenrola como um filme em câmera lenta, que nunca mais quero retroceder e assistir de novo. O som da trava de segurança indo embora é ensurdecedor e nunca esquecerei. Fecho os olhos, sabendo exatamente o que está por vir, quando ouço Neo gritar:

— Vai o caralho! — Então sou derrubada no chão, enquanto gritos estridentes enchem o ar.

A arma dispara e não tenho certeza de onde a bala me atinge, mas mantenho os olhos fechados, esperando deixar esta terra em paz. Só lamento que as pessoas que amo tenham que me ver partir.

Os segundos passam e, quando não há dor, abro os olhos, me perguntando se já fui embora.

O peso em cima de mim é imenso, e quando as vozes dos outros chegam aos meus ouvidos, abro os olhos e percebo que Neo está deitado em cima de mim.

— Não. — Eu o rolo para fora, lágrimas brotando em meus olhos. Minha respiração fica presa. — Não.

Há sangue. Muito sangue. Sangue demais.

Olho para cima e vejo Sebastian parado perto de mim. Todo mundo congela quando ele pressiona a arma na minha testa.

— Você me fez machucar outro dos meus filhos.

Então outra arma dispara. Só que não é dele. E não sou eu quem é atingido. Os olhos de Sebastian se arregalam, olhando fixamente para mim, então ele cai no chão. Diretamente atrás de onde ele estava, está Riley. Seu corpo inteiro treme ao segurar a arma. Sua cabeça treme e suas lágrimas caem de seus olhos chocados.

Jagger corre até ela e abaixa a arma, deixando-a cair no chão.

Todo mundo está gritando e se movimentando histericamente, mas não tenho ideia do que estão dizendo ou para onde estão indo. Tudo em que posso me concentrar é em Neo.

— Alguém chame uma ambulância! — grito, abraçando Neo com força. — Ele está sangrando! — Sento-me um pouco e agarro seu rosto. — Olhe para mim, Neo. Mantenha seus olhos abertos. Não se atreva a fechá-los. Não se atreva a me deixar.

Eu não posso perdê-lo. Acabei de encontrá-lo. Não posso. Deus, por favor. Não o tire de nós.

— Estou aqui — Neo gagueja, abrindo um sorriso. — Eu não vou te deixar.

Jagger solta Jude e tenta confortar Riley, que está muito abalada. Eu deveria estar lá para ela, e Maddie também, mas não posso agora. Não posso sair do lado de Neo até ter certeza de que ele ficará bem.

Os caras tramam um plano para contar aos policiais, e a todos os outros fora deste círculo, que Sebastian cometeu suicídio depois de atirar em seu filho, e deixar por isso mesmo. Eles não precisam saber de nenhum outro detalhe. Os Anciãos farão tudo ao seu alcance para esconder isso, assim como fazem em qualquer caso que envolva um membro da Sociedade. Mas, se o pior acontecer, Jagger gravou tudo em vídeo. Esperemos que nunca chegue a isso.

Minutos passam. Muitos minutos. Luzes aparecem, mas ainda não saio do lado de Neo. Fico com ele até que o levem embora com Maddie.

Um médico legista chega ao local, junto com alguns policiais, e como não damos detalhes suficientes sobre a situação, eles exigem que vamos à delegacia e esperemos por nossos pais e nossos advogados.

— Ele vai ficar bem — Jagger me garante, no banco de trás de uma das viaturas. — Neo é o cara mais durão que já conheci.

Os policiais ainda conversam fora do veículo. Riley está ao meu lado, ainda soluçando e tremendo incontrolavelmente. Não tenho certeza de como ela vai lidar com o que teve que fazer, mas ela salvou minha vida hoje — Neo também. Serei eternamente grata e eternamente em dívida com eles.

Crew estende a mão do banco da frente e pega a minha.

— Vamos todos ficar bem. Este pesadelo finalmente acabou.

RACHEL LEIGH

CAPÍTULO TRINTA

NEO

— Você está aqui — digo para Scar, quando seu rosto é o primeiro que vejo.

— Claro que estou aqui. Todos nós estamos. — Levanto a cabeça e olho para Crew e Jagger, que estão ao pé da minha cama, e Maddie, que está dormindo na outra cama do quarto.

— Maddie também está aqui — aponta Scar. — Conseguimos um quarto adjacente para você. E Riley. Ela está na cadeira, dormindo ao lado da janela.

Viro minha cabeça ligeiramente para a esquerda e vejo Maddie deitada de costas na cama, dormindo, e Riley enrolada como uma bola em uma cadeira com um cobertor branco enrolado em volta dela.

— Bem — começo, levantando os pés e os braços —, que bom ver que não perdi nenhum membro. Então, onde me atingiu?

— Ombro — revela Crew. — Só perdeu a artéria braquial. Você teve sorte. Eles conseguiram remover a bala com bastante facilidade. Mas terá que ficar neste inferno por algumas noites.

Eu dificilmente me consideraria sortudo, mas quando aquela arma foi apontada para Scar, eu reagi. De jeito nenhum eu o deixaria machucá-la novamente. Minha memória ainda é vaga, mas lembro-me de outro tiro e lembro-me de torcer para que fosse direcionado a ele.

— Meu pai?

Crew balança a cabeça negativamente.

— Como aconteceu?

— Nós lhe contaremos os detalhes mais tarde — garante Scar, apertando minha mão. — Agora, você precisa descansar.

Deixo cair a cabeça no travesseiro.

— Ainda não consigo acreditar nessa besteira. Foi realmente ele esse tempo todo?

— Sim, acho que estamos todos muito chocados — confirma Jagger. — Especialmente Maddie.

— Ela veio comigo na ambulância. Lembro-me de segurar a mão dela.

— Sim — Jagger começa —, Maddie foi trazida por causa do caso do desaparecimento. Os policiais a questionaram e ela disse que acordou e saiu de casa por vontade própria. É complicado, mas ela os desafiou a tentar provar o contrário.

Eu sorrio.

— A cara de Maddie.

Meus olhos começam a ficar pesados e, quando os abro novamente, o tempo passou.

— Ei, você — Scar diz, ainda no mesmo lugar que estava quando eu devo ter cochilado.

Tento me sentar, mas sou impedido por todos os cabos e fios.

— Para onde todos foram?

— Crew e Jagger levaram Riley de volta para casa. Ela ainda está bastante abalada. Maddie ainda está aqui.

— Ei, perdedor! — grita da cama. — Fico feliz em saber que ainda está vivo.

— Não vai se livrar de mim assim tão fácil, mana.

— Que bom. Porque você é tudo que tenho agora. Precisamos ficar juntos.

— Besteira — afirma Scar. — Somos todos uma família agora. Eu, você, Crew, Jagger, Riley — então ela olha para mim — e Neo.

Não tenho certeza do que dizer. O idiota em mim quer fazer uma piada ou ignorar essas emoções. O coração dentro de mim, que quase não aguentou, me diz que esta é uma segunda chance de consertar as coisas.

— Sim — digo —, somos todos uma família. — Pego a mão de Scar e a seguro, passando os dedos pelos nós dos dedos. — Estou feliz por você estar aqui. Tenho que pedir muitas desculpas e você sabe muito bem que não gosto de ficar enrolando com essas coisas emocionais, então só vou pedir desculpas e depois vamos em frente...

Ela me cala com a boca. Sua boca deliciosa e linda.

Quando se afasta com um sorriso no rosto, completo:

— Que bom que ambos podemos concordar com isso.

— Eu te perdôo.

— Você não deveria, mas eu aceito.

RACHEL LEIGH

Já se passaram dois dias e Scar não saiu do meu lado. Bem, ela usou o banheiro, tomou banho aqui e foi ao refeitório algumas vezes, mas só porque a obriguei. Eu, ela e Maddie jogamos nossa cota de UNO e quase todos os jogos terminavam comigo arremessando as cartas, porque, juro por Deus, Maddie trapaceia muito.

Eles vão liberar Maddie hoje e eu vou para casa amanhã. Depois de alguns telefonemas, consegui atendimento 24 horas por dia para ela em Essex. Vou para casa me recuperar até depois do feriado de Ação de Graças e, embora odeie ir embora quando tudo é tão novo com Scar, sei que é melhor estar com Maddie agora. Nós dois ainda estamos lidando com a perda do nosso pai e, embora eu ainda odeie o bastardo, não deixa de ser uma perda. Há muitas coisas que precisamos resolver em casa, então minhas prioridades estão aí por enquanto. Decidimos não homenagear nosso pai com uma cerimônia fúnebre. Ele não merece isso depois de tudo que fez.

Além disso, faltam apenas algumas semanas e então Scar e os rapazes estarão de volta à nossa cidade natal também. As coisas vão ser diferentes daqui em diante. Quero dizer, eu e meus melhores amigos estamos namorando a mesma garota, então temos que nos dar bem agora.

Porém, mais do que isso, me sinto diferente. Esta é realmente uma segunda chance, e não tenho intenção de estragar tudo desta vez.

— Vou sentir sua falta — comenta Scar, com a cabeça apoiada no meu peito.

— Vai passar rápido e, quando estivermos juntos de novo, nada vai nos separar.

Seu peito sobe e desce contra o meu, e saboreio o som de cada respiração que ela dá. Não consigo nem imaginar que quase perdi essa garota. Ela me agradeceu dezenas de vezes por salvar a vida dela, e à Riley também, mas não vejo as coisas dessa forma. Fiz o que tinha que fazer e faria de novo em um piscar de olhos.

Ela levanta a cabeça, o queixo pressionado no meu peito.

— Neo — sussurra. — Isso vai parecer loucura, depois de tudo que passamos e de toda a dor que senti, mas... acho que amo você. Acho que, talvez, sempre tenha amado.

— Não é nada louco, querida. Quando acordei nesta cama e seu rosto foi o primeiro que vi, eu sabia que não queria passar um dia sem olhar para ele novamente. — Prendo o cabelo dela atrás da orelha. — Eu me sinto diferente. Eu me sinto novo. E é por sua causa. Todos esses anos perdidos, lutei contra meus sentimentos por você porque *ele* me obrigou, mas agora acho que estava com medo porque sabia que te amava e não tinha certeza de quanto esse amor me custaria. Mas daqui para frente pagarei esse preço com a minha vida, se necessário.

Ela sorri, e é o sorriso mais lindo do mundo. Um sorriso muito beijável. Um que é tudo para mim. Eu me inclino para frente e pressiono meus lábios nos dela.

— Eu também te amo.

CAPÍTULO TRINTA E UM

SCAR

Já se passaram duas semanas desde que Neo e Maddie partiram para voltar para sua casa em Essex. Antes de Neo partir, ele me deu seu número de telefone com a promessa de que conversaríamos todos os dias. Eu definitivamente me mantive fiel a isso, além de várias mensagens de texto normais e safadinhas diariamente.

Dizer que estou ansiosa para vê-lo é um eufemismo. Crew e Jagger aceitaram a ideia de eu ter um relacionamento com todos eles. Dizem que, enquanto eu estiver feliz, eles também estarão, e não posso contestar isso. As coisas com cada um deles estão indo muito bem. Essa dinâmica, embora não convencional, funciona para nós. Nunca em um milhão de anos pensei que esses três seriam meus namorados — mas aqui estamos. Eu amo todos os três e, sem um, não estou completa.

Meus pais realmente não entendem o que está acontecendo, mas tudo bem. Eles não precisam. Ninguém precisa. Antes desses caras voltarem para minha vida, eu era uma violeta encolhida, mal conseguindo sobreviver. De um dia para o outro, minhas pétalas caíram. Eles me derrubaram, só para que pudessem me levantar e me tornar mais forte do que nunca. E aqui estou eu, inquebrável.

Joguei os jogos deles e ganhei. Meu prêmio: eles.

— Mais três quilômetros. — Crew aperta minha perna. — Você está animada?

— Muito animada. Estou feliz que estaremos todos juntos novamente. É uma pena que Riley tenha que voltar para casa, para sua família.

— Nós a veremos na próxima semana, quando todos voltarmos para a Academia. Além disso, ela está com Jude.

Ah, sim. Jude Beckett, que em breve será conhecido como Jude Mitchell. Ele conseguiu entrar em contato com a família de sua mãe e eles tomaram a decisão de ignorar o fato de que ele não é um Sangue Azul completo. A família de Kenna é da mesma cidade que a de Riley, então Jude ficará em Verdemont com seus avós antes de se matricular novamente na BCA com seu nome verdadeiro. A aceitação de Jude é o primeiro passo para fazer algumas mudanças na Sociedade. Os caras e eu discutimos a promulgação de uma nova regra que planejamos trazer para os Anciãos. Não são necessários mais laços de sangue. Duvido que passe, mas temos que tentar.

Meu telefone toca com uma mensagem e abaixo a cabeça para lê-la, com um sorriso desenhado no rosto.

> Neo: Depressa, gostosa.

> Eu: Mais um quilômetro.

> Neo: Parece uma eternidade sem você.

> Eu: Neo Saint está sendo… fofo?

> Neo: O que posso dizer, você me destruiu da melhor maneira possível.

> Eu: De nada.

> Neo: Obrigado, amor. Mas, sério. Mal posso esperar para apertar essa bunda gostosa e chupar seus peitos grandes.

> Eu: Pare com isso. Você está me fazendo corar. Mas lembre-se, Crew e Jagger também ficarão na sua casa.

> Neo: Foda-se. Eu nem me importo neste momento. Traga-os para o quarto também. Preciso muito de você.

RACHEL LEIGH

> Eu: Já te contei que isso é uma fantasia minha?
> Não ria. E não diga coisas que você não quer dizer.

> Neo: Quem disse que não estou falando sério?

> Eu: Promete?

> Neo: Prometo que farei de tudo para te fazer feliz.

Se ele não parar de falar assim, aceitarei sua oferta. Passei muitas noites sonhando em estar com esses caras individualmente e ao mesmo tempo. Já tive todos eles sozinhos, agora só falta mais um sonho para realizar.

Depois de uma longa reunião que envolveu muitos abraços e risadas, pedi licença e fui para o meu quarto, porque o longo dia realmente me esgotou. Vamos todos ficar na casa de Neo e Maddie durante as férias e nos juntar a todas às nossas famílias para jantar amanhã à noite. Uma família grande e fodida e eu honestamente não aceitaria de outra maneira.

Enquanto estou me despindo, ouço uma batida na porta.

— Entre — convido, vestindo uma das velhas camisetas de futebol americano de Crew. No passado, dizer essas palavras me deixaria nervosa, mas todos nesta casa são bem-vindos no meu quarto a qualquer hora.

Estou um pouco surpresa, e minha expressão mostra isso, quando Crew, Jagger e Neo entram.

— O que é isso? — Aceno com a mão entre eles.

— Sou eu cumprindo uma promessa — diz Neo, sorrindo. — Contei aos caras sobre sua fantasia e, bem, concordamos em torná-la realidade.

— Pare com isso. — Eu coro. — Isso é uma loucura.

Jagger desliza até mim, uma das mãos na minha cintura.

— Essa é nova. Scarlett Sunder está sendo tímida? — brinca.

— Não sei se tímida é a palavra, um pouco surpresa é mais adequado. Não é muito cedo para isso? Ainda estamos todos nos ajustando.

Crew arranca a camisa e a joga no chão, antes de se jogar na minha cama e enfiar a mão na calça de moletom cinza.

— A única coisa que estou ajustando é meu pau porque *você* está uma delícia na minha camiseta.

Mordo com força meu lábio inferior. Isso é a vida real? Porque, se for, estou prestes a ter o melhor sexo da minha vida. Na verdade, se eles estão zoando com a minha cara agora, terão uma surpresa, porque não vou deixar nenhum deles sair desta sala até que eu tenha um orgasmo.

— Tudo bem. Eu não estou tímida. Vamos fazer isso. — Em um movimento rápido, tiro a camisa que acabei de vestir. Meus seios ficam livres e tudo que estou vestindo é uma calcinha de seda branca.

— Hmm — Jagger cantarola em meu pescoço, segurando meu seio esquerdo. — Nossa garota terá uma surpresa.

Neo, que esteve quieto esse tempo todo, atravessa a sala e caminha atrás de mim. Separando meu cabelo para o lado, ele beija minha nuca, seus dedos percorrendo minhas costas. Respiro fundo, inalando os dois. Se isso é um sonho, quero viver nele.

Jagger se inclina e pega o botão do meu mamilo entre os dentes, e meus seios se animam com o impacto. Arqueio as costas e inclino a cabeça ligeiramente para trás, enquanto Neo passa os dedos delicadamente pela minha coluna.

Descendo pela minha barriga, me enchendo de beijos, Jagger cai de joelhos. Seus olhos famintos olham para mim e seus dedos contornam a barra da minha calcinha. Um grunhido gutural sobe por sua garganta enquanto ele a puxa para baixo. Ele continua até que ela descanse em volta dos meus tornozelos, e eu saio de dentro, uma perna de cada vez.

Meus olhos deslizam para Crew, que agora está deitado nu na cama com a mão em volta de seu pênis ereto. Ele não bombeia, apenas segura como se estivesse esperando por mim. Quando ele pisca, um frio na barriga voa livremente pelo meu estômago.

Neo ainda está beijando meu pescoço, sem deixar nenhuma pele intocada. Suas mãos percorrem meus braços e coloco minha cabeça para trás, sentindo seu rosto contra o meu. Ele agarra minhas bochechas e puxa minha cabeça ainda mais para trás, pressionando sua boca quente na minha. Tomo sua língua como refém, enredando-a em uma teia de desejo com a minha, antes que ele a sugue em sua boca como um pedaço de doce.

Jagger desliza a mão pela minha coxa e separo as pernas instintivamente.

RACHEL LEIGH

Seus dedos deslizam entre minhas dobras e eu gemo.

Olho para Crew de novo, preocupada com a possibilidade de ele se sentir negligenciado, e quando ele dá um tapinha na lateral do colchão, me chamando, tenho certeza de que sim.

Dou um passo à frente, esperando que Jagger preste atenção à minha deixa, mas, quando seus lábios pressionam meu sexo e ele chupa do mesmo jeito que beija minha boca, eu congelo. Minha respiração falha e eu grito, agarrando um punhado de seu cabelo. Ele chupa com mais força, pegando minha perna e apoiando-a sobre seu ombro até que eu fique em um pé só. Neo me segura por trás, me mantendo em pé. Eu me inclino para ele, que devora minha boca novamente.

Sinto a pressão dos dedos de Jagger dentro de mim e minhas paredes se apertam ao redor. Ele cantarola no meu clitóris repetidamente, as vibrações me excitando ainda mais.

Tenho que chegar até Crew, mas sucumbo ao desejo quando Neo esfrega os dedos no meu cu, atingindo nervos que eu nem sabia que existiam. Jagger trabalha os dedos dentro de mim, a cada poucos segundos passando a língua contra meu clitóris.

Levanto a cabeça, quebrando o beijo com Neo, e meus olhos encontram os de Crew novamente. Ergo a mão, curvando os dedos, e o chamo. Ele rasteja pela cama como um animal, depois joga as pernas para o lado e rola. Ocupando o espaço entre nós, ele vem para o meu lado.

— Pensei que você nunca me convidaria.

Ele segura meu rosto em suas mãos e puxa minha boca para a dele. O som de Neo cuspindo chama minha atenção, então sinto seus dedos molhados deslizarem entre minha bunda novamente. Usando sua saliva como lubrificante, ele circunda meu cu e faz isso de novo.

— Deixe-a bem molhada para mim — Jagger resmunga no meu sexo.

— Estou pegando ela por trás.

Lembro-me da minha primeira vez com Jagger. Suas palavras exatas depois que ele perguntou se eu já tinha sido fodida na bunda foram: "Guarde isso para mim. Vou foder na próxima vez". Ele nunca fodeu, mas a ideia de ele fazer isso agora me excita. Nunca fiz anal antes, então não tenho ideia de como vai funcionar, mas não tenho dúvidas de que meus rapazes assumirão a liderança.

Cada impulso dos dedos de Jagger me faz voar cada vez mais alto, e tenho medo de gozar antes de ter a chance de entreter os três. Quero os orgasmos deles, tanto quanto eles querem os meus. Quero fazer com que todos os meus rapazes se sintam bem.

Abaixando-me, levanto o queixo de Jagger que está coberto pela minha excitação. Ele lambe os lábios, limpando a bagunça que fiz nele. Seus dedos envolvem sua boca, olhos lascivos focados nos meus.

— Diga-me o que você quer, querida.

Crew e Neo param o que estão fazendo, dando alguns passos até estarem todos na minha frente, esperando que eu faça exigências.

— Vamos para a cama.

Neo segura meus quadris por trás e me leva para frente, enquanto Crew se deita na cama; só que, desta vez, seus pés estão pendurados na ponta. Ele pega minha mão e eu entrego a ele, que me puxa para cima de seu corpo. O tempo todo, Neo e Jagger estão tirando a roupa e eu tenho que dar uma olhada, porque ainda estou em estado de euforia, tendo todos esses três caras como meus.

É gratificante saber que eles não sentem nenhum desconforto com a situação, o que é um lembrete de que todos já fizeram isso antes. Afasto o ciúme furioso que imaginar todos eles com outra garota agita meu estômago.

Crew puxa minha cabeça para baixo e sussurra sedutoramente em meu ouvido:

— Vamos fazer você se sentir tão bem, amor.

Suas palavras enviam uma onda de calor através do meu núcleo e eu dobro meus joelhos, montando em seu colo, seu pau se erguendo contra meu estômago.

Levantando meus quadris, eu me ergo, e, quando ele me coloca de volta para baixo, seu pau desliza dentro de mim. Respiro fundo, um gemido separando meus lábios ao expirar.

Minhas mãos descansam em seu peito e ele massageia meus seios.

— Ainda tão apertada e quente, e ainda minha.

— Calma — Neo sibila um aviso e Crew sorri.

Dedos quentes apertam minha cintura por trás, e eu conheço esses dedos: é Jagger. Uma olhada por cima do ombro prova que isso é verdade. Ele se inclina para frente e dá um beijo suave em meus lábios. Quando noto o tubo de lubrificante na outra mão, sei que é para mim. Meu coração dá um pulo e, embora esteja um pouco nervosa, estou mais ansiosa do que qualquer coisa.

Neo rasteja ao meu lado e, quando está ao meu lado, ainda de joelhos,

RACHEL LEIGH

pega seu pênis na mão, que ainda está coberta de cortes do ataque na parede. Corro meus dedos pelas linhas do seu abdômen trincado. Quando ele começa a se bombear, eu engulo em seco. Quero guardar a imagem na minha memória para sempre. Veias roxas azuladas ameaçam romper sua pele macia e sedosa. Uma gota de pré-sêmen vaza da cabeça e eu quero lambê-la.

— Hmm — choramingo, só de olhar para ele.

— Você quer isso? — ele pergunta, seu tom um rosnado confiante.

Pressiono meus lábios e aceno antes de dizer:

— Sim, por favor.

Sou brindada com um sorriso quando ele se levanta, com as pernas ligeiramente curvadas.

— Abre bem.

Minha língua passa pelos meus lábios e faço o que me manda. Sua cabeça circula minha boca, o sabor salgado escorrendo pela minha língua.

Ele entra e envolvo a mão em sua metade inferior, em seguida, arrasto a língua para cima e para baixo em seu comprimento, antes de levá-lo para o fundo da minha garganta.

Deslizando para frente e para trás em Crew, seu pau me enche e sinto sua cabeça balançando dentro de mim. Mãos fortes acariciam meus seios enquanto Neo segura meus cabelos com firmeza. Ele puxa minha cabeça ligeiramente para trás, forçando meus olhos nos dele ao chupá-lo.

— Vou lubrificar você agora. — A voz de Jagger vem atrás de mim.

Ele dá um empurrão suave em minhas costas para frente, e Neo se acomoda se agachando mais, seu pênis nunca saindo da minha boca.

Assim que Jagger me coloca em um bom ângulo, um gel quente escorre entre minhas nádegas e ele massageia ao redor, me preparando.

Meu coração martela no peito, mas tento não me concentrar no tamanho do pau dele ou no pequeno espaço em que ele está prestes a se espremer. Em vez disso, coloco toda a minha atenção na frente, onde Crew está me montando por baixo e Neo está me observando trabalhar minha boca em torno dele.

— Está pronta? — Jagger pergunta, e minha única resposta é um aceno de cabeça.

Meus olhos se arregalam e tiro Neo da boca e o acaricio com a mão.

— Olhe para mim, amor — chama Crew, virando minha bochecha —, apenas me observe.

Faço o que me foi dito e me concentro em seus olhos e na gentileza de seus movimentos abaixo de mim. Estamos indo devagar, o que é bom, porque, se for mais rápido, posso chegar ao ápice antes deles — o que tenho certeza de que é o objetivo deles.

Jagger empurra minhas costas de novo, forçando um arco, e pressiona meu buraco com um de seus dedos. Ele desliza lentamente e eu estremeço. Há uma pontada de dor no início, mas nada insuportável. Na verdade, uma vez que ele empurra mais fundo, a dor é substituída por uma pitada de prazer.

Continuo observando e deslizo a mão para cima e para baixo na ereção de Neo.

Jagger tira o dedo e alinha a cabeça do seu pau, e respiro fundo quando ele entra em mim.

— Você está bem? — Neo pergunta e eu aceno. Ele vira minha cabeça ligeiramente e inclina meu queixo antes de pressionar sua boca na minha. À medida que Jagger desliza mais, eu ofego na boca de Neo com cada impulso que recebo.

Uma vez que sua cabeça está dentro, eu relaxo e Neo devolve seu pênis à minha boca.

Crew acelera o ritmo, seus quadris subindo e descendo debaixo de mim.

Jagger também retoma seus movimentos, me dando apenas a ponta do pau, o que é o suficiente para mim. Ele agarra meus quadris por trás, preparando-se enquanto entra e sai.

— Tão apertada, amor. Vou encher seu cu com minha porra, ok?

Eu não respondo. Não posso. Mal consigo pensar com meus hormônios assumindo o controle.

Cada nervo do meu corpo está intensificado. Qualquer dor que senti antes foi substituída por um prazer imenso. Meus olhos mudam para Crew, cujo peito sobe e desce rapidamente ao empurrar dentro de mim. Sua boca se abre e a ponta da língua sai.

Meu único arrependimento agora é não poder olhar para Jagger. Ele está tão longe, mas tão perto, apertando meus quadris e mergulhando cada vez mais fundo dentro de mim.

Com três buracos cheios dos homens que amo, chego a um ponto de satisfação. Todos aceleram o passo ao mesmo tempo, batendo em cada entrada, e pego tudo o que eles estão me dando.

— Ai, Deus — gemo, ao redor do pênis de Neo. Tiro uma das mãos do peito de Crew e a posiciono entre as pernas de Neo, segurando suas bolas.

Neo segura meu cabelo com mais firmeza, puxando minha cabeça para trás apenas o suficiente para poder ver meu rosto.

— Nossa garota sabe chupar um pau, rapazes.

— Inferno, sim, ela sabe — retruca Crew.

— Se você pudesse ver a vista daqui de trás — Jagger resmunga, depois dá um tapa forte na minha bunda. — Porra. Ela é apertada. — Meu corpo sacode e o gemido que sai da minha boca estimula os caras a me foderem com mais força.

As bolas de Neo se apertam na minha palma. Coloco a outra mão na metade inferior de seu pau e acaricio enquanto ele o enfia dentro e fora da minha boca.

— Eu vou gozar na sua garganta, Scar. Tudo bem? — pergunta, e eu aceno.

Sua cabeça atinge minhas amígdalas e prendo a respiração quando um líquido quente desce pelo fundo da minha garganta. Neo continua se movendo, grunhindo ao gozar.

— Ah, porra. Você chupa tão bem. — Ele bombeia seu pau mais algumas vezes, me dando até a última gota, e eu engulo antes de soltar o ar. Assim que faço isso, ele sai e imediatamente cobre minha boca com a dele.

Ele me beija com força, colocando pressão na parte de trás da minha cabeça. Ele não para enquanto Jagger me fode mais rápido por trás, e Crew me pega por baixo. Choramingo na boca de Neo, usando isso para abafar os sons dos meus gritos. Ele inala cada respiração inebriante, engolindo meus gemidos. Estou à beira de explodir. A tal ponto que não tenho certeza se aguento mais, porque a sensação é muito avassaladora.

Arrepios se espalham pelo meu corpo. Meu núcleo aperta e respiro fundo. Travo minhas paredes, apertando o pau de Crew, e minha bunda flexiona, precisando de mais de tudo o que eles estão me dando. Meus olhos rolam para a parte de trás da minha cabeça de imenso prazer.

— Argh. Ai, Deus. Eu vou...

— Goze para nós, Scarlett. — As palavras de Jagger chegam aos meus ouvidos ao mesmo tempo que as de Crew.

— Porra, estou gozando. — Ele se levanta, segurando minha cintura ao me penetrar. Jagger segue o mesmo movimento rítmico de Crew, preenchendo-me dos dois lados.

Minhas mãos seguram ambos os lados da cabeça de Neo e eu aperto. Não estamos mais nos beijando, apenas mantendo nossas bocas juntas.

Jagger grunhe atrás de mim e eu volto, precisando senti-lo. Ele coloca a mão na minha e aperta enquanto goza. Ele empurra mais algumas vezes antes de diminuir seus movimentos.

Crew relaxa na cama, estabilizando a respiração, e deixo cair a cabeça para trás.

— Você foi incrível — Neo declara, beijando meus lábios mais uma vez. Nunca, em um milhão de anos, pensei que Neo iria me elogiar por alguma coisa, e agora que ele o fez, estou desesperada para ouvir isso de novo.

— Porra, sim, ela foi — afirma Crew.

— Prenda a respiração, amor — Jagger me instrui, deslizando para fora de mim.

Imediatamente caio sobre Crew, cobrindo seu corpo com o meu.

— Não me peça para levantar por pelo menos dez minutos.

Jagger esfrega minhas costas suavemente, e Neo cai de costas a cerca de trinta centímetros de onde estou deitada em Crew.

Nada nesta noite pareceu estranho, e isso me dá esperança de que isso que estamos fazendo realmente possa funcionar. Não. *Vai* funcionar, porque não consigo imaginar minha vida sem esses três caras. Eles são os donos do meu coração agora.

— Bom dia — Neo sussurra contra meu cabelo.

Uma olhada para a minha esquerda mostra que Crew é quem está me segurando do outro lado.

— Onde está Jagger?

— Ele saiu no meio da noite e Crew tomou seu lugar. Um cronograma pode ser necessário no futuro.

Eu rio baixinho.

— Isso não é uma má ideia.

— Você ainda está cansada? — pergunta, e nego com a cabeça. — Maddie está preparando o café da manhã.

Minha testa se enruga.

— Maddie está cozinhando?

RACHEL LEIGH

— Ela tem ajuda na cozinha, mas sim. Quer que eu traga alguma coisa para você?

— Tudo bem. Por que não descemos todos e comemos?

Ele beija minha testa.

— Se é o que você quer.

Adoro esses caras por sempre me colocarem em primeiro lugar, mas, em algum momento, eles terão que perceber que também vêm em primeiro lugar. Até lá, vou absorver todos os mimos.

Neo tem sido a pessoa mais atenciosa de todos os tempos. Ainda me surpreende. Tudo que eu preciso, ou quero, ele está lá. Quando só quero conversar, ele escuta. O que realmente aquece meu coração é saber que é só comigo. Um leopardo não consegue apagar suas manchas, mas isso não significa que eu não possa trazê-lo para casa e torná-lo meu animal de estimação. Sei que Neo ainda será um idiota em muitos níveis, e não quero que ele mude quem é, mas ele tem um ponto fraco agora, e está guardado só para mim.

Fico muito triste em pensar que tudo isso poderia ter sido a nossa realidade anos atrás, se Sebastian não tivesse tentado arruinar tudo para nós. Mas está tudo bem. Ele se foi e agora temos todo o tempo do mundo.

Crew se estica ao meu lado e alguns minutos depois, Jagger aparece, invadindo pela porta, sem tomar cuidado para ficar quieto.

— Acordem. O café da manhã está pronto.

— Já acordamos, idiota — Crew resmunga, esfregando os olhos cansados e se sentando.

Passo os dedos pelos arranhões que deixei nas costas dele ontem à noite. Eu não tinha ideia de que me aprofundei tanto nele. Ele estremece e eu digo:

— Sinto muito.

Virando-se, o canto da boca se levanta e ele se inclina para frente.

— Não sinta. Eu não sinto. — Ele beija meus lábios e meu corpo relaxa.

Os caras se dispersam e eu me visto, escovo os dentes e depois vou encontra-los na sala de jantar.

— Que cheiro delicioso — digo para Maddie.

Mas é Jagger quem responde com um "obrigado".

— Espere — olho de soslaio para ele —, era você quem a estava ajudando a cozinhar?

Ele leva as mãos ao peito.

— Isso é surpreendente? Eu posso cozinhar.

Aperto meus dedos.

— Um pouquinho.

Jagger puxa uma cadeira para mim e gesticula para que eu me sente, então eu o faço, e ele se senta ao meu lado com Crew à minha direita.

— Isso é legal — falo para todos, quando Neo e Maddie se juntam a nós do outro lado da mesa.

Neo pega uma panqueca e, quando a deixa cair no prato e começa a derramar calda por cima, todos paramos o que estamos fazendo. Eu sei porque parei, mas tive certeza de que fui a única que percebeu que Neo não come na frente dos outros.

Seu garfo pressiona enquanto corta um pedaço triangular e então o coloca na boca. Quando ele levanta a cabeça, percebe que estamos todos olhando para ele, então voltamos a encher nossos pratos.

— O quê? — Ele bufa. — Vocês todos agem como se nunca tivessem visto um cara comer antes. — E enfia outro pedaço na boca.

Claro, é Crew quem responde:

— Hm. Sim. Porque você nunca come na frente de ninguém. Até na nossa.

Neo encolhe os ombros.

— Isso foi antes.

— Antes do quê? — Jagger pergunta. — Do tiro?

— Não — responde, apontando o garfo para mim com um sorriso torto. — Antes dela. — Ele pisca e meu coração incha.

Tomamos café da manhã, conversamos sobre tudo e qualquer coisa com a boca cheia e, quando terminamos, limpamos a mesa juntos.

Estou colocando uma pilha de pratos na pia quando Neo aparece atrás de mim. Suas mãos descansam em meus quadris e ele sussurra em meu ouvido:

— Deixe isso para a governanta. Eu quero te mostrar uma coisa.

Giro para encará-lo, uma tontura na boca do estômago.

— Tipo uma surpresa?

— Algo parecido. — Ele pega minha mão, mostrando o caminho. Paramos na porta da garagem e ele me diz para me agasalhar, então coloco meu casaco de inverno e botas. Depois saímos para a garagem, onde estão todos os "brinquedos" da família Saint, também onde Crew e Jagger estão sentados no banco de trás de um Gator. — O que está acontecendo? — pergunto a eles, desconfiada.

RACHEL LEIGH

Neo pula no banco do motorista e diz:

— Suba.

Estou me sentindo muito confusa quando saímos da garagem. Está nevando loucamente e estou congelando, mas a adrenalina bombeando através de mim me faz suar muito.

Quinze minutos e três dúzias de perguntas sem respostas depois, estamos dirigindo pela propriedade da família de Jagger.

Não me incomodo em perguntar porque não me levará a lugar nenhum. Em vez disso, mantenho a boca fechada e aproveito o passeio.

Isto é, até eu perceber que estamos indo para minha propriedade.

— Espere, isso não é mais propriedade de Jagger.

Jagger se inclina para frente, com o queixo pressionado no meu ombro.

— Permita-me discordar, mas não vamos começar essa discussão novamente.

As memórias me inundam de uma só vez.

— Que droga é essa, Scar? — A voz de um cara ecoa no espaço pequeno e eu ofego.

— Jagger?

— Sim. Sou eu. — Ele se levanta e retorno ao meu lugar contra a parede oposta.

— Como você sabia que eu estava aqui? Melhor ainda, por que você está aqui? Não deveria estar no cinema com "todo mundo sabe quem"? — Faço aspas no ar para as palavras usadas por Neo mais cedo, quando ele estava defendendo seu caso para Maddie sobre os motivos para ela ir com ele em vez de andar de skate comigo.

— Me dá um minuto. — Ele se joga contra a abertura e esfrega a testa, cuidando do lugar onde o chutei, se é que dá para dizer isso.

— Ai, fala sério. Não haja como se eu tivesse te machucado. Mal toquei na sua testa. Nem coloquei força.

— Não machucou nada. — Segurou a testa e não tenho certeza do motivo. — Mas você tinha chiclete embaixo do sapato.

Luto contra uma risada.

— Ah. Bem, é bem feito por você ter invadido meu espaço.

— Seu espaço? — Semicerrou os olhos. — Desde quando?

— Sério? — Encaro-o. — Desde que meu pai construiu para mim na nossa propriedade.

Jagger ri, passando os dedos pegajosos no chão de madeira e tentando limpar o chiclete.

— Do que você está falando. Aqui é a propriedade da minha família.

— Cale a boca. — Rio, embora não seja nada divertido. Claro, a propriedade da família Cole é grudada na nossa, mas temos mais de vinte acres e de jeito nenhum meu pai construiria a minha casa na árvore na propriedade errada.

— Você está errada, Scarzinha. — Ele ergue o queixo, confiante. — No ano passado, caminhei pelos limites da nossa propriedade com meu pai e meu tio e esta casa está, de fato, na terra dos Cole.

Passei a mão pelo rosto, observando-o cuidadosamente para ver se está brincando, mas sua expressão está bem séria.

Finalmente, ele ri.

— Só estou brincando com você. Está na sua propriedade, mas você não vem aqui há anos, então eu meio que dominei.

— Você não pode fazer isso — cuspi. — É uma propriedade privada.

Ele se abaixa, as pernas dobradas e as mãos penduradas nos joelhos.

— Ah, é? Vai me dedurar para o seu pai?

— Talvez eu vá.

Nunca o dedurei. Nunca planejei dedurar. Não muito depois daquele dia, minha casa na árvore desapareceu. Todas as memórias viraram fumaça. Neo a destruiu na tentativa de aliviar sua dor, e agora, eu realmente espero que isso o tenha ajudado de alguma forma.

Neo faz o Gator girar lentamente antes de parar. Ele estende a mão e pega uma bandana que está na fenda do painel. Segurando-a, pede:

— Vire a cabeça.

Faço o que ele diz, mas o encho com perguntas enquanto cobre meus olhos com o pano velho e mofado.

— Por que você está me vendando? Onde estamos indo? Isso é sobre o quê?

Alguém me ajuda, acho que é Crew, baseado na mão macia tocando minha pele.

Caminhamos alguns passos, os caras ficando quietos o tempo todo. A neve sobe pela perna da minha calça e nem me preocupo em sacudi-la, porque estou muito curiosa para saber para onde estamos indo.

Finalmente, paramos. Mãos cobertas por luvas aparecem atrás de mim, e eu sei que é Neo, porque ele é o único que usa luvas. Então a venda cai.

— Surpresa — Neo diz.

Fico de boca aberta quando vejo a maior, mais bela e mais espetacular casa na árvore que já vi. Dois andares com um arco tão alto quanto as árvores que o rodeiam. Há uma escada com luzes penduradas no corrimão e até uma pequena varanda. É o sonho de qualquer um que ame uma casa na árvore. É o meu sonho.

— Ai, meu Deus. Isto é… — Eu me viro para Neo, então olho para Jagger e Crew. — Vocês fizeram isso por mim?

Jagger dá um tapa no ombro de Neo.

— Foi ideia dele.

— Nada demais. — Neo dá de ombros. — Fiquei em casa por duas semanas e precisava de algo para fazer; tive uma ajudinha de alguns construtores, mas eu mesmo fiz grande parte do trabalho braçal.

Sem pensar, me jogo nos braços de Neo e soluço como um bebê.

— Obrigada.

Pode não significar muito para muita gente, mas esses caras sabem o quanto minha antiga casa na árvore significou para mim. Era meu santuário. Ela contém muitas das minhas primeiras vezes, e agora posso começar novas com meus rapazes. É verdade que agora estamos mais velhos e provavelmente não ficaremos muito aqui, mas isso simboliza um recomeço, para todos nós, juntos.

EPÍLOGO

SCAR

Quando cheguei à BCA, fiquei chateada com o mundo. Eu odiava esses garotos por me trazerem para este lugar. Meus punhos estavam travados e eu estava pronta para lutar, mas, cada vez que eu revidava, vi lentamente os muros que cada um desses caras construía em torno de si abaixar. Ao fazer isso, percebi que os meus também estavam caindo.

Foram nove meses muito longos, mas agora que acabou, gostaria de poder voltar e fazer tudo de novo. Ok, talvez não tudo. Ou nada mesmo.

Não. Estou feliz que acabou e pronta para sairmos daqui e começarmos o próximo capítulo da nossa história.

— Scarlett. Querida — mamãe começa, inserindo-se em meus braços. — Estou tão orgulhosa de você. — Ela dá um passo para trás e olha para meus amigos: Riley, Maddie, Crew, Jagger e Neo. — Estou muito orgulhosa de todos vocês.

— Obrigada, mãe. — Olho para meu pai, que está com os braços bem abertos, e dou de cara com eles. — Eu amo você, pai.

Ele beija o topo da minha cabeça e responde:

— Eu também te amo.

Crew está conversando com seus pais sobre seus planos de jogar futebol na BCU, e eles estão muito felizes, rindo e conversando. Estou observando-o sorrir, sentindo como se meu coração pudesse explodir quando ele vira a cabeça, captando meu olhar. Ele pisca, enviando um enxame de borboletas no meu estômago, depois volta a conversar com sua mãe e seu pai.

O pai de Jagger se aproxima de nós, todo sério, e ele limpa a garganta ao chegar.

— Parabéns, filho. — Dá um tapinha no ombro de Jagger. — Continuar com nota 4 depois de tudo que você passou é bastante notável. Não é um 5, mas aceitamos o que temos.

RACHEL LEIGH

Qualquer momento de felicidade que Jagger teve rapidamente desaparece de seu rosto. Dou um passo à frente, colocando a mão no seu braço.

— Jagger é, na verdade, o orador da turma, o que significa que ele é o melhor de todos. Eu diria que é mais do que notável.

— Orador da turma, hein? — Seu pai bufa. — Você nunca mencionou isso.

— Não achei que você se importaria.

— Claro que me importo. Sua educação é minha principal prioridade. Jagger suspira pesadamente.

— Sim, pai. Eu sei. É a coisa mais importante do mundo para você. Entendo.

A tensão aumenta em torno de todos nós, e enquanto todos os outros se desculpam para saírem desta conversa, eu fico ao lado de Jagger para dar apoio moral. Seu pai é muito duro com ele e sei que isso afeta o estado mental de Jagger.

— A segunda. — Cole continua: — Você, meu filho, é a coisa mais importante do mundo para mim.

A cabeça de Jagger recua, surpreso com a admissão de seu pai.

— Sou?

Seu pai joga um braço em volta do pescoço de Jagger e esfrega o topo de sua cabeça, rindo.

— Claro que você é. Só sou duro com você porque sei do que é capaz. Então — ele dá um passo para trás, olhando para o filho —, quais são seus planos depois disso?

Jagger olha para mim, depois para o pai, e compartilha com ele o mesmo plano que dividiu comigo.

— Acho que vou dar uma chance à faculdade de Direito depois de meus quatro anos na BCU.

Todos ficamos em silêncio, aguardando a resposta do senhor Cole. Ele sempre sonhou que Jagger trabalhasse com ele em sua empresa.

Depois de um longo período de tensão e ansiedade, ele diz:

— Acho que é um ótimo plano.

Quando Jagger sorri, tomo isso como uma deixa para dar-lhes o seu momento. Jagger realmente precisava disso e eu não poderia estar mais feliz por ele — por todos nós.

Isto é, até Neo e Maddie ficarem de lado, observando nossas famílias se reunirem e nos parabenizarem pela nossa formatura. Meu coração se parte em dois. Aceno com a mão para eles.

— Venham aqui, vocês dois.

Neo caminha vagarosamente com as mãos nos bolsos da calça, enquanto Maddie caminha mais rápido à sua frente.

Minha mãe e meu pai se reúnem ao nosso redor, meu pai com o braço amorosamente em volta de minha mãe.

— Neo e Maddie — minha mãe começa —, eu queria convidar vocês dois para jantar amanhã à noite para comemorar a formatura. O que dizem?

— Com certeza — Maddie sorri com entusiasmo, já Neo encolhe os ombros e complementa com zero entusiasmo:

— Claro.

É tão Neo. Ele pode ter suavizado um pouco, mas é só comigo. Ainda é a mesma pessoa e eu não mudaria nada nele.

— Então, o que vem a seguir para vocês dois? — meu pai pergunta a Neo e Maddie. — Planejando ir para a BCU com Scar e seus amigos?

— Sim, senhor — Maddie responde, tímida.

— Esse é o plano — Neo diz, trocando um olhar com sua irmã. — Obter nossos diplomas e depois usar cada centavo do dinheiro do nosso pai para investir em nossa futura empresa de investigação.

Neo, Maddie e Riley tiveram a grande ideia de um dia abrir sua própria empresa de investigação privada. Na verdade, acho que é uma ótima ideia. Eles têm as habilidades investigativas e o dinheiro que era de Sebastian para fazer isso, além do suficiente para viver de modo confortável por muito tempo.

Eu, por outro lado, pretendo ser sua gerente de negócios. Tudo isso são esperanças e sonhos, e os planos podem mudar, mas não tenho dúvidas de que, onde quer que a vida nos leve, estaremos lá juntos.

Depois que todos nós nos separamos de nossas famílias e estamos reunidos em frente às arquibancadas do campo de futebol, Crew tira o boné e o estende, gesticulando para que façamos o mesmo.

Eu sigo, depois Riley, Maddie, Jagger e, finalmente, Neo.

— Venha pra cá. — Riley acena para Jude vir para o nosso círculo. Ele está por aqui novamente desde que seu nome foi limpo. Os caras ainda hesitam em confiar, mas ele e Riley se aproximaram, embora ela tenha deixado claro que só quer ser sua amiga.

— Quando contar até três — diz Crew —, diremos: Boulder Cove University, aí vamos nós.

RACHEL LEIGH

Todos nós contamos juntos.

— Um. Dois. Três. — Então gritamos mais alto: — Boulder Cove University, aí vamos nós.

Neo dá um passo para trás e coloca o boné de volta.

— Esperamos que os membros do Ilegais do próximo ano não sejam tão idiotas quanto nós.

— Que venham os meninos novos e mais velhos. — Riley bate palmas com entusiasmo. — Estou muito pronta.

FIM.

Obrigada a todos por fazerem parte deste mundo comigo. Adivinha? Ainda não acabou! Virá mais de Boulder Cove em breve!

AGRADECIMENTOS

Leitores: muito obrigada por ler *Segredos distorcidos*!

Quero agradecer muito a todos que me ajudaram ao longo do caminho. Minha leitora alfa, Amanda e minhas leitoras beta, Erica e Amanda. À minha incrível assistente, Carolina, obrigada por tudo que você faz. Obrigada Rebecca, da Rebecca's Fairest Reviews and Editing, por outra edição e revisão incrível, bem como a Rumi pela revisão. Ao meu time de rua, os Rebel Readers, amo muito todos vocês e sou muito grata por tudo que fazem. Obrigada à The Pretty Little Design Co. pela incrível capa original! E a todos os meus Ramblers, obrigada por estarem nesta jornada comigo.

Beijos,

Rachel.

RACHEL LEIGH

SOBRE A AUTORA

Rachel Leigh é autora *best-seller* do *USA Today* de romances *new adult* e contemporâneos com um toque especial. Você pode esperar *bad boys*, heroínas fortes e um felizes para sempre.

Rachel vive de leggings, usa emojis demais e sobrevive de livros e café. Escrever é sua paixão. Seu objetivo é levar os leitores a uma aventura com suas palavras, ao mesmo tempo que mostra que mesmo nos dias mais sombrios o amor vence tudo.

OUTROS LIVROS PUBLICADOS

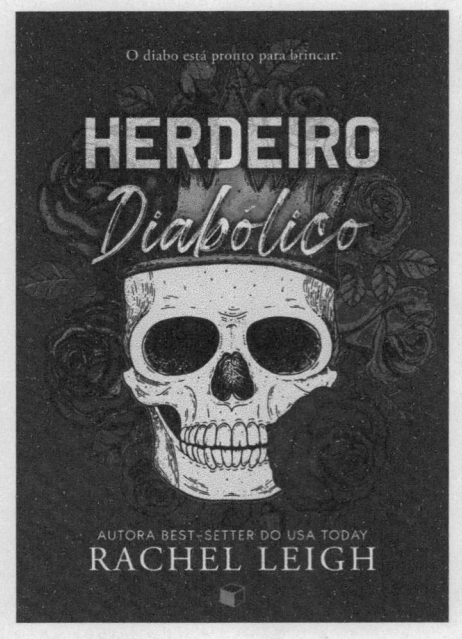

Ele está me arrastando para o inferno.

Algo tão errado não deveria causar uma sensação tão boa.

Eu conheci o diabo aos 14 anos de idade.

Mesmo ele sendo apenas uma criança, estava determinado a fazer da minha vida um inferno.

Aos 15 anos, eu o odiava.

Quando fiz 16 anos, eu me mudei para o mais longe que pude.

Desde que parti, minha vida tem sido simples – pacífica e tranquila.

Eu não tinha a menor intenção de voltar à Skull Creek.

Até que a tragédia aconteceu e eu fui chamada de volta.

Faz dois anos desde que vi o filho do meu padrasto.

Eu esperava que ele tivesse mudado.

Mas o diabo continua o mesmo.

Ele é arrogante e implacável.

Manda na cidade com mãos de ferro.

Por onde ele passa, as pessoas dão passagem.

Agora a culpa dele está voltada para mim, assim como seu olhar opaco e escurecido pelo ódio.

RACHEL LEIGH

É hora de eu mostrar a ele que não sou mais a menina de antes.

Se ele forçar a barra, eu empurrarei mais forte.

Onde eu me curvar, ele quebrará.

Desde que ele não encontre minha fraqueza, eu conseguirei sobreviver a isso.

Ainda que minha fraqueza tenha se tornado diabólico.

Ele nunca poderá saber quem eu realmente sou.

Logo que desci de um avião vindo da França, eu estava pronta para me aliviar um pouco. Depois de uma noite selvagem e muito drinks, acabei em um hotel com um completo estranho.

Achei que nunca mais o veria… cara, eu estava muito errada. Dois dias depois, ele entrou no escritório do meu pai.

Procurava pelo homem no comando. Em vez disso, ele me encontrou… a filha do chefe. Algumas observações maliciosas sobre a minha filha me deixaram bem reticente sobre revelar minha identidade.

Foi bom ter me segurado, porque parecia que ele tinha uma opinião sobre a filha do Grande Wig também.

Arrogante.

Temperamental.

Exigente.

Então, deixei que acreditasse que eu era uma funcionária. Uma mera assistente, tão curiosa como um gato. Pelo menos, foi isso que ele pensou.

Agora posso descobrir porque ele criou essa imagem tão ruim da minha família. E é hora de mostrar que sou mais do que um nome em meio a rumores e fofocas.

Tudo isso assumindo que não serei exposta primeiro.

SÉRIE BASTARDOS DE BOULDER COVE

TODOS OS LIVROS JÁ DISPONÍVEIS

0,5
disponível somente em e-book

1
disponível em físico e-book

A The Gift Box é uma editora brasileira, com publicações de autores nacionais e estrangeiros, que surgiu no mercado em janeiro de 2018. Nossos livros estão sempre entre os mais vendidos da Amazon e já receberam diversos destaques em blogs literários e na própria Amazon.

Somos uma empresa jovem, cheia de energia e paixão pela literatura de romance e queremos incentivar cada vez mais a leitura e o crescimento de nossos autores e parceiros.

Acompanhe a The Gift Box nas redes sociais para ficar por dentro de todas as novidades.

 www.thegiftboxbr.com

 /thegiftboxbr.com

 @thegiftboxbr

 @GiftBoxEditora

2

disponível em físico e-book

3

disponível em físico e-book

Box Digital
Disponível somente em e-book